Sophie Amandine

Frekvenshållarna

Kaan & Luna

FSC
www.fsc.org
MIX
Papper från ansvarsfulla källor
Paper from responsible sources
FSC® C105338

Förlag: BoD – Books on Demand, Stockholm, Sverige
Tryck: BoD – Books on Demand, Norderstedt, Tyskland

ISBN: 978-91-8057-804-2

Tack

till dig som håller denna text framför dig. Tack för att du gjort dig redo att med öppet sinne segla in i denna boks universum. För visst är det så att varje saga, varje berättelse är som ett eget universum. Eller åtminstone en egen dimension av ett oändligt myller av dimensioner i ett enormt universum. En del av en never-ending story. Och tack... för att du i samspel med mig skapar en unik tolkning av just denna saga.

Denna saga är en slags allegori över det spirituella krig som sägs pågå här på jorden. Ett krig kring energier, frekvenser. Kriget om frihet versus fångenskap, kontroll. Ljus mot mörker. Ett krig delvis osynligt för gemene man. Tills den dag det är för sent. Hade det inte varit för en hel armé av stjärnfrön, ljusarbetare, frekvenshållare, alkemister etcetera… som kommit och fortsätter att frivilligt komma till jorden efter att allt gick utom kontroll kring mitten av 1900-talet, vet man ej om vi rett upp det. Med de är här. Inkarnerade ibland oss. I olika skepnader, med olika specialiteter. Denna saga handlar om Kaan och Luna. Stjärnfrön med en twist. Extra specialiserade.

Med kärlek och hopp / Sophie Amandine

" Er smärta är det som krossar skalet kring er visdom"

Kahlil Gibran

Hejmstads-Kuriren

Onsdag 1 november 2017

Hejmstad står idag stilla. Fullkomligt lamslaget efter gårdagens ofattbara terrorattentat. Eller vansinnesdåd. Det är i nuläget fortfarande oklart vilka som ligger bakom dådet som krävde fyrtioåtta människors liv.

25 av de döda var barn mellan 3 och 15 år. Elva kroppar är fortfarande oidentifierade och dessa är så pass svårt sargade att DNA-analyser behöver utföras. De här elva tros vara de barn som anmälts saknade. Siffran på döda barn kan således komma att hamna på 36. Kanske ännu högre då antalet skadade uppges till 26. Flera av dessa med livshotande tillstånd. De två misstänkta attentatsmännen sprängde sig själva till döds efter att de med automatvapen och sprängmedel utfört denna handling, denna slakt på en stor samling barn som gått ut för att roa sig på stadens årliga Halloween-parad. Alla Hejmstads skolor håller idag, trots höstlov, sina portar öppna. Krishanterings- och trauma-grupper från landets alla hörn har plockats in för att finnas till hands för alla som vill prata, gråta, undra. Men förstå… det kommer vi aldrig att göra.

Through the cracks the light will enter

1. LUNA

28 juli 2017

"Vill du ha nåt?" frågade Paula, slog om till fyran och gick mot köket.

"En nektarin kan jag ta..." svarade Luna och stoppade filten noggrant in under låren. Fastän det var i slutet av juli kände hon sig frusen. Inte konstigt kanske. Detta var nog den kallaste sommaren på 155 år. Enligt nån meteorologsnubbe på Nyhetsmorgon.

> *"God afton och välkomna till TV4-nyheterna. Vi börjar med att meddela att ett misstänkt terrorattentat, för bara en halvtimme sen, verkar ha inträffat på Köpenhamns tivoli. En bomb tros ha detonerat högst uppe i berg-och dalbanan Demonen och hela följet med vagnar… med ett fyrtiotal passagerare har rasat mot marken. I nuläget är det oklart hur många döda…"*

Klick. Luna stängde av. Med en puls som på bara ett par sekunder rusat upp till 190. Det ringde i öronen men ändå hörde hon sin mammas protester.

"Nä men vad gör du? Slå på igen!" Paula var redan framme. Skärmen lös upp igen och Vera Lojakts välmålade läppar fortsatte röra sig. Paula märkte inte att hennes dotter reste sig, att hon gick in på toaletten. Hon hörde nog inte heller att hon kräktes.

Luna tryckte ner spolknappen, sköljde ansiktet i kallt vatten, hela tiden med skyhög puls. Hon höll fram sina händer. Visst darrade de. Massor.

Hon hade drömt detta. Precis detta. Att ett helt släp med berg-och-dalbanevagnar, fullsatt till sista platsen, störtade ner. Och om människor, både barn och vuxna, som krossades mot marken. Hon tittade in i sin bleka spegelbild. Hörde Paula svära. Förmodligen åt de fasansfulla scenerna. Visade de verkligen sådant?

Mardrömmen som plågat Luna under en veckas tid. En dröm som för varje natt som gått blivit allt tydligare och detaljrikare. Som liksom sakta byggt upp ett tyst skräckvälde inom henne. Hon hade inte berättat för Paula, fastän hon frågat hur det var fatt. Mörka ringar under ögonen avslöjades så fort sminket sköljts bort. Kanske hade hon haft ett lite dystrare uttryck också. Hon märkte allt. Paula. Hennes intellekt var vasst som en nyslipad svärdsegg och hon hade en blodhunds doftsinne när det kom till att få upp vittring på spektakulära vinklar och aspekter till delar av verkligheten som ingen tidigare hade funderat över. Gåvor som var väl passande för en frilansjournalist. En framgångsrik sådan, som därav varit en hel del på resande fot. Något hon däremot trappat ner på ordentligt de senaste fem åren, sedan Roy dött och hon lämnats att ta hand om Luna på egen hand. Vad som hade hänt den där sommardagen då han slutat leva, det hade Luna fortfarande inte berättat. Att döds-orsaken var plötsligt hjärtstopp och att det var Luna som ringt ambulans, det var allmänt känt. Men att Luna trodde sig ha orsakat hans död hade hon ännu inte berättat för en endaste själ.

Alla trodde att det var pappans död som orsakat Lunas problem i skolan. Det hade börjat i sjuan, precis efter hans bortgång, precis efter att hon fyllt 13. De trodde att det var därför den tidigare så skötsamma och duktiga eleven Luna plötsligt slagit bakut. Resultaten i skolan hade börjat dippa, hon hade koncentrationssvårigheter i världsklass, fick magkatarr. Hon skolkade. Var helst för sig själv… i sin ensamhet. I tystnad. Där hon slapp allt sorl. Alla andras eviga tankesorl.

Paula och skolhälsovården hade ordnat med så att hon fick träffa en psykolog. De förstod inte det sjuka i att sitta hos en psykolog och samtidigt tvingas höra dennes tankar. Tankar som man inte trodde att en psykolog fick ha. En rynkig kvinna på dryga 55 som direkt hon såg Luna och Paula hade dömt ut dem. "Heeerrrre jisses, den skrabban kan inte vara tösens riktiga mor. De liknar ju inte varandra för fem öre. Som skönheten och odjuret…" hade det ekat innan hennes leende cigarettläppar börjat röra sig och hon inlett sin inrepeterade presentation och med ett tillgjort leende hälsat dem varmt välkomna.

Luna hade tack vare incidenten kring sin pappas dödsfall förstått att hon inte borde berätta för någon någonsin om sina tankeläsarförmågor. Efter vad hon hört honom tänka, vad hon insett att han gjort och efter att hon frågat ut honom om det, hade han blivit som panikslagen, hotat henne och tagit ett hårt grepp om hennes armar. Det var då han fallit ihop. Död. Hjärtat hade bara slutat ticka. Det hade obduktionen visat. Paula hade blivit helt utom sig av sorg. Sorg över att ha förlorat sin livskamrat, men framför allt över att Luna aldrig mer skulle få träffa sin pappa. Eller adoptivpappa rättare sagt. Men det gjorde ingen skillnad. Paula och Roy hade alltid känts som hennes riktiga föräldrar.

Men det var konstigt ändå… hur en människa kunde falla i ens ögon… efter att man läst dennes tankar. Luna hade aldrig sörjt honom. Hon hade bara sörjt Paula. Sörjt att hon sörjt.

Och nu hade de nyligen gått igenom ytterligare en förlust. För exakt en månad sedan, på Lunas 18:e födelsedag hade Peder, Paulas nya sambo, fallit död till golvet. När bara han och Luna varit hemma. Efter att han stått utan en tråd på kroppen och hållit på. Smygtittat på Luna när hon tränat yoga på sitt rum.

Hon hade varit på väg att stänga av den skyddande bubblan, och i stället slå på tankeläsarförmågan. För att vara på sin vakt. För att hålla alla sina sinnen på sitt yttersta ifall drömmen hon hade drömt på natten varit en sanndröm. Eller åtminstone en varning. Hon hade velat vara på den säkra sidan.

2. LUNA

29 juni 2017… en månad tidigare

Luna slängde upp ögonlocken. 4:44. Röda siffror glödde i taket. Hjärtat pickade i snabb takt mot bröstbenet. Det askblonda håret låg klibbat runt halsen, på kinden. Kliade mot armbågen. Hon lyfte en aning på sitt dimrosa linne som smetat sig fast mot huden. Svettdränkt. Vilken sjuk jävla dröm. Där Peder, hennes så kallade låtsaspappa sedan två år tillbaka, tvingat sig på henne. Att han påstod sig veta att hon ville ha honom och att hon nu när hon fyllde 18 och blev myndig inte längre behövde ta hänsyn till sin mamma. Hon skulle inte kämpa emot och visa sig präktig, menade han. Bara släppa efter för sina begär. Hon hade försökt fly… i drömmen… men Peder var stark. Hård. Han hade tagit hennes oskuld. Och hennes värdighet. Sjukt! Men bara en dröm. Fast en väldigt verklig sådan. På nåt sätt. Luna kunde inte somna om. Hjärtat ville inte lugna ner sig till sovtempo. Hon försökte stilla sitt sinne genom att inbilla sig att denna dröm säkert bara betydde något helt annat än vad den i själva verket iscensatte. Något enligt Jung eller Freud eller någon annan psykoanalytisk farbror. Kanske det bara betydde att Luna skulle släppa in Peder. Så var det säkert. Ett jävligt sjukt sätt att få det berättat för sig dock. Hon hade väl varit lite kall mot honom ända sedan Paula presenterat dem för varandra. Hade inte direkt haft lust att släppa in någon ny karlslok i familjen. Hon hade snokat lite grand i hans tankar då i början. Peder hade varit löjligt betuttad i Paula så där fanns inget att anmärka på och Luna hade bestämt sig för att gilla läget. Var mamma lycklig så skulle hon åtminstone försöka vara lycklig å hennes vägnar. Men hon tänkte däremot inte vara så värst öppen mot honom. Det kunde hon säga. Han var inte värd att ödsla nån tankeläsarförmåga på heller. Relativt IQ-befriad om hon skulle vara ärlig. Förstod inte för fem öre vad Paula såg hos honom. Kanske ett slags komplement. För visst… han var stilig, välbyggd, men hade högst blåsta resonemang. Och hon, Paula, var motsatsen, vis, alert… men tydligen inte så fager. Det hade Luna hört många ytliga jävla low-vibin-sketchy-asses tänka. Tankar som att det minsann var en välsignelse att Paula, med de generna, inte kunde få egna barn. Men de kände henne inte. För hon var en vacker själ. En slags skönhet som strålade ut och lade sig som en skimrande hinna på hennes rödlätta hy. Och de som kände henne på djupet sa att hon var en av de vackraste människor de någonsin mött. De hade rätt. Det var förmodligen som så att Paula såg honom som en utmaning… någon att förbättra… slipa till.

Luna bestämde sig för att tränga undan mardrömmen. Det var ju bara en dröm trots allt. Ingenting annat. Hur många gånger i sitt liv hade hon varit med om att drömmar slog in liksom? Typ aldrig. Så där. Ta-da! Så skulle man tänka. Man skulle inte oroa sig i onödan, låta något ta kraft ifrån en… något som bara var ett tillfälligt mindfuck. Luna tog efter detta konstaterande användning av ett ofelbart avslappningstrick som kom ifrån yogans lära. Där hon nu låg på rygg i sängen, kände hon efter var sängen höll upp henne. Hur hela hennes baksida av kroppen vilade mot en trygg säng. Ett tryggt underlag som stöttade upp henne. Höll henne. Hon kände sig tung i hela kroppen, varenda lem, muskel… hon kände sig trygg och föll tillbaka i sömn.

Klockan 7:35 väcktes hon av Paulas behagliga sångröst. Peder stämde grötigt in mellan verserna.

"Ha den äran på 18-årsdagen min älskade lilla gumma!" trallade Paula och räckte över tre i silverpapper inslagna presenter. Luna hann inte yppa ett ord innan Paula tog hennes ansikte i sina händer och pussade henne på pannan, följt av en öm mammakram. Hennes röda lockar kittlade mot Lunas kinder. Doftade rosenvatten.

"Tack..." Luna log och rättade till linnet. Drog upp täcket över brösten. Tänkte för ett ögonblick på drömmen. Puttade bort den. Tills Peder böjde sig fram och försökte sig på en kram. Paula nickade nöjt.

"Grattis på myndighetsdagen!" ville han skoja. Han luktade parfym. Stank nästan. Kanske var det därför Luna blev svagt illamående. Kanske var det på grund av hans ordval.

Paula satte sig på sängkanten. "Min älskling... tänk att du redan är 18. Myndig och allt... körkortet på G och snart börjar du tredje ring och..." Peder hade satt sig på skrivbordet. Såg sliskig ut. Ändå såg han precis likadan ut som alltid annars. Drömmen hade väl förändrat honom. Kanske borde hon ha kopplat på tankeläsarförmågan tidigare. Sedan hon äntligen lärt sig hur man kopplade av och på så hade livet blivit betydligt behagligare... utan alla andras ändlösa rappakalja. Allt sedan sommaren innan första ring hade hon med yogans hjälp, och kanske även tack vare att hon ytterligare ett år tillbaka slutat äta kött, fått en annan slags kontroll över sig själv. Det gick åt en del energi att slå på tankeläsarknappen igen. Men framför allt att ha den påslagen. Hon hade gjort det då och då, när det var något speciellt hon ville ta reda på så att säga. Idag skulle hon koppla på den igen. Hon ville vara på sin vakt.

”Tänk, nu kan du företa dig näääästan vad du vill… nu bestämmer mamma inte över dig längre…” Paula ansträngde sig nog en hel del för att formulera orden. Det var precis som om de utgjorde en obligatorisk slagdänga att rabbla upp för sin 18-åriga telning. Ögonen sa däremot en helt annan sak. Att hon mer än något annat i hela världen ville hålla Luna förevigt under sina vingar. Sina kraftfulla *rör-inte-min-dotter-vingar. Långsamt-kommer-jag-att-flå-den-som-så-bara-med-en-blick-gör-min-dotter-illa-vingar.*

”Näääästan?” Luna rynkade pannan och log snett.

”Jaa, men du vet… man är inte riktigt redo för vuxenvärlden förrän man är en sisådär…” Paula gnuggade sig på hakan. ”…tja, 28 kanske.”

”Äh, hörru, tanten...” åmade sig Peder. ”18 är 18. En jävla fin ålder va. Man minns väl själv vad som bjöds vid randen till friheten, fastän det är 32 år sen nu. Kan man ju i och för sig inte tro men…” Han spelade lite med sina biceps och försökte sig på en förförisk min. Fruktansvärt patetiskt och motbjudande, men Paula tycktes road. Luna suckade inombords. Ändrade fokus till presenterna i sitt knä, log och började riva loss pappret. De vita sneakersen hon pekat ut, ett presentkort på Bubbleroom och en ny skissbok dimension större, med pärlemorskimrande omslag, och ett matchande etui black-box kol-set.

Paula utlovade en god middag till kvällen. Hon skulle köpa något lyxigt med sig hem sade hon och bad om ursäkt minst fem gånger över att hon var tvungen att åka på jobb ett par timmar, fastän att det var Lunas 18-årsdag. Bara två arbetsdagar kvar sen skulle även hon gå på semester. Peder hade börjat sin i måndags, så tyvärr fick Luna dras med honom själv en stund. Innan hon försvann ner till stranden.

Det lät som från ett ösregn. Det var Peder som stod i duschen, vägg i vägg med Lunas rum. Han brukade ta god tid på sig. Skönt. Luna passade på att smyga in i Paulas och Peders sovrum, flexade runt dörren och greppade tag i sin mammas fleecemorgonrock som hängde från en krok bakom dörren. En totalt osexig, urtvättad och storblommig morgonrock som borde fungera som en solid skyddsbarriär mot Peders eventuella intentioner. I alla fall de som utspelats i drömmen. Luna hade under morgontimmarna intensivt försökt intala sig att det bara varit en dröm. Ingenting annat. Ingen verklighetsförankring överhuvudtaget. Men ändå lyckades hon inte skaka obehaget av sig.

Hon vandrade in i köket, slog på radion. Satte på tevatten.

"Fallet med de två avlidna männen i hytt 142 på Finlandsfärjan den 10:e juni i år fortsätter att förbrylla

polisen. Obduktionen har nu visat att de båda dog av naturliga orsaker. Plötsligt hjärtstopp..."

Luna knep sina fingrar runt skåpsknoppen. Drog sakta luckan emot sig. Det fick inte knarra. Hon riktade blicken mot radion.

"Den bil de tros ha färdats i, och som lämnats på bildäck, visade sig i bagageutrymmet innehålla en resväska med machete-liknande knivar, en IED-bomb och två mindre automatvapen..."

"Jasså, har Törnrosa vaknat nu?" Peder var redan färdig, iklädd endast en handduk runt midjan. Han studerade hennes utstyrsel.

"Ja, jag somnade visst om." sa Luna, irriterad över att han överröstade nyhetsuppläsaren.

"Ja... jo... det är till att passa på så länge man kan. Snart sommarkneg och sen skola." deklarerade han. Han behöll munnen något öppen sen a:et på skola. Äckligt.

Luna skulle bara jobba tre veckor i sommar. Hon hade fått jobb på stadens biograf mellan den 24:e juli och den 13:e augusti. Det var ganska hård konkurrens om jobben, så tre veckor fick man väl vara tacksam över. Det blev alldeles lagom. Lite ledighet behövdes också. Det var hon värd. Åren på gymnasiet var krävande. Hon hade dessutom mycket att ta igen, sen problemåren på högstadiet. Då när tankeläsargåvan överrumplat henne och skapat en hel del problem. Betygen var under uppbyggnad och kanske hon kunde söka sig vidare efter trean ändå. Journalistprogrammet eller inget.

"Mmhmm..." mumlade hon och plockade fram en burk lös-té. Persika och passion.

"Vad har en sån stor flicka på agendan idag då? Ut och leva livet? Äntligen göra som hon vill?" purrade han hest.

Luna gick förbi honom, mot vasken, fyllde en sil och lät det kokande vattnet snabbt strila över.

"Aaaah… det doftar ju riktigt härligt." smörade Peder och lutade sig försiktigt fram över Lunas högra axel. Han hade närmat sig henne bakifrån. Han var alldeles för nära. Onormalt nära.

"Jag ska ut." sa hon skarpt. "Träna yoga. Sen ut."

Hon tog sin kopp te och gick in på rummet. Hjärtat tickade i samma takt som inatt… efter drömmen. Peder sa nåt men hon hörde inte. Det lät som en enda hög med dynga.

Hon stängde dörren om sig. Ville låsa, men kunde inte. Hyresrätten de bodde i var inte den mest topp-moderna. Lås fanns bara på toaletten. Och det fick man väl i och för sig vara tacksam över.

Luna slängde Paulas slafsiga morgonrock på sängen, behöll sitt dimrosa axelbandslinne på och stoppade benen i ett par tillhörande shorts. Rullade ut sin plommonlila yogamatta, kopplade upp rätt album på Spotify och slöt sina ögon.

Hon brukade träna yoga var och varannan dag. Det hade hjälpt henne massor. Att samla sig. Hennes tankar kunde blixtra iväg, flyga upp långt ut i rymden kändes det som… men en stunds yoga liksom fick ner henne på jorden igen. In i kroppen. En del av henne i alla fall. En annan del var nog alltid högre… på något sätt. Yogan hade i alla fall lett henne till en slags självkontroll. Bättre än tidigare. Hon hade fått en speciell kontakt med sitt inre. En plats liksom. Och det var i samband med detta hon för två år sedan hittat sin "knapp". Knappen med vilken hon kunde slå av och på tankeläsarförmågan. Det krävdes en viss del koncentration och energi. Men det var relativt lätt att slå på. I jämförelse med att slå av alltså. Betydligt svårare att stänga av igen eftersom grejen att höra andras tankar rörde till det något kolossalt inombords. Skapade en sådan oreda att det var svårt att hitta tillbaka till det där balanserade tillståndet där man kunde hitta knappen igen… och stänga av. Men idag skulle hon alltså slå igång den. Det var ett nödvändigt ont. Hon måste ta reda på vad som rörde sig i Peders skalle.

Han kunde väl ha gett henne lite mer tid.

Hon hörde inte att dörrhandtaget sakta fördes ner. Rogivande indianmusik var det enda som fyllde hennes sinne. Hon hörde inte hur dörren gled upp på glänt. Det hördes inte heller att han höll på… med sig själv. Handduken hade han försiktigt låtit falla till golvet. Han studerade henne. I olika yogapositioner.

Luna hade precis tryckt på den där knappen i sitt inre när han gjorde sig påmind. Han tog två långsamma steg in i rummet samtidigt som Luna öppnade ögonen. På en millisekund hade hon hört hans tankar. Hon greppade panikslaget sin mammas morgonrock från sängen och kramade den framför sig.

”MEN VAD FAN HÅLLER DU PÅ MED!?” skrek hon samtidigt som hans tankar blandades med hennes hjärtslag, sus i öronen, ett slags ringande… och så orden som kom ut ur hans aldrig tidigare så slappa mun.

”Snälla Luna… jag vet att du vill ha mig… du behöver inte spela präktig längre.” Han andades tungt. ”Du hörde vad din mamma sa innan, du är myndig nu… du gör som du vill…” Tiden gick som i ultrarapid. Hans stålullshärva till hår blänkte vagt i morgonsolens strålar. Musklerna kring hans käkar spelade i takt med hans bestämda ord. Hans mörkgrå ögon var blanka. Ögonlocken liksom hängde avslappnat som om han var halvt i hypnos. ”Mmm, vad jag har väntat på den här dagen.” sluddrade han, drog fingrarna slappt upp och ner över sin hårda lem. Luna ville inte titta på den, men såg den ändå. I periferin.

”Ut härifrån, ditt fucking jävla pervo!” fick hon fram. Hans tankar sa att han tänkte gå hela vägen. Och hon skulle inte ha en chans. Han var dubbelt så stor, muskulös och dessutom luktade han sprit. Han måste ha tagit några klunkar direkt ur vodkaflaskan eller nåt. Det gick inte att tala ett fyllo till rätta. Inte en kåtbock heller för den delen.

"Jag vet att du vill…" Han tog tag i henne när hon försökte fly ut genom dörren. Ut genom lägenheten. Men han var stark. Och IQ-befriad. En jävligt dålig kombination. Han liksom föste henne i riktning mot sängen. Hans äckliga ådriga sak trycktes mot hennes höft. Sen släppte han taget. Armarna föll som döda boaormar mot marken. Hela han ramlade ihop i en hög. Framstupa. Naken på hennes silvergrå ryamatta.

Adrenalin, kamp-och-flykt-hormonet, skärpte Lunas skräckslagna sinne. Hon bytte snabbt om till sin röda strandklänning, packade ner handduk, mobil och pengar i strandväskan. Ställde sig i dörrhålet till sitt rum, vände sig om. Han var stendöd. Precis som Roy, efter att han för fem år sedan fallit ihop, alldeles intill henne.

3. KAAN

28 juli 2017

”Kaan! Vilken pizza vill du ha? Vi ringer strax!” ropade Samantha nerifrån bottenvåningen. Hela flyttlasset från Göteborg var sedan några timmar tillbaka inföst i deras nya hem. Kaan undrade hur länge de skulle stanna här. I Hejmstad. Hans pappa, Olof, hade lovat att det skulle bli åtminstone tills Benjamin gått ut sexan. Sex år minst alltså. Hans lillebror skulle börja ettan den 17:e augusti. På Kaans födelsedag. Eller hans hittedag borde man väl mer sanningsenligt kalla den. Det var den 17:e augusti 1999, han hittats, föräldralös och oidentifierad efter en kraftig jordbävning i Izmit Turkiet. Som dödat runt 17 000 personer, enligt vissa källor över 40 000, och skadat närmre 45 000. Fruktansvärt mycket människor. Kanske inte konstigt att Kaan, som vid tidpunkten beräknats vara endast en vecka gammal, klarat sig, liten som han var, liggande i en luftficka någonstans. Han visste inte alls mycket om sitt ursprung. Nada. Han kanske inte ens hittats i rasmassorna. Vad visste han? Det sades i alla fall att han hittats i gryningen efter detta fasansfulla Moder Jords raseri. Ingen anknytning till nåt dödsoffer kunde göras. Ingen eventuell släkting hade efterfrågat en ett par dagar gammal gosse. Han hade såklart hamnat på barnhem. Bott där i två år. Man kanske tänker att ett sådant litet barn inte är särskilt medvetet om tillvaron. Om livet. Att dessa två år inte sätter några spår. Men det gör de. Kaan såg andra barn bli hämtade, hans lekkamrater försvann. Det var ju hos dem han hittat någon slags kärlek. Men de försvann. En efter en. Alla lämnade de honom. Och kom inte tillbaka. De övergav honom… Ville ingen ha honom?

Men… så en dag… han med sitt unga sinne önskat skulle komma, hade de stått där. Hans nya föräldrar. Olof och Samantha från Sverige. De ville ha honom.

Benjamin, Olof och Samantha stod samlade kring laptoppen. Skrollade sakta ner genom menyn.

"Har du fått någorlunda ordning på rummet?" frågade Samantha och fick lyfta armen för att nå upp att lägga handen på hans axel. Med sina 158 till hans 190 såg det nästan komiskt ut. Olika som dag och natt var de också. Hon liten och späd. Blek som elfenben. Blont hår samlat i en knut i nacken. Spetsig liten näsa och nordiska ögon. Han med sina breda axlar. Ansiktsdrag från nån grekisk gud. Hade han fått höra i alla fall. Ögon som två djupt nattsvarta oceaner. Hår svart som ebenholts. Tjockt och blankt låg det vikt mot hans axlar. Så blankt att det nästan skimrade i grönt. Som skalet på en skalbagge. På vinterhalvåret var huden svagt, svagt olivfärgad. Nu på sommaren varmt gyllenbrun.

"Inte det minsta." beklagade sig Kaan. Han trivdes inte i röra. Och nu var det en riktig jävla mess.

"Det är ingen brådska heller… vi har mer än två och en halv

vecka på oss att komma i ordning innan skolorna börjar… så… se så… nu tar vi och försöker koppla av resten av kvällen." lugnade Samantha och pekade uppmanande på skärmen.

"En Skåne special tar jag då." sa Kaan efter att ha konstaterat att det var den som innehöll mest kött. Protein. 3 gram per kilo och dag var ett mått han försökte eftersträva. Till sina 91 kilo blev det 273 gram. Det innebar till exempel att under en dag få i sig cirka 200 gram kött, 2 ägg, en hög med ärter, en hög jordnötter i en stor burk vaniljkvarg, en liter mjölk, ett par tre ostmackor och så en rejäl proteinshake. Då var man safe. Han hade börjat bygga muskler för två år sedan, och det var egentligen ganska lätt att forma till sig bara man höll sig disciplinerad, tog sig iväg till gymmet och åt rätt. Och det krävdes ju protein för att odla muskelmassa. Det visste väl varenda kotte.

En kvart efter att de lagt beställningen begav sig Olof och Benjamin iväg för att hämta hem pizzorna. Samantha plockade fram bestick och en tvåliters Coca-cola till soffbordet medan Kaan kopplade in Tv:n. Skärmen tändes och Samantha jublade, glad över att Tv:n klarat flytten. Förra gången de hade flyttat, från Luleå till Göteborg, då hade Tv:n av någon anledning vält i flytten. Inte en skråma på utsidan. Men något ganska så väsentligt för tekniken hade gått i kras på insidan.

> *"God afton och välkomna till TV4-nyheterna. Vi börjar med att meddela att ett misstänkt terrorattentat, för bara en halvtimme sen, verkar ha inträffat på Köpenhamns tivoli. En bomb tros ha detonerat högst uppe i berg-och dalbanan Demonen och hela följet med vagnar… med ett fyrtiotal passagerare har rasat mot marken. I nuläget är det oklart hur*

många döda..."

Zzipp. Kaan drog ut sladden.

"Neej, snälla... Slå på igen!" Till Samanthas protester tryckte han in kontakten igen och lunkade iväg uppför trappan. Samantha lät honom gå. Det var inte första gången han lämnat rummet när nyheterna rullat igång. Han hade aldrig tålt att ta del av andras lidande. När han varit omkring fyra år hade han råkat se en nyhetssändning som visade förödelsen efter jordskalvet i Bam, Iran, som släckt mer än 26 000 människors liv. Lamslagna och blodiga kvinnor i dammiga slöjor som kved, skrek och vaggade sina döda barn i famnen. Rasmassor. Damm, damm och åter damm. Samantha och Olof hade vid denna tid inte berättat för Kaan om hans härkomst. Han visste inte ens om att han var adopterad. Förstod det inte, fastän att han var helt olik sina föräldrar. De hade haft ett nästintill omöjligt uppdrag att försöka trösta honom den kvällen, efter scenerna som spelats upp på Tv:n. Hade han någonstans inom sig ett minne av vad som hänt under hans första dagar i livet? Eller var han bara enormt högkänslig? Hursomhelst, efter det hade de försökt skydda honom från mörka nyheter så gott de kunnat. Men sedan han börjat skolan gick det inte längre. Ju högre upp i klasserna han kom desto mer ocensurerade blev diskussionerna på SO:n.

De senaste två tre åren, sedan terrorvågen dragit in över Europa, i samma veva som varenda äcklig demonisk nyhet spridits på sociala medier och med dem bilder som ingen borde se... hade Kaans nyhetsfobi blivit värre. Detta meningslösa slaktande av totalt oskyldiga människor. Barn, kvinnor, äldre, män… alla. Bilder av söndersprängda torson. Avslitna ben, inälvor som flöt ut över trottoarkanten där en lastbil mejat fram. Man kunde inte värja sig längre. Nyhetsflödet fylldes med djävulska, ogripbara scener. Fyllde människor med rädsla och hat. På TV, radio, i alla former av sociala medier, på torg och i vardagsrum… proklamerades att hatet inte skulle få vinna. Terrorn skulle inte få vinna. De skulle inte få ta gnistan ifrån oss. Så sade även Samantha, Olof… lärare, grannar. Men vad de inte visste var att Kaan kunde läsa tankar. Han hörde. Att folk var vettskrämda. Vare sig de ville det eller ej så såg de på andra, speciellt män med utländskt utseende, med djup misstänksamhet. Kaan med sitt turkiska ursprung hade både känt och hört själsdödande mycket hat sedan han fyllt tretton. Sedan hans tankeläsarhelvete satt igång. Sedan terrorvågen i Europa långsamt ökat i styrka. Sedan folket delats in i vi och dem.

Den vita spegeldörren in till Kaans rum stod vidöppen. Han lämnade alltid innerdörrar så. Förutom badrumsdörrar naturligtvis. Gillade av någon anledning inte stängda dörrar. Kanske ett men efter jordbävningen trodde han. Fastän att han inte visste om han ens hade legat instängd. Förmodade det bara. Kanske att det var på grund av åren på barnhemmet. Stängda dörrar betydde att ingen ville ha honom.

Han gick förbi lådorna han staplat upp längs med södra väggen. Där skulle han sätta upp sitt mixerbord, keyboarden och micken. Imorgon. Han blickade snabbt bort över skrivbordet. Ordning och reda. Traven med skrivböcker, novellerna och dikterna till höger. Kikaren till vänster. Fotocollaget med gamla minnen ovanför. Så långt hade han hunnit packa upp. Gott nog.

Klockan var bara någon minut över sju och solen som sakta dalade nedåt värmde upp hans i väster belägna rum. Han förde krukan med aloe-veran åt sidan, haspade upp det höga spröjsade fönstret, sträckte sig efter kikaren och satte sig på den väl tilltagna fönsterbrädan av marmor. Huset var beläget i södra delen av staden. Nära tåg och hamn. Nära strand och skog. De hade haft tur som fått tag i ett sådant perfekt hus på så kort varsel. Det hade blivit känt så sent som i maj att Olofs forskningsprojekt skulle koncentreras till Lunds universitet. Mitt i Skåne. Ett icke förhandlingsbart krav som resten av familjen hade var dock att de måste bo nära vatten. Det hade de alltid gjort och tänkte alltid göra. Därför blev det Hejmstad. Både med grundskola och gymnasieskola. Pendlingsavstånd till Lund. Och ett oändligt hav runt knuten.

De hade varit nere från Göteborg för exakt en månad sedan, en för den här sommaren relativt varm dag… den 29:e juni. Tittat på huset. Alla fyra hade fått en bra känsla, bestämt sig och skrivit kontrakt samma eftermiddag. Han hade stått här i samma fönster, i tankarna gjort upp planer på var han skulle ha sin studiodel modell mini. Tittat ut över trädgården. Avblommade syrenbuskar. Smidesstaketet ut mot gatan som de säkert skulle hyra in en firma till att måla om. Det var nog där i fönstret som hans goda känsla infunnit sig. Men inte när han tittat på vare sig syren eller staket… utan på en tjej. Som cyklat förbi. På andra sidan smidesstaketet. Neråt, i riktning mot havet. En tjej med ett långt virvlande hår, ett hår som svansarna efter Halleys komet. Eller som svirvlande gnistrande månsken. En blandning. Han hade undrat vem hon var. Hoppats att han skulle få se henne igen.

Han lutade sig mot fönsternischen och stirrade ut mot gatan. Tänkte på vad han hört på nyheterna. Kunde inte förstå hur Samantha kunde vilja sitta och se på den skiten. Och sen bara skaka det av sig. Det var väl tyvärr så att det blivit vardagsmat. Ingen förvånade sig längre. Men på Kaan kröp det långt in, djupt under skinnet och skapade en slags fixering. Tvingade honom att söka upp varenda fruktansvärd bild av dödsoffer. Han skämdes över sig själv, kunde inte sova på nätterna därefter. Varför plågade han sig själv med att titta? Kanske var det för att han ville förstå. Men han kunde inte. Det gick inte. Han drog en djup suck och försökte tränga undan världens sjukdomar för ett tag. Kunde inte göra något åt det ändå. Det sög till i magtrakten. Kanske var det hunger. Snart skulle Olof och Benjamin svänga in på uppfarten med käk. Han fortsatte att stirra ut mot gatan.

Likt en elstöt ilade det genom kroppen när hon kom förbi. Igen. Det var samma tjej. Den här gången hade hon inte röd klänning, och inte cyklade hon heller, utan promenerade… men visst var det hon. Hon var iklädd en jacka. Som insidan av ett snäckskal, fast blankare. En nyans av rosa. Som ett hav av solvarma väldoftande perfekta Austin-rosor. Håret var samma som sist. Alla de långa blonda stråna i perfekt harmoni, dansande om och ikring sig själva som i ett orkestrerat stjärnfall i tusenfalt. Med stigande puls greppade han kikaren och tryckte den mot ögonen, följde henne med blicken. I fem sekunder innan hon försvann bortom den höga jasminbusken. Jasmin… det kunde han kalla henne. Eller Luna. Med tanke på hennes månskenshår. Luna, latin för måne. Han hade inte hunnit se hennes ansikte ordentligt. Bara snett från sidan. Men det var tillräckligt för att han skulle kunna urskilja henne bland hela Hejmstads… nä hela denna planets befolkning. Hon hade ett slags sken omkring sig… som allra mest ovan huvudet. Ett sken som han även kunde se i sin egen spegelbild. Ibland. Vid vissa tillfällen.

Han satte ner kikaren på sin plats på skrivbordet, förflyttade sig bort till garderobsdörren. Ena halvan av skjutpartiet bestod av speglar från golv till tak. Det sken en aning precis nu. Han förde sina händer över hjässan. Försökte vifta bort det. Utan framgång. Tack och lov så verkade ingen annan kunna se det. Han mindes gånger då han varit yngre, provat kläder i provhytter med mamma bredvid sig. Han hade precis börjat tvåan när han sett det första gången. Skenet i spegeln. Han hade lagt handen ovanpå hjässan. Duttat och rafsat. Samantha hade undrat om han hade fått löss. Hon hade inte sett. ”Ser du inte mamma? Det lyser ovanpå håret.” hade han sagt. Men hon hade bara viftat bort det och sett konfunderad ut. Så han hade aldrig nämnt det igen. Det hände ibland på stan, på marknader, lite varstans… men ytterst sällan, att han såg andra människor med samma ljus. Lite grand som en gloria men ändå inte. Kanske mer som en ljuspelare uppåt. Han hade till exempel sett det på Gabriel. Hans gamla polare i Luleå. De hade varit bästa vänner från förskoleklass till sexan. Sen hade Kaan och hans familj flyttat söderut på grund av Olofs mer och mer avancerade forskningsuppdrag. De hade inte setts på fem år nu. Någon enstaka gång på Instagram på sin höjd. På vissa bilder av Gabriel fanns ljuset ovanför hans huvud, på andra inte. Kaan intalade sig att det var hur ljuset fallit eller någon form av fotofilter som bidragit till skenet. Filter fanns i oändlighet och nästan ingen lade väl in en helt naturell, ärlig bild nuförtiden. I sådana fall taggade man #nofilter. Som för att erkänna, utmana… att så här tråkig är verkligheten. Fylld av skavanker. Sanning.

Men nog var det så ändå… att Gabriel hade skenet. Precis som Kaan själv… och så hade även tjejen med det svirvlande månskenshåret som nyss passerat utanför hans fönster. Långt, långt inne, någonstans i något slutet rum i Kaans undermedvetna började det picka. Ticka. Dra igång en slags känsla. Som han inte kunde placera. Inte alls. Hans tankar avbröts av Benjamins vrål i hallen.

”PIZZATAJM!”

4. LUNA

28 juli 2017

Inifrån badrummet hörde Luna hur Paula svor igen. Hur länge skulle de visa det? Nu skulle väl hela kvällens tablå ändras om och snöa in på helvetet i Köpenhamn. Luna ville inte se det. Men Paula ville. Journalist och allt. Luna tittade in i sin bleka spegelbild. Det fanns inget alternativ än att sticka ut. Hon måste ut. Ner till yttersta bryggan. Till havet. För att samla sig. Hämta kraft där havet skummade in över uråldriga stenar. Två kraftfulla element som krockade så mjukt och liksom anpassade sig till varandra. Luna tyckte det var vackert, det sade så mycket. Synen, ljudet och doften av hav som slipprade sig runt, anpassade sig till vad det än mötte. Det gav henne en slags helande läkning. Någon slags svar. På en fråga hon inte ens visste att hon ställt. Ja, det var svårt att förklara. Därför hade hon heller aldrig yppat det för någon.

"Jag går ut en runda." hastade Luna på väg mot hallen. Tog på sig sina vita sneakers och sin laxrosa satinjacka, sträckte sig fram förbi dörrkarmen och upprepade. Paula satt med båda händerna mot sina kinder. Flyttade en bedrövad blick från Tv:n till Luna när denne upprepade sig en tredje gång.

”Va? Ut? Jaha? Ja men du har väl sprayen med dig?” Hon tittade uppfordrande på en stressad Luna. Som bara ville slippa ifrån nyhetsuppläsarens röst.

”Ja mamma… du kan vara lugn.” Hon klappade på jackfickan. ”Sirenen också.” Paula gjorde tummen upp och slängde en kyss innan hennes blick flyttades tillbaka till rutan.

Hon hade fått dem av sin mamma kort efter Peders bortgång. För Paula hade det varit uppenbart vad som hänt. Eller varit på väg att hända. När hon kommit hem på eftermiddagen den 29:e juni, med kalasmat som det var tänkt att de skulle smaska på under kvällen, då på Lunas 18-årsdag, på hennes myndighetsdag. Då hade hon hittat Peder naken i en hög på Lunas matta. Stendöd. Kall. När hon i panik glömt att hon hade en mobil i väskan och i stället farit runt i lägenheten efter den trådlösa hemtelefonen för att larma 112 hade hon under en vända i sovrummet råkat röra vid datorn, väckt upp den ifrån viloläge och mötts av en lysande datorskärm med grova porrsidor uppslagna. Hon hade förstått precis. Och hade inte sörjt Peder för en sekund. Somliga straffade Gud med detsamma hade hon tänkt… men det faktum att Peder dött av ett plötsligt hjärtstopp, precis som Roy, för fem år sedan… det var som en vålnad som inte ville sluta hemsöka henne.

Luna hade när hon på kvällen vågat sig hem igen berättat för både Paula och polisen precis vad som hänt. När obduktionen varit klar ett tag därefter var alla frågetecken utredda. Tyckte rättsväsendet och obducenten. Men Luna och Paula hade sina tankar på annat håll. Skilda ifrån varandra.

Luna tog sig ner från våning två och sköt upp den tunga entrédörren. Promenerade söderut med raska steg. Orden från nyhetsuppläsaren, bilderna från drömmen... den sjuka insikten om att detta faktiskt hade hänt krängde och vred i henne. Hon mådde illa, men måste slå bort tankarna. Drog in djupa, djupa andetag. In. Ut. Försökte hamna i nuet. En vindpust tog tag i hennes långa blonda svall och virvlade och tvinnade längderna liksom om och ikring varandra för ett litet tag. Hon kände vinden. Välkomnade den. "Blås bort all skit snälla... " tänkte hon och började fokusera på grejer omkring henne. Synintryck. Observera. Ett mycket bra knep för att bryta onda tankar. Hon befann sig nu precis utanför den stora vita patriciervillan som låg på vänster sida. En liten silvrig bil av något slag stod långt in på uppfarten. En del utemöbler och stora betongkrukor stod uppställda framför den norra delen av dubbelgaraget. Hon förstod att det flyttat in någon. Huset hade stått tomt ett par månader, och Luna brukade gå eller cykla förbi här nästintill varje dag så hon hade koll. Då kanske det där rostiga smidesstaketet äntligen kunde få sig en ansiktslyftning, funderade hon, lät blicken dansa fram längs dess böljande toppar och fortsatte sina steg runt hörnet där en väldoftande Jasminbuske dunstade i kvällssolen. Jasmin som i hennes mellannamn. Luna Jasmin Breck.

5. LUNA

30 juli 2017… 2 dagar senare

Luna vaknade av surr från mobilen. Sms från Paula.

> *Godmorgon gumman. Stack iväg vid nio. Eric från Nordiska Ufo-Observationsenheten hade ny info, så jag är och träffar honom igen. Kommer hem vid fem. Hämtar dig som vanligt när du slutat.*
>
> *Puss mamma*

"Hon är verkligen *something.*" tänkte Luna. "Übercoolt jobb." Inte undra på att Luna själv ville bli journalist. Lagom fritt och en förbannat massa intressanta grejer att snoka i. En outsinlig källa.

Paula höll sedan ett par månader tillbaka på med att gräva i ett ovanligt högt antal ufo-observationer från året 1999. Lunas födelseår till på köpet. Paulas skrivbord var överöst med amatörbilder och anekdoter från olika delar av världen, berättelser och vittnesutsagor som hon spårat upp. Statistik som jämförde tidigare och senare år. Bortförda, saknade. En hel vetenskap. Luna visste inte riktigt vad hon skulle tro om hela grejen. Med aliens. Men en mäkta portion intressant var det allt. Det fick hon väl erkänna. För sig själv i alla fall. Klasskamrater och till och med lärare brukade titta konstigt på henne eller ibland till och med himla med ögonen om hon berättade vad hennes mamma pysslade med. Man ville väl vara normal och smälta in, så Luna brukade flamsa bort det och skoja att det minsann märktes att Paula inte var hennes riktiga mamma. Hon ångrade sig alltid efteråt. Fick en svart klump i bröstet.

Luna sträckte benen i all sin längd, lyfte armarna upp över huvudet så långt hon kunde tills det tog stopp mot den polstrade sänggaveln. Drog det allra djupaste andetag hon förmådde, in genom näsan, höll andan i fyra sekunder, sen släppte hon ut allt genom munnen. Långsamt, under en sisådär sju sekunder. Masserade sig över nackmusklerna. Hon fick väl ta och stiga upp. Tänkte hinna med både yoga och en långpromenad innan jobb. Klockan var elva så hon fick väl sätta fart.

Efter en lättare frukost bestående av en skål grekisk yoghurt, valnötter och lite ringlad honung rullade hon ut yogamattan. Hon tänkte unna sig ett långt, djupgående pass idag. Tankeläsarförmågan skulle stängas av. Hon hade satt på den igår bara för att roa sig lite på jobbet. Men hon skulle inte orka med en kväll till med samma sorl. Det hade lugnat ner sig de stunder när biobesökarna ramlat in i salongen och satt sig till rätta. Luna hade skött kassan, biljett- och godisförsäljning, lite plock och sen städning i salongerna efter filmernas slut. Det var mycket intressant att höra besökarnas tankar. Naturligtvis hade det inte blivit någon riktig reda i allt sorlet samtidigt som Luna skulle ta beställning, knappa med betalnings-apparater och så vidare. Men när hon stått och öst upp popcorn i pappkartonger hade hon haft en stunds lugn. Då hade hon passat på att fokusera. Hon hade pejlat in ett nyförälskat par. Killen var redan hemma i tankarna. Han fann sig i biobesöket och den sliskiga romantiska rulle de skulle se bara för att få komma till senare. Vad killen inte visste var att tjejen med ett nöjt leende på läpparna funderade på hur avslappnad och lyxig kvällen skulle bli. Hon hade fått mens på morgonen så hon skulle slippa ha sex ikväll. Ibland ville hon bara vara ifred. Bara sitta nära. Kela, kramas. Utan att det måste leda till nåt mer. Det räckte för henne ibland. "Mens, ja, det är allt bra grejer att skylla på." hade Luna tänkt och känt hur ett krokigt leende lyft ena kinden en bit upp. Inte för att hon hade behövt använda sig av den ursäkten. Någonsin. För hon hade ännu inte haft sex med någon. Inte haft en sådan relation. Inte ens varit nära sex. Förutom Peders våldtäktsförsök då. Men det var något annat. Hon hade helt enkelt hållit sig undan killar. Ända sedan hon haft ihjäl Roy hade hon varit rädd för vad som skulle kunna hända. "Men anyway..." hade hon tänkt. "...nog fan ska vi tjejer kunna säga nej om vi inte känner för det till etthundra procent. Vi är fan inte här för att pleasa männen!" Smått irriterad hade hon räckt över popcornen till paret, vilkas kväll hon visste skulle sluta med byxorna på. Ville egentligen räcka tunga till killen och bara håna honom "Haa-haa YOU LOOSE SUCKER!" Men det gick ju inte.

Tidigare under eftermiddagen hade det varit en pappa som Lunas radar fångat in. Han hade haft tre barn med sig, varav det tredje var en väldigt energisk och pratglad kompis till en av sönerna. Tillsammans skulle de se en animerad film och redan när de stod i kön framtill kiosken hade pappans tankar överröstat alla andras. Å ena sidan hade han haft funderingar på att snällt be den lilla snorungen hålla käft och sluta bära sig åt som en jävla uppmärksamhetstörstande babian. Å andra sidan hoppades han att densamme skulle sätta sina jävla baconchips i halsen och dö kväljningsdöden med hans äckliga små grisögon poppande ut ur skallen. Å tredje sidan funderade han på att ta sitt och barnens pick och pack och flytta långt ut i ödemarken för att på så vis slippa undan alla andras jävla snoriga ouppfostrade jävelungars kackel och böl. Ganska elaka tankar hade florerat där inne i hans städade lilla huvud dekorerat med ett sammanbitet tillgjort leende. Ingen hade kunnat ana vad som rörde sig därinne. Ingen förutom Luna.

Droppen kom efter sista filmen när hon just plockat fram städvagnen och folket strömmade ut ur salongen, förbi henne. Det var en medelålders grovhuggen man som planerade följa efter den opolerade jävla slapptasken som suttit i biostolen framför honom. Han skulle skriva upp hans jävla bilnummer, hoppades innerligt att han inte skulle försvinna på cykel. Han till och med bad till Gud. "Gode Gud... gör så han har en bil... gööör så han har en bil..." För han skulle söka upp namn och adress till ärkesvinet som suttit framför honom och släppt sig och dessutom kastat ryggen hårt bakåt biostolen ett oräkneligt antal fucking jävla gånger så att han spillt ut merparten av sina popcorn. Han skulle ta och skicka in en liten överraskning i svinets postlåda a.s.a.p. Sina egna bruna lämningar. Hade han tänkt.

Tankeläsarförmågan skulle av till nästa pass. Folk kunde ha sina tankar för sig själva. I 95 % av fallen var det bara fantasifoster. Flyktiga sådana som inte fullföljdes. Tack och lov.

Det var märkligt det där. Människan hade getts en stor avancerad hjärna. Tankeverksamhet och möjligheter till tusen liksom. Och så slängde de iväg det på sådant sjukt dravel.

Efter en fridfull session av vinyasas, dancing warriors, one legged king-pigeon poses, downward facing dogs och annat stoppade Luna i sig ett par plommon och en halv ananas. Svidade om till löpardressen, snörade på skorna. Kontrollerade så att överfallssprayen och larmet låg i fickan. Hon hade lovat Paula. Och sig själv. Sedan incidenten med Peder hade hon dem alltid med sig. Alltid.

Hon stannade efter tre kilometer. Det började bli svettigt innanför den tunna löparjackan, så hon tog den av sig. Öppnade vänster jackficka och drog upp mobilarmbandet, snäppte på det runt armen och petade ner mobilen i det. Ändrade till ett annat Spotify-album med mer pepp i. Hon tänkte jogga resten. Knöt jackan runt midjan. Hårt i dubbelknut. Började i gångtakt, slog ett öga bakom axeln, ökade på takten och fortsatte ut i Midvinds-skogen. Ville ta rundan runt Trollkitteln, som hon kallade den. Inte bara det att den täta vegetationen där skulle skydda lite mot de försiktiga regndroppar som nu började släppa från molnen. Nej, där var så vackert. En lisa för själen att ta sig därigenom. När hon kom dit skulle hon sakta ner och noga insupa alla intryck. Mossbeklädda stenar som svällde upp från ljungpolstrade backar. Guldskimrande kantareller, blekgula fjälltickor utskjutande som små skärmtak längs med åldriga stammar. Björnbärssnår i generösa mängder. Hon tänkte passa på att äta sig oförskämt mätt.

Vid den kluvna stenen efter den röda 4-kilometers-skylten tog hon av från löpspåret in på en upptrampad stig. In mot Trollkitteln. Slog en blick bakåt. Ingen där.

Det till och med doftade bättre här. Längs med löpspåret kunde ibland en rutten stank sticka i näsan så att gomspenan kryllade sig och man var en hårsmån ifrån att spy. Det låg högst troligt nåt dött djur i buskarna, halvt uppätet och kryllandes av små vita larver.

Luna skruvade ner volymen helt och hängde lurarna om nacken. Det knastrade ljuvligt under sulorna när man letade sig fram mot björnbärssnåren. Hon brukade föreställa sig att det satt små pyttiga troll på guldsvamparna och vinkade åt henne. Ett par gröna små skogstomtar satt under fjälltickorna och spelade flöjt. Paula och Roy hade tvingats läsa *Bland tomtar och troll* stjärntals många gånger när hon var liten. Hon älskade den. För att inte tala om John Bauers magiska bilder. Det var väl därför som hon inte kunde sluta besöka denna nostalgiska plats fastän Paula rådde henne att inte avvika ifrån löpspåret. Hon ville helst att Luna promenerade i stan, bland folk. Inte så utsatt och ensam. Men var man verkligen så trygg bland andra? Njäe, se på terrorattentaten. De skedde mestadels i folksamlingar. Man visste min själ inte hur man skulle bära sig åt idag för att vara trygg. Luna hade ju inte ens varit trygg i sitt eget hem. En vemodig känsla drog över henne. Inte med tanke på Peder utan… allt. Hela grejen med att man inte var trygg någonstans. Hon räckte sig ner till höger jackficka där den hängde och dinglade ifrån höften. Hon skulle hålla i sprayen tills hon kom hem. Hur dumt det än såg ut. Hon skulle precis till att få upp dragkedjan när ett knäppande ljud, som ökade till ett knastrande, liksom slog om hela hennes tidsuppfattning.

I ultrarapid närmade sig en gubbe. Hon hade sett honom förr. Han brukade vara ute i skogen. Med hatt på huvudet och en liten hink alltid hängande från ena handen. Skulle han också plocka björnbär? Hans blick var kall. Frånvarande. Hemsk.

"Varför i helvete slog jag av?" tänkte Luna. "Ska han plocka bär eller ska han ge sig på mig? Ska jag spraya honom? Jag har i alla fall inte drömt om det… såsom jag gjorde innan Peder…" Mer hann hon inte tänka förrän gubben fumligt kryste armarna om henne och välte henne mot marken. Hon landade bara en decimeter ifrån en sten. Hon tittade på den, när han tryckte hennes huvud mot marken. Åt sidan. Han höll sin ena illaluktande näve tryckt över hennes mun. Den andra verkade han fumla med vid livremmen. Eller var det gylfen? Luna mindes inte om hon skrek. Det enda hon mindes var att det larmade i öronen. Som från en ursinnig monoton siren. Och att han blev helt stilla. Hon kunde välta honom av sig. Var han avsvimmad? Var han död? Hon visste inte. Tänkte allra minst kolla upp saken. Hon backade som i trans. Han låg på rygg på en bädd av ljung. I hennes älskade Trollkitteln. Före detta. Hans halvöppna ögon stirrade rakt upp förbi grantoppar, förbi trädkronor. Hans grönrutiga flanellskjorta och gröna militärbyxor passade bra med vegetationen. Gylfen var öppen. Längre hade han inte kommit. Innan hjärtat stannat.

Luna sprang oavbrutet hela vägen hem. Sjukanmälde sig genom ett sms, duschade i minst en timme. Fastän hon öppnat fönstret i badrummet var både spegel, väggar, ja det mesta, pärlat av kondenserad vattenånga. Han hade inte kommit åt henne på riktigt, men hon kände sig ändå så in i helvete besudlad. Hans äckliga slibbiga hand hade tryckt och gnidit mot hennes läppar. Hon hade spottat ett oräkneligt antal gånger på hemvägen. Borstat tandköttet blodigt det första hon gjort när hon kommit hem. Efter det hade hon slängt sina kläder i en soppåse, knutit ihop den och tryckt den längst ner i sophinken.

Hon lade handflatan mot spegeln och till ett gnisslande ljud vevade hon bort så mycket imma som möjligt. Visste inte riktigt vem det var hon tittade på. Nu hade det hänt en tredje gång. Att en vuxen man i samband med en minst sagt jobbig situation segnat ihop intill henne. En andra gång att en fullvuxen man helt sjuk av äcklig sexdrift gett sig på henne. Henne. Hur var det ens möjligt? Vad fan hade hon gjort i ett tidigare liv för att förtjäna detta? Vilka jävla svin. Rätt åt dem att de inte fick leva längre. Men ändå... Var det slumpen? Hade de dåliga hjärtan? Som liksom bara hade lagt av i deras upphetsning? Eller hade Luna någon slags extremt handlingskraftig skyddsängel vid sin sida…? Eller var det kanske hon själv som på nåt sätt gjorde så att deras hjärtan bara slutade slå? Hade hon på nåt sätt önskat livet ur dem? Hon stirrade på sin spegelbild som började framträda allt tydligare i takt med att ånga försvann ut genom fönstret. Det sken lite ovanför hennes hjässa. Hon gungade först mot höger, sen vänster. Skenet följde med som en svag låga uppåt taket. Med handduken hårt svept kring kroppen tassade hon in på sitt rum. Drog för både persienner och de täta svarta sammetsgardinerna. Stängde till dörren. Det blev någorlunda dunkelt. Hon skyndade bort till golvspegeln. Ljuset ovanför hjässan var fortfarande där.
En aning vimmelkantig tog hon sig de fem stegen bort till sin obäddade säng. Drog täcket över sig, med handduken

fortfarande virad runt kroppen. Ett drypande månskenshår dränkte kudden. Tankarna och frågorna virvlade runt i hennes huvud. Varför hade de dött? Hur? Och varför hade hon drömt om Peders överfall men inte om detta? Det enda som skilde, som hon kunde se det, var att natten då hon drömt sanndrömmen om Peder, då hade hon haft tankeläsarförmågan avslagen. Inatt innan detta överfall hade den varit på. Hon hade inte slagit av den förrän på morgonen. Kanske att det hade nåt samband. Eller så fanns det inget som sanndrömmar. Drömmen om Peder var kanske bara slumpmässig. Men hon skulle aldrig kunna förneka sig att drömmen om tivoliattacken hade slagit in. Det fanns inget annat att kalla den än en sanndröm. Eller varsel. Drömmen som natt efter natt i en veckas tid blivit allt tydligare, råare. Hon hade sista natten sett förövarens ansikte så tydligt att hon aldrig skulle komma att glömma det. Det var han. Bilderna på nyheterna igår, dagen efter attacken, hade stämt på pricken. Hon knep ihop ögonen, läpparna. Fick svårt att andas. Hjärtat började picka i snabbare takt, snabbare, tyngre, bultade. Hon drog benen upp till hakan, kröp ihop i fosterställning. Alla scener spelades upp för hennes inre. Roy, Peder, tivolit, gubben i skogen... all död... bara död. Allt jävla fucking mörker. "Vad är det här för en jävla värld jag hamnat i?" svor hon och tårarna kom. Nu kom de. Och hon lät dem komma. Det var så skönt att bara släppa på trycket. Snyftningarna blev sakta tystare och tystare och Luna gled iväg som i en annan verklighet. Det pickande hjärtat lugnade sig i takt med andhämtningen och håret torkade sakta mer och mer. Luna föll i sömn och vaknade inte förrän Paula kom hem.

"Gumman? Är du hemma… Men? Är du sjuk?" Luna hörde sin mammas ömma stämma samtidigt som hon kände hennes hand mot sin panna. Lunas planer på att inte yppa ett ord om vad som egentligen hade hänt under dagen brast likt en vattenfördämning som utsatts för någon slags highly explosive impact. Det fanns bara en i hela världen som Luna kunde lätta sitt hjärta för, och det var Paula. Inte hennes biologiska mamma måhända, men väl hennes själsliga.

Som en varghona ser till sin flock såg Paula omedelbart till att göra det enda hon ansåg hållbart… och rätt... i ett fall som detta... inte politiskt korrekt kanske… men korrekt och hållbart för just hennes flock. Hon visste var Lunas älskade Trollkitteln låg och begav sig dit.

6. LUNA

31 juli 2017

Måndag och dagen efter Lunas tredje killing. Det verkade så i alla fall. Som att det var hon som tagit livet ifrån dem. Hon hade legat vaken så gott som hela natten, tänkt på gubben, vad som hänt och försökt klargöra olika händelser i samband med att han slutat leva. Hon hade tänkt på vad som hänt när Peder fallit ihop. Och Roy. Hon hade egentligen bara kommit fram till tre tydliga gemensamma omständigheter, som kanske på något sätt medverkat till att få deras hjärtan att tvärstanna.

För det första så hade hon känt avsky och rädsla inför dem… alla tre.

För det andra så hade hon rört vid dem. Eller ja… de hade rört vid henne. De hade i alla fall haft kroppskontakt. Så hon hade liksom kanske inte bara tänkt eller önskat livet ur dem. Hon visste inte riktigt, men kanske var det nåt i stil med att hon liksom elektrifierat dem.

För det tredje så hade hon i ärlighetens namn faktiskt önskat att de skulle försvinna. Från jordens yta. Alltså innerligt jävla starkt. Så kanske det räckte med stark tanke-energi inifrån henne. I kombination med en känsla av avsky. Plus fysisk kontakt. Hon måste ju prova på någon vänster. Sådant här innebar ansvar. Gå omkring som en jävla ticking bomb, en killingmachine. Tanken var inte precis smickrande även om hon kände sig stor vid tanken. Visserligen hade gubbarna förtjänat att dö. Nåja, inte Roy. Han hade ju inte velat göra Luna illa… såsom de andra. Hans död var ett misstag… men de andra… de hade förtjänat det. Men tänk om hon råkade önska livet av nån oskyldig stackars sate som råkade komma i hennes väg. Till exempel någon som kaxade upp sig mot henne mitt under hennes PMS-period. Vissa månader var hon grymt lättantändlig. Tänk om nån liten unge som störade sig skulle råka ut för hennes mood-swings. Nä usch!! Detta måste undersökas på djupet. För det första måste hon konstatera om hon verkligen kunde få någons hjärta att stanna. Det kanske inte alls var beskaffat på det viset. De hade kanske dött av helt naturliga hjärtstopp. Men att inte veta säkert var inget alternativ. Det hade hon övertalat sig själv där under täcket vid tvåtiden på natten. För om hon kunde döda måste hon lära sig att hantera sin förmåga. Alltså måste hon testa sina eventuella skills på någon. Till att börja med. Naturligtvis inte på en människa. Kanske i och för sig på någon som låg på det allra sista inför döden. Någon som led. Som ett barmhärtighetsmord. Men nä, aldrig... bort med de tankarna. En myra kanske? En promenad så gott som varsomhelst innebar väl ganska så självklart att man råkade trampa ihjäl en och annan myra. En myra? "Nä, hallå, har de ens ett hjärta?" hade hon tänkt. Ett sådant litet liv måtte ju fräsa upp till intet om det nu var så att det var någon slags elektricitet som slog ut hjärtat. Tankarna kring allt det här hade börjat snurra ihop sig och började likna rena rama mischmaschet… men, men… hon fick väl börja med minsta möjliga djur eller insekt hon kunde få tag på. Att döda oskyldiga djur var inget hon direkt längtade efter. Det var ju lite av grejen med att vara vegetarian liksom. Lite? Nä, mycket skulle hon väl hellre vilja påstå. "Meeen... WITH GREAT POWER COMES GREAT RESPONSIBILITY... och ett och annat offer." hade hon tänkt, melankoliskt och någorlunda tragikomiskt i nattens mörker.

Paula hade tagit ledigt hela dagen. Inte så svårt kanske då hon jobbade som frilans. Hon styrde själv till stor del över tiden, och idag skulle hon finnas för Luna hela dagen. De skulle bara prata, prata, prata, som hon hade sagt. Om gårdagen, och om allt som hänt dessförinnan. Men hade hon inte tänkt på att Luna kanske bara ville vara ifred med sina tankar... och sina killingskills? Okej, de kunde prata lite vid frukostbordet som Paula dukat upp så vackert. Levande ljus fastän solen sken in. Rätt onödigt, men Luna blev varm av hennes omtanke.

Med blanka ögon studerade Paula sin dotter som var i färd med att bre alldeles för hårt smör på en alldeles för mjuk brödskiva. Det blev hål i brödet och Luna högg smörkniven rakt ner i smörasken.

"Varför köper du det här smöret?" Luna slog ut med händerna i en irriterad gest. "Det går ju inte att bre." Hon pekade menande på hålet i mackan. En hård klump smör mitt i, rakt ner i tallriken under. En stor jävla bit bröd uppfläkt. Misär! Tårarna måste legat uppdämda i tårkanalerna, för de började flöda. Fritt ut över kinderna. Paula reste sig med ett ryck och skyndade till andra sidan bordet. Lade armarna om en hulkande Luna.

”Så ja gumman… ut med det bara…”

Och ut kom det.

”Vad fan skulle de på mig att göra? Äckliga jävlar!” Luna skakade. Tårarna sögs upp på axel-delen av Paulas jeans-blus. ”Och sen inte nog med det... de dör ju också!” grät hon. Hon hade känt sig ganska stark inatt, när hon legat och funderat. Analyserat och planerat. Så stark att hon undrat om det var nåt fel på henne. En känslomässig störning. Borde man inte vara helt nedbruten efter det hon varit med om? Men nu kom det. ”Mamma, tänk om det var jag som dödade dem? På nåt sätt.”

”Nä, men varför tror du det gumman?” Paula virrade mjukt på huvudet.

”Ja, men fattar du inte!? Det är ju andra gången. Samma sak! Helt jävla sjukt ju!” Luna skälvde och Paula strök henne upp och ner över ryggen i hopp om att det skulle ha någon slags lugnande effekt.

”Min älskade unge… Du har verkligen råkat ut för fruktansvärda… händelser… och du ska veta… jag önskar inget hellre än att jag kunde skruva tillbaka tiden och förhindrat dem på något sätt…”

De grät båda två, satt tysta en stund, med armarna om varandra. Paula stående på knä bredvid Luna. När det började värka i knäna rätade Paula sakta på dem och ställde sig istället upp, lade händerna på Lunas axlar, strök henne över de ljusa vågorna och sade med ovanligt tung röst: "Allting händer av en anledning... vi får se det så... även om vi inte förstår det idag så kommer vi att göra det... förr eller senare..."

Lunas blick vilade i ljuslågornas stilla flimmer. Hon ville helst inte prata om det som skett längre utan nu bara undersöka sina förmågor. Och det var inget hon kunde prata med Paula om. Inte med någon överhuvudtaget egentligen. Tanken gjorde att hon kände sig smärtsamt ensam, men samtidigt stark.

"Mamma, jag måste ta reda på var jag kommer ifrån." Hon visste att Paula inte tog illa upp. Att hon inte tog det som att hon inte dög. Som mamma. Hon förstod att Luna ville ha en bild av sitt biologiska ursprung. En förklaring. Ett avslut. Men hon visste inte att Luna också letade efter något mer. Hon visste inte att Luna kunde läsa tankar. Och hon förstod inte, eller rättare sagt, hon ville inte tro, att det var Luna som haft livet av männen.

"Mmm, jag förstår att du vill det gumman. Men... ärligt talat... jag vet inte vilka trådar vi ska dra i." Paulas händer låg stilla. Tungt på Lunas axlar. "Det är ju ändå arton år sedan nu, och man hittade ju ingenting. Inte ens ett fotspår. Det var verkligen som om någon sopat undan alla spår efter sig."

"Tror du att jag skulle kunna få lyfta utredningen igen, nu när jag är arton?"

"Mmm, jaa, det tror jag absolut. Vi kan ju gott ge det ett försök." Paulas varma händer kramade runt Lunas axlar. Hoppingivande men inte alls överensstämmande med hennes spruckna tonläge.

Paula hade gjort så gott hon kunnat för att försöka hitta Lunas riktiga mamma. Godhjärtad och godtrogen som hon var så hade hon sedan hon hört om Lunas öde varit övertygad om att Lunas riktiga mamma haft det väldigt besvärligt, väldigt trängda omständigheter som måste ha tvingat henne att lämna bort sitt alldeles nyfödda barn. Luna hade hört många teorier om hur och varför. Allt ifrån att hennes mamma kanske varit väldigt ung och velat dölja ifrån världen att hon varit gravid. Kanske hon inte ens vetat det, fått kraftigt ont i magen och fött hemma. Sådant hade de ju Reality-shows om. *I didn´t know I was pregnant.* Eller så kanske mamman hade drabbats av en svår förlossningsdepression och i ett förödande förvirrat sinnestillstånd gjort sig av med sin baby. Ja, teorierna var många och det enda hopp Paula egentligen såg var att Lunas biologiska mamma någon gång i framtiden skulle ge sig till känna. Pappan också naturligtvis, om han ens var medveten om Lunas existens.

"Vi kan ta tag i det nu i veckan om du känner för det." Paula hade satt sig ner på stolen mittemot Luna. Tittade henne oroligt i ögonen. Luna flyttade snabbt blicken in i lågorna igen. Sen ner på den största ljusstakens fot. Hon speglade sig i det blanka nysilvret, såg sig själv återges upp och ner i den konkava formen.

"Jag tror inte att jag orkar riktigt än… och så har jag ju några dagar kvar att jobba… så… nästa vecka kanske." Lunas läppar formades till något som skulle likna ett leende och huvudet rörde sig svagt upp och ner i en automatisk nickning. Paula stämde in i en lika försiktig nickrytm.

"Okej gumman, vi tar det helt i din takt." Hon sträckte fram handen, lade den mot bordsskivan med handflatan upp. Luna fattade den. "Men ska du verkligen jobba efter allt detta?"

Luna drog en djup suck och höll ögonen stilla på den rogivande eldslågan. Tänk att elden kunde ha en sådan fängslande förmåga på människan. Åtminstone när den hölls i ordnad form. Att stirra in i ett stearinljus en bra stund… det måste höra in på topp-fem-listan över nedstressande aktiviteter. Hon hade läst någonstans att det renade och hjälpte till att öppna upp tredje ögat. Intuitionen. Förbindelsen till det högre jaget.

"Ja, jo… men jag har bara fyra pass kvar." Hon sa det ganska tyst. "Det går bra." Lutade sig bakåt i stolen, tittade ner i knäet, föste sakta bort nån enstaka smula. "Jag behöver pengarna."

När klockan närmade sig halv tolv hade Luna både tränat yoga och skissat lite i ett av sina block. Om tankarna stillnade under yogan så klarnade de under målning, ordnades upp, placerades i fack. Hon hade under tiden hon målat planerat för sitt oundvikliga utforskningsprogram som hon var tvungen att genomföra så snart som möjligt. Tyvärr så skulle någon stackars varelse komma att bli tvungen att sätta livet till. Om det nu var så som hon misstänkte. Att hon på något mystiskt sätt hade förmågan att få andras hjärtan att sluta ticka.

Det molade en del i magen och egentligen kände hon bara för att spendera resten av dagen under täcket, med depp-musik i öronen.

Bara ligga, bara låta kinder och mungipor falla fritt.

Tycka riktigt jävla synd om sig själv.

Men på något sätt så var det som om benen rörde sig av egen kraft.

Gick mot dörren.

Munnen ropade till Paula: "Jag tar en runda till havet."

Och så var hon iväg.

7. LUNA

31 juli 2017

Hon hade planen klar. Mådde lite illa och magen värkte. "Rätt åt mig." tänkte hon och sparkade iväg en kotte. Och sen en till. Och en till. Bet samman sina tänder.

En ekorre skuttade ner från en tall. En så där sju meter framför Luna på den asfalterade Svarta vägen, nere bland sommarstugorna i sydvästra delen av Midvinds-skogen. I ett vips svepte den iväg. Högt upp i en gran. Luna stannade och sökte med blicken uppe bland de täta grenarna. Gjorde små lätta klickljud med tungan som för att kalla den till sig. Inte för att hon visste om det överhuvudtaget verkade lockande på en ekorre, men det kändes liksom rätt. Det klämde obehagligt över hjärttrakten och synen blev dimmig av några tårar som trängde sig fram. Innan de hann trilla lyckades Luna fånga upp dem med fingrarna. Drog längs med undre fransraden. Böjde till de övre fransarna och gick vidare.

Hon skulle nog inte lyckas få tag på något vilt djur, det var hon ganska så säker på. Kanske på sin höjd en kelsjuk katt. Men än hade hon inte stött på någon sådan. En fågel skulle vara lika med noll. Inte en chans liksom. Jo en skadad fågel möjligtvis, halvt om halvt vid liv. Det hade dessutom varit moraliskt okej. En sådan skulle hon kunna tänka sig att pröva "avliva" med tanken. Men än hade hon inte stött på någon. Och hur skulle hon för den delen kunna känna avsky inför en liten fågel?

Framme vid Vimmelvägen, där den lilla byn av färggranna badhytter såg sin början, fanns en stig som ledde in mot ett övergivet hus. Ett hus som stod tomt sedan tre år tillbaka, och det gick rykten om att det hade begåtts mord där. En finsk familj som köpt det hade hittats döda. Knivmördade. De hade legat döda i sommarvärmen i över två veckor när de upptäckts. Huset hade inte blivit sålt. Luna blev knottrig över hela kroppen av tanken på vilken sörja det måste ha varit där inne. Och vilken stank. Fastän att det tog emot en hel del så promenerade hennes ben fram längs med stigen. Här skulle hon i alla fall högst troligt få vara ensam. Med något litet djur som strax skulle få komma att uppleva slutet av sin jordliga existens.

Björnbärssnåren utmed gången var vildvuxna och Luna drog sina armar så tätt intill sig det bara gick. Ändå fick hon ett och annat rivmärke. Hjärtat slog hårt, och det liksom tryckte i hela hennes inre. Hon mådde inte bra helt enkelt. Tankeläsarförmågan var av. Det hade den varit igår också, när den där äckelgubben fallit ihop död. Men den hade varit på när Roy och Peder dalat ihop. Så idag var den av för att se om det påverkade på något sätt. Gubben igår hade kanske dött av helt naturliga orsaker. Alltså utan Lunas eventuella påverkan. Än en gång kände hon sig bara dum. Inbilla sig att hon hade nån superkraft. Ha! Det var väl bara tillfälligheter. Slumpen som spelade henne ett spratt. Och nu trodde hon att hon skulle kunna döda ett djur. Med tanken. Eller nåt. Elektrisk överföring? Hon fnös cyniskt åt sig själv och hade någon sett henne där hade de trott att hon var i kast med att kräkas eller nåt. Svimma eller säcka ihop. Eller att hon var hög kanske. Hon kände sig i alla fall som världens fulaste människa just nu. Riktigt jävla ful. Inside out.

Sommarstugan såg verkligen risig ut. Träpanelerna som var målade i nån grön nyans hade murknat lite här och där. På något ställe såg det ut som om någon försökt bända loss ett par brädor, för de hängde snett och hade huggmärken i sidorna. De vitspröjsade fönsterna var så smutsiga att säkert femtio procent av solens strålar silades bort innan de nådde in till möblerna. Om de stod kvar alltså. Med tvekan i stegen trampade hon fram på den toviga äng som en gång i tiden säkert varit en välskött gräsmatta, fram till ett av gavel-fönsterna. Sträckte sig lite åt höger, drog loss ett blad från lagerhäggen, spottade försiktigt på det och försökte putsa fram en glugg att kika in igenom. Hon kupade händerna och lutade sig mot rutan för att titta in. Ingen såg henne ändå. Hon skulle liksom bara kolla sen skulle hon sköta vad hon var här för att sköta. Lyfta på en sten eller gräva lite i nån rabatt. Få fram en stackars kandidat. En myra var kanske svår att hålla stilla i handen. För liten. Men en gråsugga möjligtvis. En sådan fanns det garanterat här under nån sten.

Hon hann inte fokusera blicken på inredningen innan hon ryckte till. Det kändes som om det var hennes eget hjärta som skulle stanna den här gången. Någonting rörde vid hennes ben.

Nere på vaden, som var bar eftersom det var shortsväder.

"Bbbbrrrrråååååuuu." lät det samtidigt som beröringen fortplantade sig till andra vaden.

En katt. Mestadels vit, med svarta fläckar lite här och där. Som över öron och ovanpå huvudet, ner över vänstra kroppshalvan och ena bakbenet. Den satte sig på rumpan och tittade Luna i ögonen, såsom bara en kärlekskrank eller hungrig katt kan.

"Mmmrrrraaa." Lite mer vemodigt denna gång. Lite mer som…"Aaaw snälla, har du nån mat till mig? Jag är sååå utsvulten… Iiiingen bryr sig om mig."

"Men hej lilla vän... kssss kssss." Luna satte sig på huk och katten svärmade kring henne, nästan välte henne med sina kärleksfulla puffar.

Nu hade hon ett perfekt tillfälle. Ett perfekt offer. Katten var inte rädd för närkontakt och hon borde verkligen passa på att ta chansen. En katt brukar ju inte bara falla ihop och dö av plötsligt hjärtstopp. Det hade hon i alla fall aldrig hört. Gubbar var en annan sak, men katter… nej!

Katten stångade sig mot Lunas knä under tiden den jamade. Kanske var det en övergiven sommarkatt. Som snart skulle komma att svälta ihjäl om den inte hittade en snäll själ som kunde sticka till den lite mat. Eller så skulle den frysa ihjäl när vintern kom. Och den var inte så värst långt borta. Stackars krake. "Kanske det bästa hade varit om den slapp ifrån allt elände." tänkte Luna med smala ögon. Så smala att det inte hann gå många millisekunder innan tårarna fyllde upp det lilla space där var och började rinna ner längs kinderna.

"Dahlia!" Var är du kissen?" En barnröst hördes från andra sidan huset, säkert ute på vägen. "Dahlia?"

Katten for iväg i galopp och Luna sjönk ihop mot husväggen. Satt stilla en stund, drog en hel del medvetna djupa andetag, kände in marken under sig… hur den höll henne uppe. Tryggt. Hjärtfrekvensen lugnade sig sakta och Luna kom upp på fötter igen. Såg sig omkring och närmade sig ett gammalt träd av något slag som stod alldeles i utkanten av tomten. På marken runt kring stammen låg en samling stenar i cirkelmönster. Luna ruckade på en. Den satt ganska hårt, hon fick sparka envist för att lösgöra den. Med handen välte hon därefter förväntansfullt bort den. Bingo. En mask, säkert en si sådär sju åtta gråsuggor och ett och annat för henne totalt okänt litet kryp.

Det var bara till att sätta igång. Hon ville få detta överstökat så fort som möjligt. Det var ett nödvändigt ont, som hon intalade sig. Med en ishand kramandes sitt innanmäte, med näsan rynkad och mungiporna nere förde hon ett litet löv in under en gråsugga och förflyttade det lilla livet upp i sin hand.

Den äcklade henne, precis som gubbarna gjort. Inte alls lika mycket, men en aning. Bra utgångsläge. Katten hade ju definitivt inte äcklat henne. Kanske det var ett av kriterierna liksom. Äckel. Hon lät den lilla insekten krypa runt i hennes händer som hon snabbt tvingats föra samman för att den lille inte skulle lyckas smita.

Hon hade inte föreställt sig gubbarnas hjärtan. Att de skulle stanna eller så. Nej, hon hade bara varit rädd, äcklad och önskat att de… skulle dö. Hon hade KÄNT att de måste dö. För att förhindra något värre.

Äcklad var hon av den här lilla gråsuggan. Så check på den. Den sprattlade runt så äckligt i hennes rena handflator med sina smutsiga små slemben. Lite rädd också kanske. Jo det var hon. Inte ville hon ha en sån att krypa in i öronen i varje fall. Gnaga på hennes trumhinna. Lägga ägg. Och sen skulle hundratals små sprallande gråsuggor äta sig in i hennes hjärna och... Just vid den tanken rös Luna till och såg för sin inre syn hur den stelnade. Och inte rörde sig mer. Att den var död.

Gråsuggan slutade rumla runt i hennes händer. Alla dess små ben krusade sig en aning. Hon blåste försiktigt på den. Petade till den. Lade ner den på jorden igen. Men den rörde sig inte. Stendöd.

Tankens kraft var magisk. Skapande. Helt klart. Luna kom att tänka på några kloka ord hon nyligen skrivit under en bild i sitt ena skissblock: *"Worrying is a misuse of imagination."*

Att skapa hemska scenarier i sitt huvud... med tanken... det kunde ju inte vara annat än förödande. Den här gången kom det att innebära en gråsuggas död, men tänk ändå... människor vandrade omkring och var rädda för ditt och datt. Oroade sig för saker som ändå aldrig kom att slå in. Kanske de där tankeenergierna förgiftade deras kroppar. Så att de blev sjuka. Och kanske än mer. Kanske de skapade det som de oroade sig för. Inget gott kunde väl komma ut av det. Tanken - en skapande kraft. Som att pejla in på en frekvens. Och man fick liksom vad man pejlat sig in på. Man kunde också se det som att gå in i ett rum. Om man gick in i rädslorummet, till exempel rummet med krig och fattigdom. Vad fick man då? Jo, upplevelsen av krig och fattigdom. För man valde att gå in i det rummet. Och sist men inte minst... i hela galenskapen... vilket sabla slöseri med tid och energi... Hålla på och oroa sig. Det gick åt en hel del tid till det. Tid, som folk ansåg sig ha så himla ont om. Och för att inte tala om energi...

Där låg den alltså. Hennes forskningsoffer. Luna backade sakta bakåt. Pulsen var igång igen och det ringde i öronen. Hon snubblade till över en träbit, men lyckades återfå balansen och föll aldrig. Snabbt försvann hon förbi björnbärssnåren, ner mot badhytterna och ut på Vimmelvägen. Fortsatte ner på strandpromenaden och tog till höger, mot hamnen. När strand och solbadande människor övergick i stora stenbumlingar, tång och ensamhet satte sig Luna på en utav stenarna, drog upp knäna under hakan. Slog sina armar runt de bara benen. Hon visste inte hur länge hon satt där. Visste bara att detta inte räckte. Med den där gråsuggan. Det var inte tillräckligt tillförlitligt. Hon måste tyvärr testa en gång till. Och den här gången på ett däggdjur. Ett däggdjur som vi människor. Inte på en människa off course. Men… på ett däggdjur. På en mus. Som hon faktiskt var lite rädd för. Precis såsom åttio procent av jordens kvinnliga befolkning… eller vad det nu kunde ligga på. Så hon reste sig, bet samman tänderna och styrde stegen mot stans största djuraffär.

Glasdörrarna gled isär och Luna satte ner foten på den mörkgrå entrémattan. Ville egentligen bara gå med sänkt blick, lika låg som hon kände sig, hela vägen in till smådjurs-avdelningen. Göra sig så osynlig som möjligt så att ingen lade märke till henne. Men man lade märke till henne. Hon var van att bli glodd på. Missunnsamma blickar från tjejer, kvinnor, tanter. Alla de som såg henne som en konkurrent om deras mäns blickar. Trodde de att det var kul eller? Att alltid bli utstuderad? Nej, det kunde hon fan meddela. Att det var det så in i helvete heller.

Hon kände sig som allt annat än en Terminator. Arnold Schwarzenegger gick i alla fall in med pondus, säckade inte ihop som en osäker grå mus. Sådan var hon nu. Som en vilsen mus. På väg att döda en av sina gelikar. Hon gnuggade sig över magen, nedre delen, och gick först bort till fiskarna. Det befann sig nämligen folk i det inglasade smådjursrummet, så därför fick hon först ta en runda bland akvarierna. Om man bara kom fram det vill säga.

”Helvete vad pantat att placera en stor jävla pall med kattsand här.” svor hon tyst för sig själv, trampade bestämt runt en hylla med en massa skit.

”Alltså att man ska behöva gå kors och tvärs som i en jävla labyrint för att ta sig fram på det här jävla stället.” väste hon fram mellan sammanbitna tänder och kom så äntligen fram till en öppen gång där hon kunde titta på de simmande små liven. En liten stund innan det var dags. Dags att döda. Hon sneglade över axeln. De var kvar där inne. En gråhårig kvinna och ett litet barn. Suck. "Kom igen." Det måste vara ångesten som kändes ända ner i ljumskarna. Det molade påtagligt och just då kände hon något som rann. Lite grand i trosan. "Oh maj gadd." Mensen ja. Det hade hon helt glömt bort efter allt som varit. Hon som brukade vara förberedd och gå med binda i säkert två dagar innan förväntad blödning bara för att slippa eventuella pinsamheter. Och hon som hade vita shorts. Hur dum fick man vara? Hon måste skynda sig hem. Inte konstigt att hon var på ett sådant pissed-off humör. Det gick liksom inte riktigt att styra under PMS-en. Hormonerna hade makten. Dumma små signalsubstanser som levde livet. Ha! Som människa var man en riktigt löjlig marionett styrd av gener, reflexer, hormoner och allt.

Just som hon svängde runt i uppstressad takt kom kvinnan och den lille pojken utspatserande ifrån glasholken och tog sikte på fiskarna.

Det var folktomt i djuraffären i övrigt, så när som på två butikssäljare som befann sig vid kassorna. Hjärtfrekvensen var säkert omätbar, eftersom den sprängt maxtaket på mätaren. Typ. Det väste i öronen. Snart ringde det väl också. Hon började se ett mönster. Luna försökte se sig själv som en Terminator med ett oundvikligt offer att utplåna. Till vinst för mänskligheten. De ljusa långa lockarna vajade längs med ryggen och hon gick med ambivalenta steg in i smådjurs-rummet.

Där, i knähöjd, i en bur med två våningar bodde en mus, ljusbrun med små svarta ögon och lång obehaglig svans. En nyfiken liten krabat som var framme och sniffade frenetiskt genom gallren. Bredvid stod en bur med tre hamstrar. En sprang i hjulet, en drack, en sov. Jättesöta. Luna hade själv haft hamster när hon var runt åtta år gammal. Kaniner med långa slokande öron satt avspänt och tuggade hö i en större inhägnad längs med en gavelvägg. Däggdjur. Söta. Och inte äckliga. Men om hon var tvungen att peka ut en som den mest äckliga så fick det väl bli den minsta. Den besvansade lilla musen. Visste inte varför. Den såg så himla harmlös ut men det var väl nåt i generna som sa att möss inte var bra.

Luna sträckte sakta fram handen, med pekfingret utsträckt. Hon darrade. Det här var en dålig idé. Den skulle väl bita henne och så skulle hon få rabies och allt. Hon ryckte till sig fingret igen. Trots att det lät som ett svagt ringande någonstans inne i huvudet, som bestämt höll på att öka i frekvens, så hörde hon den lille pojken och hans farmor eller mormor närma sig igen. Nu var det bråttom. Hon bet samman och tvingade fram sitt finger igen. Musen bara sniffade och nafsade lite nätt. Den var snäll. Men vem visste när den kunde hugga till? Bara självaste tanken på ett eventuellt bett och rabies-smittan som skulle göra Luna till en galning räckte nog. För musen blev slapp i kroppen och föll. Helt stilla låg den. Med benen utsträckta åt sidan. Hon hade rört den, samtidigt som hon varit äcklad, rädd och skräckslagen att den skulle skada henne. Så den dog. Precis som gråsuggan, gubben i skogen, Peder och Roy. Luna rätade upp sig och kastade bak sina lockar. Föreställde sig att hon var Terminator. Men i diskretare tappning. Gick så dämpat som möjligt mot utgången. I bakgrunden hörde hon den lille pojken.

"Titta faamå. Musen e slut a batteji!"

Luna nickade ett hej till de två manliga kassabiträdena.

Kände deras blickar slicka henne på ryggen, över hela baksidan.

Skyndade hem med ringande öron och rinnande ögon.

Förmodligen också med en blodfläck mellan benen.

8. LUNA

17 augusti 2017

"Titta! Här står det." Paula pekade hårt på en artikel i den uppslagna morgontidningen.

> *"Mannen som hittades död i en dunge i Midvinds-skogen den 30:e juli dog av plötsligt hjärtstopp. Det visar den preliminära obduktionsrapporten och därmed avskrivs alla spekulationer om att brott begåtts."*

"Hoppas han led." morrade Paula.

"Man känner väl inget om hjärtat bara stannar…?" Luna var inte säker. Tänkte på gråsuggan och musen.

"Ingen aning…" suckade Paula och spände ögonen i artikeln. "…men jag hoppas att han lider där han är nu i varje fall." Hon böjde sig fram och sänkte rösten. "Hade det inte varit för den lilla självbevarelsedrift jag hade då när jag hittade honom, så hade jag mer än gärna stampat på den jäveln, sparkat honom i skrevet och krossat hans sliskiga nylle under en sten! Innan jag ringde 112."

Luna visste inte om hon skulle fnissa åt Paulas beskyddar-instinkt eller ryckas med i hämndlystern. Det blev ett fniss.

"Jag får ju säga att jag är hemskt tacksam över att min mamma inte sitter i finkan, för brott mot griftefriden." Paula log varmt till svar och fortsatte ögna igenom tidningen. Hon fastnade snart vid ett längre reportage, hällde i sig det sista av kaffet, höjde ett finger och högläste en bit ur texten:

> *"Sedan antalet fall av plötsligt hjärtstopp ökat dramatiskt sedan januari i Sverige har Nordiska hjärtforsknings-institutet startat ett intensivprojekt vid sidan om den ordinarie forskningen i syfte att samla data och hitta bakomliggande orsaker och eventuella samband mellan fallen. De senaste årens uppsving över hela Europa öppnade ögonen på en svensk forskare vid namn Olof Stregenfyr. Nyss omplacerad från Göteborg till Lunds universitet flyttade han nyligen in med sin familj i Hejmstad."*

"Mhmm…" Paula fortsatte läsa under tystnad. Tittade upp på Luna. Ner igen.

Luna vände tekoppen upp och ner. Den sista droppen te, högkoncentrerad av honung, rann in i munnen. Hon förde bak stolen och reste sig. "Jag hinner en snabb yogasession innan vi kör."

Paula blickade ner på sitt rosé-färgade armbandsur. "Jo... jaa..." och så var hon tillbaka i reportaget.

Lunas fäste sina blonda vågor i en svans. Första skoldagen för terminen. År tre på gymnasiet. Det kunde ju vara matnyttigt att höra en och annan tanke.

Efter ett tiominuterspass mestadels djupandning och chakrabalansering var hon omslagen till tankeläsarförmåga och gick in i badrummet för en sista koll i spegeln.

"Well... det får duga." tänkte hon efter att ha släppt fram lockarna igen, borstat tänderna och lagt på ett violdoftande lager läppglans. Den ljusrosa crème-rougen satt som en smäck och hon böjde till de långa svarta ögonfransarna med tången. Ögonen blixtrade i elektriskt blått. Matchade fint till den ärmlösa blusen i samma nyans.

9. KAAN

17 augusti 2017

Det brusar… liksom går sönderskurna vågor i luften, så att hela bilden av vad som utspelar sig blir otydlig. Det han kan urskilja är en mängd barn. Tror han. De är relativt kortväxta i alla fall. I olika längder, i olika kostymer och masker. Zombies, häxor, clowner, skelett. Några faller till marken. Någon står stilla, någon springer. Det flyter blod på kullerstenen. Tjockt mörkrött blod. Det ser äkta ut. Barnen hinner inte skingras för gränden de marscherar i är smal och utan gömställen. Hela kvarteret skiner plötsligt upp. Ett barn utklätt till zombie. Hans ansikte försvinner. För alltid.

"Helvete!" Kaan tände sänglampan, såg att handen skälvde en aning. "Vilken jävla dröm." mumlade han och strök sig över sina knottriga armar. Var kom den ifrån liksom? Man brukade väl drömma något som på ett eller annat sätt hörde ihop med något man upplevt under dagen. I nån slags vinkel. Men denna jävla slaktdröm begrep han inte var den kommit ifrån. Hjärtat trummade mot bröstbenet. Han släckte ljuset igen och drog duntäcket ända upp över näsan. Grävde ner sig i kuddhögen och försökte glömma drömmen. Det var bara en dröm. En sjuk hallucination. Nothing real. Han tittade på klockan. 6.06. Snart skulle de komma.

"Ja må han leva, ja må han leva, jaaa må han leva uti hundrade år…" Tre vackra röster i kör äntrade rummet. Samantha bar på en frukostbricka med varm choklad, en präktig räkbakelse och ett levande ljus. Och såklart både den svenska och den turkiska flaggan. Olof och Benjamin höll i vars ett, i grönt papper inslaget, paket. Grönt som i hans favoritfärg. Skimrande mossgrönt. Typiskt Samantha att lägga energi och kärlek på varenda detalj. Han blev tårögd av bara åsynen av omslaget. Undrade hur många hemsidor hon sökt igenom för att hitta just detta papper.

"What!? En nyckel?" Kaan fiskade upp en bilnyckel från botten av ett i förhållande till innehållet alldeles för överdimensionerat paket. Tittade på Samantha och Olof. Fram och tillbaka. Hjärtat slog volter. Närapå.

"Pappa var iväg och hämtade hem den igår." bubblade Samantha. "Den står tvärs över gatan."

Alla fyra for fram till fönstret. "Hoppas det är okej att den inte är grön." skrockade Olof. "Jag försökte men…"

"Lägg av!! Ni har alltså köpt en bil till mig…?" Kaan gned bort nån tår ifrån ögonvrån. Även om körkortet kanske skulle dröja några veckor till så… så ja… så längtade han ännu mer nu. 18. En sjukt jävla bra ålder.

Han sjöng som vanligt i duschen. Inte *Somewhere over the rainbow*, utan bara random stuff. Great stuff. Idag blev det *Hey brother* av Avicii.

Somewhere over the rainbow sjöng han bara och endast när han skulle ställa om sig. Slå av eller på tankeläsar-förbannelsen. Ibland kunde den i och för sig komma till nytta. Vara en gåva och inte bara en förbannelse. Om det var något särskilt han ville ta reda på. Idag när han skulle börja i ny skola, ville han av olika skäl inte veta vad andra tänkte om honom. Om hans utländska påbrå. Folk dömde nästan alltid hunden efter håren. Han ville inte veta. Han ville ge dem en chans.

Kaan samlade håret i en svans, såg att ljuset ovanför huvudet var tillbaka men brydde sig inte så värst. Ingen annan såg det ändå. Han drog några drag med Armani deo-sticket han precis fått i present. Det andra paketet hade innehållit ett kit med luktegott och rakgrejer. Han drog fingrarna längs med sina kantiga käklinjer, närmade sig spegeln, kollade så att inga långa näshår stack fram. Det var inte så värst kul att dra bort dem men… aah, skönt, där fanns inga svarta spektakel just idag. Efter att ha klätt sig under kval och grämelse, vad skulle man ha på sig första dagen liksom… luffade han nerför trappan. Mot köket.

Olof satt och högläste ur tidningen.

"Uuuh, lyssna nu… här står lite om farsan idag…" sa han med

pigg blick och rättade till glasögonen.

> *"Sedan antalet fall av plötsligt hjärtstopp ökat dramatiskt sedan januari i Sverige har Nordiska hjärtforsknings-institutet startat ett intensivprojekt vid sidan om den ordinarie forskningen i syfte att samla data och hitta bakomliggande orsaker och eventuella samband mellan fallen. De senaste årens uppsving över hela Europa öppnade ögonen på en svensk forskare vid namn Olof Stregenfyr. Nyss omplacerad från Göteborg till Lunds universitet flyttade han nyligen in med sin familj i Hejmstad."*

"Äh, skit i det nu." sa han, mest till sig själv. "Nu går vi ut och spanar in ditt nya åk."

Alla fyra var vid det här laget klädda och de hann ut på gatan för att inspektera den lilla svarta Renault Clion, innan det var dags för Kaan att promenera iväg och möta allt nytt, alla nya intryck på för honom okänd mark. Iväg till en gymnasieskola, som egentligen inte låg så långt iväg, men som tycktes befinna sig i en helt annan verklighet. Och Benjamin... han skulle bli följd av Samantha till sin allra första skoldag.

"Kör hårt idag brorsan." Kaan kramade om sin elva år yngre adoptivbror. Dolde att han oroade sig över vad andra skulle tänka om honom. Vad de skulle säga till honom. Benjamin var mörkhyad. Riktigt mörkt. Otroligt vacker. Adopterad från Haiti. Ett hittebarn efter jordbävningen den 12:e januari 2010. En överlevare bland över 200 000 döda. För en sekund fick Kaan en flashback från nattens dröm. Tillräckligt för att få igång pulsen. Men Samanthas varma blick när hon studerade de två bröderna lade sig som en lugnande, len hand om Kaans skenande hjärta. Som en antidot mot adrenalinsoldaterna. Spelade ingen roll om hon inte var hans biologiska mamma, hon fick honom att känna sig som hennes. Big time! Hennes allt. Hon sträckte ut sin arm mot Kaan med den där kramblicken i ögonen. Kaan böjde sig en aning för att nå ner till hennes nivå. Hon drog en djup suck medan hon lade armarna om honom. Alltså inte vilken suck som helst. Den talade sitt eget språk. Hon hade inte behövt säga mer, för Kaan förstod precis vad hon tänkte. Och då hade han inte ens tankeläsarförmågan påslagen.

"Min stora pojke…" Hon löste upp kramgreppet och tog hans välrakade ansikte i sina händer och tittade honom förundrat i ögonen. Det var som om de sa att hon var tudelad. Den ena delen av henne ville aldrig släppa iväg honom från sitt beskydd. Hon ville stanna tiden. Den andra delen gladde sig stolt till tusen över att han nu var en man. 18 år. Snart på väg ut i livet. På väg ifrån boet. Han behövde inte kunna läsa tankar för att tyda hennes blick.

Kaan log och försökte tysta sina känslor och sina tankar som tillfälligt snuddande vid ett område han inte var säker på att han ville veta av. Den här grejen med att man förändras. Växer. Till att bli en annan i någons ögon. En som förväntas ta fullt ansvar över sitt eget liv. Sen man föds är det liksom det man har i sikte. Att lära sig stå på egna ben. Bara tanken på att så småningom flytta till egen lägenhet… att inte ha familjen där omkring sig. Den tanken gillade han inte. Kanske var det så att alla i de övre tonåren tänkte så här. Eller inte liksom? Kaan försökte intala sig att det hade med hans bakgrund att göra. Att det hade att göra med att han inte visste var han kom ifrån. Izmit, Turkiet. Well, det visste han. Men det räckte inte. Inte på långa vägar. Vilken livmoder kom han ifrån? Vilken familj? Vilken släkt? Hade han biologiska syskon? Var han lik sin mamma eller sin pappa? En blandning kanske? Dessa funderingar skulle förmodligen aldrig sluta gnaga. Han kände ingen annan än Benjamin med samma udda ursprung. Varken i sin egen ålder eller äldre. Det borde finnas en förening för hittebarn. Någon han kunde prata med som förstod exakt vad han menade. Och Benjamin var ju bara sju år gammal. De här funderingarna behövde hans barnasinne inte tyngas ner av ännu. Tids nog skulle han börja grubbla. I elva-årsåldern hade Kaan mer och mer börjat plågas av att inte veta sitt ursprung. Han tänkte låta Benjamin njuta av obryddheten ett par år till. Kanske att han ville ha någon att prata med sen, och då skulle Kaan finnas till hands.

Samanthas blick slog om till en blank, mer ängslig blick. "Jag håller alla mina tummar och tår för dig idag älskling."

"Oroa dig inte mamma… det kommer gå bra." försäkrade Kaan och försökte se självsäker ut. Innanför den vita Lyle & Scott-tröjan, pickade hjärtat dock på lite fortare än vad man skulle kunna kalla harmonisk takt.

"Mmmhm… men inte för flickorna." skojade hon. "De kommer garanterat att svimma när de får syn på en sådan kolossalt stilig ung man."

Kaan viftade bort komplimangen med ett brett leende. "Ja, ja om det vore så väl..." sa han, rättade till remmen på ryggsäcken och gjorde sig redo att styra sina steg mot skolvärlden. "Vi ses i eftermiddag."

Medan han vandrade på trottoaren längs med Regementsgatan, satte ner ena foten framför den andra, tog grubblerierna ny fart. Han tittade på skorna. Vita, nypolerade Vans-kängor. Lagom dyra, inte alltför skrytiga. Han visste inte hur folket i Hejmstad var på modefronten. Var de ohälsosamt fixerade och såg ner på någon med trashiga märken? Eller de såg med avsky på en som snobbig överklass-stekare om man hade alltför dyra märken? Eller brydde de sig inte? Nåja, utstyrseln för dagen var medelmåttig. Stilren och lagom. Borde inte anmärkas på av vare sig det ena eller det andra lägret. Tröjan dolde att hans åtsmitande ljusa denimjeans var av ett exklusivare märke. Klockan på hans handled sved lite. Den hade inte varit billig, men va fan? Ingen skulle väl komma så nära idag så att de skulle se exakt vad det var för en sort... Jo, kanske... Han fattade grepp om låset på remmen av titan, knäppte upp och stoppade ner den i fickan. De svarta ögonbrynen sjönk en aning. Klockan hade Olof köpt till honom i våras. Efter att det blivit bekräftat att de skulle behöva flytta igen på grund av hans jobb. Ett jobb som gav rejäl avkastning. De hade det gott ställt och varken Olof eller Samantha såg nyttan i att lägga pengarna på hög. De skulle användas. Komma till glädje. Något som sved i mångas ögon. Han visste av erfarenhet att vissa människor skulle tänka att han var en jävla parasit som gick och breshade i dyra märkes-kläder. Säkert stulna eller betalade av svenska staten, av skattemedel. Sliskiga jävla svartskalle... komma hit och stjäla både våra pengar och fruntimmer. Han hade hört just detta ett par gånger när tankeläsarförmågan varit på. Därför var den idag avstängd. Och därför klädde han sig idag neutralt. För att smälta in lite mer ödmjukt. Om det gick. Hjärtat pickade och han märkte att han redan var framme vid de mäktiga träportarna som dagen till ära stod på vid gavel. Hejmstad Läroverk Anno 1899. Stora bokstäver och siffror av ärgad metall, fastnaglade i fogarna kring det röda teglet, en bit upp på gaveln ovan portarna. Det var en rejält pampig byggnad, nu när man kom så här alldeles tätt inpå. Han hade varit förbi här ett visst antal gånger sedan de flyttat hit. Gymnasieskolan låg alldeles i närheten av stans shoppingstråk. Och såklart man kollade in var man skulle tillbringa sitt kommande år liksom. Kaan gillade inte att inte ha koll. Att bara hips haps ta och leta sig till en plats om man kunde ha förberett sig, kunde ha skapat sig en bild, och få en slags inre kontroll... varför utsätta sig för den chocken? Det var inte Kaans grej, att vara spontan. Det lät ju så bra. Att vara spontan. Men nej. Inte Kaan inte. Han ville med sitt högkänsliga sinne vara förberedd för att hinna bearbeta intryck innan de överväldigade honom.

Pampig var den verkligen. Utvändigt åtminstone... så här långt granskad. Nu återstod det att kolla in insidan, och efter att ha slunkit in genom den grandiosa dörröppningen kunde han snabbt konstatera att foajén visade sig vara minst lika ståtlig som den utvändiga stilen. Stora pelare av sten välkomnade honom in i en stor vid korridor med ett golv av blekgrå marmor. Ett golv nött av tidens tand och av alla de vuxna barns fotsteg som trampat, skrapat, skyndat sig därpå. En svängd trappa av sten på vänster sida ledde Kaan upp till andra våningen. Han tittade ner på sina skor, på stegen, för att inte av ren nervositet råka trampa fel och göra bort sig. Spetsiga fossiler sågs begravda i stenen. Det ekade mellan väggarna av allt sorl. Det kryllade av elever men Kaan fokuserade så gott han kunde på att styra sin väg fram till salen där hans klass skulle samlas. Tack vare en karta över skolbyggnaden på hemsidan hade han fått full pejl på var allt låg. Cafeterian till exempel, den låg på plan ett, tjugo meter rakt in från huvudentrén, och sen 7 meter till vänster. Musiksalen på plan 3, längst bort i den norra flygeln.

Han var inte först. Halva salen var fylld av elever, någon satt ensam, några satt vid samma bord. Vad gör man? Jo, man slår sig ner vid en tom bänk så långt ner till vänster som möjligt. Längst ner i hörnan. Att sätta sig i mitten eller längst fram var detsamma som "Heej, glo på meej!"... "eller så kanske man bara inte är så himla känslig som mig." tänkte Kaan och slog ett öga ut genom fönstret. Var skulle man titta liksom? Han märkte ju att de tittade på honom, och han var så pass skadad av att ha hört andras tankar att han inte kunde lita på att det faktiskt kunde hända sig som så att någon actually kunde ha goda tankar. Men, han skulle inbilla sig det idag. Att alla dessa människor hade goda tankar om honom, och inte dömde honom. Och då var det verkligen till hjälp att inte ha tankeläsar-helvetet påslaget, plus att han underlättat ytterligare genom att klä sig anspråkslöst. Mjukt. Inte utmärka sig. Han var så trött på att bli dömd. Idag skulle ingen ha några onda tankar om honom. De skulle säkert gilla honom. Helt klart.

Presentationsrundan var igång. Deras mentor Andrej verkade schysst. Han ville att alla körde en kort presentation i och med att de hade en ny elev i klassen och tack och lov så började de inte med Kaan utan längst fram på höger sida. Andrej såg ut att vara kring 45. Svårt att se. Kaan skulle säga att han såg bra ut. Tjockt blont hår, kortare på sidorna, en tjock man uppepå, som han ett flertal gånger dragit sin hand igenom. Kantigt ansikte. En Ralph Lauren-skjorta, slim fit. Relativt välbyggd. Åldern hade han inte avslöjat i sin presentation. Bara att han jobbat på skolan i tio år, MA/ NO-lärare. Att han hade en son på 9 och en dotter på 3,5. Och att han var separerad. När han var färdig med sig själv närmade han sig en tjej med blont hår. Längst fram, längst ut mot skåpet.

”Tar du över Luna?” frågade han och klappade henne vänligt två gånger på den bara överarmen. Hon ryckte undan armen och vände sig om mot klassen. Fortfarande sittande. Kaan sträckte lite diskret på halsen.

”Det är hon! Det är hon! DET ÄR HON!! Det är inte sant! Det är inte klokt! Det händer INTE!!” surrade, stressade, spratt det i hans huvud. Som tusen utsvultna minibin lycksaliga över att ha hittat en oändlig äng av de allra vackraste blommor med den mest exklusiva nektar Moder Jord hade att uppbringa. Eller som om han vore hög. Inte för att han visste hur det kändes att vara hög. Av droger. Men detta måtte vara att vara hög. HON! Hon med det svirvlande månskenshåret. Hon! I hans klass! ”Det är ju fan inte klokt… phfffff…!” jublade hans tankar och en känsla han inte upplevt tidigare tog över. Nackhåren stod nog ut a whole lot. För ett litet tag var det som om han i egen HÖG person var huvudpersonen i världen. En värld innesluten i en bubbla av kristall. Omöjligt att höra vad folk runt omkring honom sade. Och där inne… i bubblan dansade älvor och enhörningar runt, runt. Och gnistrande hjärtan. Och fullt av små Amors skjutandes pilar igenom hjärtana. Med Kaan i mitten. Med allt det vackra virvlades runt omkring honom… stjärnor, klarare än någonsin… som bländade honom... all hans vett och sans och verklighets-förankring såg sig puts väck... allt yrde runt, runt. Till och med han själv... Nä...

Jisses vad störd han kände sig. Okontrollerad. This was no good. Han som så gärna ville höra vad hon sade. Men det gick liksom inte. Det var kört på den fronten. Han som så gärna ville höra vad just HON sade… och vad alla de andra också sade för den delen. Det hade varit praktiskt nu när man var ny och allt. Suck. När turen så väl kom till honom hade han inte hört ett dyft av vad någon av eleverna på den högra bänkraden sagt. Madness!

10. LUNA

17 augusti 2017

Fastän det bara var en sådär sju minuters promenad till skolan brukade Paula skjutsa Luna dit. Sina journalistiska research-uppdrag brukade hon sköta undan så tidigt på dagen som möjligt. Hon brukade alltid ha något ärende att beta av innan hon fortsatte hemma vid skrivbordet. Ibland var det såklart oundvikligt att arbeta på kvällar och helger, det var ju mycket beroende på var och hur långt hon befann sig i sina efterforskningar, men dessa ufo-observations-studier hade hon kunnat styra relativt väl. Idag skulle hon iväg till den där Eric på Nordiska Ufo-Observationsenheten igen. Det var nästan så att man började undra om det inte var någonting på gång dem emellan. En liten fling kanske. Paula hade träffat honom ett stort antal gånger vid det här laget. Antingen så satt han inne på otroligt intressant information eller så var det kanske någonting mer som lockade. Att hon inte hade tänkt på det innan. Paula hade ju inte sörjt Peders bortgång något nämnvärt. Inte alls rättare sagt. Hon hade bara varit arg och skamfylld över att hon utsatt Luna för honom. Att hon låtit ta in ett sådant kräk i familjen. Ett kräk som haft intentionen att våldta hennes dotter. Luna visste väl inte så mycket om psykologi och sådant där, men hon funderade ändå i banor som att Paula fortfarande befann sig i ett slags chock- och förnekelsestadium. För Luna hade försökt prata med henne om det, men Paula hade bara fått ett stelt uttryck och menat på att han inte förtjänade att pratas om… eller att överhuvudtaget minnas för den delen. Det var som om Paula försökte radera ut honom ur historien. Så Luna lät det vara. Även om hon själv på något sätt ville prata om det. Hon hade ju blivit angripen av sin styvpappa. Sett honom naken, med målet att våldföra sig på sin 32 år yngre styvdotter. I sin mentalt störda övertygelse om att det var precis vad hon ville. Ha hans ådriga gamla sak körandes in och ur sig. Nä fy fan vad sjukt! Paula ville inte tänka på det verkade det som. Inte minnas åren hon slösat bort på ett sådant svin. Istället lät hon sig uppslukas till fullo av sitt jobb, och det var kanske bra, hade Luna tänkt. Ända tills fördämningen skulle komma att brista. För även om Paula verkade stark utåt så nja… vissa saker kunde man inte gömma undan för alltid. Luna hade önskat att hon hade någon annan än psykologen att prata med. De hade för den delen bara träffats två gånger sedan Dagen. Luna hade ett speciellt ritblock ämnat åt bearbetning. Det var psykologens idé. Det var liksom en av Lunas "grejer". Att rita. Det var hennes gåva hade hon sagt. Psykologen. Alla hade vi en gåva. Och i den kunde vi finna läkning. Så Luna hade ritat. Och målat. Teckning efter teckning.

"Hur är den där Eric?" frågade Luna från passagerarsätet, med tankeläsarförmågan på full mottagning. Om Paula och han hade någon loveaffair på gång så var det Lunas jobb att stoppa det. Paula borde egentligen själv begripa att inte ge sig in i något nytt redan. Men, men… även solen hade ju sina fläckar.

Paula trummade sina fingrar lätt på ratten och sneglade på Luna. Såg lite hemlighetsfull ut och log listigt. ”För det första så är han ååh… sååå dösnygg… smart… passionerad… men för det andra så är han alldeles för ung för mig.” hörde Luna trots att Paulas leende läppar fortfarande var stilla.

Paulas läppar började röra sig, hon lade i backen, vred sig runt en aning och svängde ut bilen från parkeringen intill lägenhetskomplexet.

”Tja… han är helt okej. Mycket kunnig… och han har förmågan att dra till sig en massa intressanta storys. Som idag till exempel, ska han gå igenom ett fall ifrån Hejmstad. Han har lyckats få tag i flera vittnesuppgifter…” sa hon och höjde på ögonbrynen.

”Wow! Coolt… och lite läskigt.” menade Luna och dolde bra att hon precis hört Paula tänka något som kanske var ännu läskigare.

”Mmmhm, visst är det.” Paulas ord var fulladdade med extas. Förväntan. Men hennes ansiktsuttryck visade något annat. Ängslan. Som om hon kanske försökte jämna ut. Så att huvudet inte skulle explodera av ruset.

”Är det från 1999 det också?”

Paulas entusiastiska uttryck liksom sjönk till en skrapande stel nivå, och landade i klass med minspelet. Hennes tankar avslöjade att det till råga på årtalet var just kring tiden i slutet av juni. Alldeles i anslutning till dagen… eller natten då Luna hittats. Den 29:e juni 1999.

"Jajamensan." försökte Paula lättsamt, ville nog ha det till att bubbla mellan stavelserna, men det lät mer som ett skört ripplande. Hon svängde in bilen mot Vintergatan. Ställde sig bakom en vit Pickup.

"Skynda dig nu gumman." Hon pekade mot klockan på panelen, strök Luna över kinden.

"Ha nu en underbar första skoldag så ses vi i eftermiddag. Go kill ém!" skulle hon skoja. Men kom på sig. Det olämpliga i hela sakläget. "Alltså inte bokstavligen!" skrattade hon nervöst. "Jag borde vara hemma till tre."

"Okej, kör försiktigt… ses sen." sa Luna lite disträ och gjorde en slängkyss på rutin och puttade igen bildörren. Tankarna var för tillfället minst sagt röriga och obehagliga. Och nu när hon snart skulle äntra skolbyggnaden skulle det bara bli sju resor värre.

"Curiosity killed the cat." mumlade hon för sig själv och sparkade till en sten som flög in ibland cyklarna i det fullknökade stället på västra skolgården. Ufo-observationer i Hejmstad alltså. Natten då hon hittades. Well. "Varför i helvete slog jag på?" PMS:en var i sin begynnelse och hon kände igen obehagskänslan i kroppen. Eller ja, mest i sinnet kanske. Lättirriterad och lättantändlig. Skulle nån jävla bitch på skolan ha nån störd tanke om Luna skulle hon få bita sig blodig i tungan för att inte hugga. Det var inte det att hon inte kunde ta kritik, men om någon kom med ett personligt angrepp, som såklart just under PMS:en blev hundra gånger uppförstorat… ja då högg Luna direkt. Som en vansinnig orm. Fast en orm ville hon i och för sig inte likna sig vid. Njäe, hellre en drake. Yes! En stor mäktig drake. Som röt ifrån. Markerade. Sprutade lite eld. Draken var i alla fall hennes mest framträdande kraftdjur. Luna hade drömt om en och samma drake många, många gånger. Hur dess muskler och fjäll spelade där den strök omkring, hur den närmade sig henne. Hur dess gula ögon naglade fast henne. Hur den mullrade dovt. Hon hade varit skräckslagen i början, i drömmarna, trott att den skulle anfalla, hugga, spruta eld, bränna upp henne. Men hon hade alltid vaknat innan den gått till attack. Om den ens någonsin hade haft intentionen att gå till attack det vill säga. För ju fler gånger hon drömt om den desto tydligare hade det blivit att draken liksom mest bara svassade omkring, smög i några buskar, gick längs med vägrenen bredvid Luna, flög ovanför henne, tittade på henne. Höll henne sällskap. Vänligt. Den anföll aldrig. Till slut hade Luna kollat upp lite om drömtydning och om draken som symbol och kommit in på en sida om kraftdjur.

Kraftdjur

Vi har med oss ett eller flera kraftdjur från vår födsel till vår död, men kraftdjuren kan också bytas ut under vårt liv. Detta kan ske om vi exempelvis genomgår stora förändringar som påverkar vår livsväg dramatiskt, och som gör att vi ställs inför andra utmaningar än vilka vårt tidigare kraftdjur var valt utifrån. De kraftdjur vi har är ofta djur vars personlighet liknar vår egen, men det kan också vara kraftdjur med motsatt personlighet som istället ska balansera upp de styrkor och svagheter som vår egen personlighet ger oss. Kraftdjuren kan bland annat hjälpa oss att förstå vad vi behöver utveckla i vårt liv och med oss själva, till exempel vad gäller våra förmågor och egenskaper. Ett kraftdjur kan vara vilket djur som helst, även om vissa är mer vanliga än andra. Det vanligaste är att kraftdjuren kommer till oss genom vårt undermedvetna, under exempelvis meditation eller genom våra drömmar. De kan också kommunicera med oss genom exempelvis synkronicitet, det vill säga att vårt kraftdjur dyker upp på flera olika ställen runt omkring oss under kort tid, till exempel i en bild i en tidning, ett program på Tv och sedan i ett samtal som vi hör när vi sitter på bussen. Ett kraftdjur kan också ta kontakt med oss genom att djuret visar sig fysiskt, och om det är ett vanligt djur som man ser ofta i normala fall så kan det bete sig på ett annorlunda sätt som gör att vi uppmärksammar det. Exempel på detta kan vara ett djur som dyker upp på en plats där det normalt inte brukar vara, att ett djur kommer ovanligt nära eller att det stannar till längre än vad som brukar vara normalt för det djuret.

Draken

Draken som kraftdjur innebär att man har en oerhört kraftfull beskyddare. Den står även för styrkan att förändras. Draken representerar det övernaturliga, oändligheten själv och andliga krafter av förändring och omvandling. Draken är en grym beskyddare och lägger extra kraft till all magi du utför. Den har stor koll på om faran är nära eller inte. När den väl kommer attackerar den och gör allt för att skydda sitt liv. Med draken har du kraft att skapa stora förändringar. Du är rustad att anta de utmaningar som kommer i din väg. Dessa utmaningar kommer dessutom att ge dig stor visdom. En drake överkommer hinder tills framgången uppnås. Den är energisk, beslutsam, optimistisk, intelligent och ambitiös. Den symboliserar tur, lycka och välstånd. Drakar har den magiska förmågan att krympa i storlek till en silkesmask för att sen svälla upp och fylla mellanrummet mellan himmel och jord. Om den vill kan den även göra sig synlig och osynlig samt ta mänsklig form eller formen av ett djur för att utföra något hemligt uppdrag. Den hindrar onda andar, beskyddar de oskyldiga och skänker säkerhet. Ett av huvudsyftena för draken är att ge intensivt skydd åt sin skyddsling om det som ligger i framtidens linda. Med draken som kraftdjur kan man därför alla gånger räkna med att man har ett viktigt mission på denna jord.

"Hmmm... yes... nog har jag en drake med mig." tänkte Luna både cyniskt och triumferande. "I spit fire... I kill assholes... så nån slags skydd mot onda andar kan man ju beskriva det som... men vet i fan om jag har haft så mycket tur..." Hon hade precis passerat in genom skolans portar och vek av mot trappan upp. Hon lade sig till med ett krokigt leende, kände hur alla hennes celler i kroppen glödde. Hon satte sin högra fot på första trappsteget, lyfte blicken och kände sig pretty oövervinnlig. "Well, here I stand... here I walk... and fire walks with me."

"Luna! Hej!" Kim väckte Luna ur hennes dagdrömmeri. De var halvvägs upp för den svängda fossiltrappan när Kim pickade henne på axeln och skyndade upp sida vid sida.

"Nä men hej snygging!" sa Luna och lade sin hand på Kims axel. Slog bort tankarna på drakar, eld, beskydd och magi. Tillbaka till verkligheten. Hon hade dessutom kommit ner en bit på jorden igen då tankarna från den tilltagande massan av elever ökat i styrka och mer och mer trängde sig in i hennes sfär. Så fort de var uppe på plan två kramades de lätt, Kim och Luna, glada över att se varandra igen efter ett långt sommarlov.

"Shit vad brun du är…" log Luna. "Hur har du haft det?" Kim hade varit på back-pack semester i Sydamerika under så gott som hela sommaren. Lunas sommar hade ju inte varit lika spännande. Den hade rent ut sagt varit förjävlig och Luna slängde en både drömmande och avundsjuk blick på Kims friska, äventyrliga utstrålning. Hennes seniga och muskulösa armar. Livliga fräknar som bredde ut sig över näsa och kinder. Hon hade ett ljust läppglans på sina tunna läppar som strålade i ett nästintill barnsligt leende. Det bruna håret var uppsatt i en rufsig svans högt upp i nacken.

"Skitbra!" vräkte Kim ur sig sådär klämkäckt så att det sved till i Luna. "Alltså jag kom hem i förrgår och är fortfarande helt rubbad av jet-lagen." Hon gapade vitt och brett av en skådespelad gäspning samtidigt som Luna hörde henne säga… eller tänka… "Shit vilka pattar hon har fått då… värsta patt-Lisa liksom." Luna bet sig lätt i tungan och nickade, både åt Kims beklagan över sin jet-lag och över triumfen att hon haft rätt. Hon skulle nog få höra fler tankar om sitt utseende. Avundsjuka sådana. Av tjejerna i alla fall. Och visst var det så, att brösten växt. Hon hade utvecklats ganska mycket under sommaren. Paula hade skojat att det var för att det varit en sådan regnig sommar. Luna hade växt till ett vackert timglas, med "ett böljande långt hår to die for." som Paula uttryckt det. Man fick väl kanske vara nöjd med vad genuppsättningen hade skänkt en, hade Luna intalat sig många gånger när hon sett sig själv i spegeln. Var hon lik sin mamma? Eller sin pappa? Eller var hon en blandning av de båda? Levde de ens? Och varför hade de lämnat henne där? Bakom Unifrost-fabriken i Hejmstads östra industriområde, natten till den 29:e juni 1999. Visste de att hon skulle bli hittad? Eller struntade de i om hon överlevde? Hon skulle nog aldrig hitta svar. Den där utredningen hon hade funderat på att lyfta igen hade fallit ner några hack på att-göra-listan. Hon orkade helt enkelt inte. Inte än. Tillräckligt med intryck bara att börja skolan igen efter denna miffo-sommaren. Fin genuppsättning eller ej så kunde ett vackert utseende skapa problem minst sagt. Det kunde verkligen ha sina nackdelar. Men det tänkte de inte på. De avundsjuka. De som ännu inte lärt sig att älska sig själva fullt ut. Luna kunde berätta. Se bara på den här sommaren. Såklart att det inte bara hade med utseendet att göra egentligen, det var väl gubbarna det var fel på. Sjuka jävlar som velat köra in delar av sig själva i henne. Trott att de hade nån jävla medfödd rätt till det. Fuck them! Hon undrade om det ens hade hänt om hon sett lite mer alldaglig ut. Kanske, kanske inte. Det enda som tycktes rimligt var att idioter var idioter oberoende av deras offers utseende. Förr eller senare skulle de ha ställt till det. 100 procent. Så lika bra att de hade försvunnit ifrån denna planet. Peder och gubben i skogen.

"Alltså jag har ju bara mig själv att skylla. Jag kunde ju ha kommit hem tidigare… men… ååh... jag ville stanna så länge det bara gick." trallade Kim och slängde med hästsvansen, innan hon närmade sig Lunas öra och viskade. "Mest saknar jag förstås Frederico… min virginkiller… berättar mer sen." tindrade hon. De svängde in genom dörren till klassrummet, var bland de första in. Kim ledde vägen och stannade vid bordet längst fram till höger. Luna satte sig på platsen längst ut mot skåpet. Kims tankepladder om den där tydligen dödligt sexiga Frederico fortsatte och ju fler elever som anslöt i salen desto mer sorl blev det. Tankesorl. Fruktansvärt jobbigt och Luna ångrade att hon slagit på.

Kim hade vänt sig om och satt och pratade med en annan tjej precis bakom så Luna kunde få vara ifred en stund. Hon böjde huvudet framåt och lät lockarna falla fram och rama in anteckningsboken hon slagit upp tätt framför sig. Hon låtsades skriva något viktigt, men hon ville i själva verket bara hålla samman. Hon försökte framhäva, förstora sina egna tankar för att putta undan de andras, ett knep hon inte provat förut. Det funkade faktiskt ganska bra.

"Virginkiller... jahapp..." tänkte Luna. "...så Kim har förlorat sin nu. 17 år gammal." Rätt så sent faktiskt, om man skulle tro statistiken. Något andra säkert inte trodde om Luna var att hon var just det. Oskuld. Vid 18 års ålder. Värsta nunnan liksom. Hon rynkade näsan vid tanken, skissade i boken. Det hade liksom sina orsaker. Allt sedan hon fyllt tretton och fått förmågan, eller förbannelsen, att höra andras tankar så hade hon hört så mycket snusk, så mycket tankar om sex på alla de möjliga smärtsamma vis och besynnerliga sätt, att hon helt enkelt var rädd. Och äcklad. Det var som om alla jävlar mer eller mindre hela tiden tänkte på sex, ibland på ett försiktigt sätt, men alltså, ärligt talat... folk hade mestadels skruvade tankar.

Om Luna bara fick ge ett endaste tips till sina medsystrar så skulle det för människosläktets fortsatta fortlevnad vara: *Läs inte din pojkväns tankar!* Det hade Luna såklart inte kunnat låta bli... så varenda gång hon i ett romantiskt försök gett det en chans att försöka sig på ett förhållande hade det slutat likadant. Innan de ens hade kommit till kritan. Ja, innan de ens kysst varandra. Pojkvännerna hade blivit skickade åt helvete. Och oskulden satt därav kvar. Och än hade hon inte träffat någon som var värdig hennes mest intima kroppsdelar. Och om hon någonsin skulle träffa någon som var okej, som inte hade äckliga tankar, så skulle det ändå inte bli någonting av becaaaause... hon var rädd för att hon skulle råka ha livet av honom... sååå... DEAD END THIS!!

Luna tittade ner i boken. På sin skiss. En gravsten. Vila i frid kära Luna Jasmin Breck. Oskuld vid dödens inträde. 99 år gammal. På nästa blad. Tre anatomiskt korrekta hjärtan. As in Roy, Peder och gubben i skogen. Svarta. En gråsugga. En mus. Döda. I en kista utan lock. Som att "Här har vi plats för fler..."

"God morgon och varmt välkomna tillbaka!" Klassföreståndaren Andrej, *Slisket,* hojtade så auktoritärt han förmådde och lade ner en bunt papper på katedern. Lutade sig fram på knutna nävar. Luna himlade diskret med ögonen. Hon visste vad som brukade försiggå i hans skalle och hon var grundligt förberedd på hans i vanlig ordning gubbsjuka funderingar. De bekom henne inte så värst längre. Hon var luttrad. Andrej var en typisk wannabe. Macho och välsmord utanpå. Smutsiga tankar inuti och samtidig så fruktansvärt liten. Osäker. Ett oändligt stort tomrum han sökte fylla genom att stjäla ljus ifrån andra, men som istället urholkade honom än mer. Tydligen var det viktigt för honom att inte verka gammal. Men han var gammal. 48 år. Han ville liksom verka vara jämbördig med sina elever, vilka var trettio år yngre. Det blev så jävla patetiskt. Han verkligen fiskade uppmärksamhet och varma blickar från tjejerna. Svältfödd på bekräftelse. Från day one of his miserable life. Ständigt försökande fylla sitt hål och ge liv åt sin döda själ genom att livnära sitt desperata ego på uppmärksamhet ifrån andra. Än en gång himlade Luna med ögonen och hörde honom börja babbla något om sig själv samtidigt som allt tankesorl ökade i styrka.

Plötsligt var han framme vid Luna och bad henne inleda presentationsrundan. Tydligen hade de fått en ny klasskamrat och alla skulle bjuda något om sig själva hade han sagt. Det hade hon lyckats uttyda bland sorlet. Samtidigt som han kommenderade henne att börja presentationsrundan tafsade han med sin oinbjudna hand på hennes högra axel… på det nakna skinnet som kom på grund av den ärmlösa blusen. Hon ryckte demonstrativt undan, memorerade att hon skulle ila in på toaletten efter lektionen och tvätta bort hans äckel, och vände sig sedan om för att få det snabbt avklarat. Hon flackade med blicken över rummet samtidigt som hon pratade. Naturligtvis berättade hon ingenting om att hon var ett hittebarn. Inte adopterad heller för den delen. Det syntes ju inte på henne och sådant sa man väl för guds skull inte heller första gången man presenterade sig. "Hej jag heter Luna och jag är adopterad... no wait, ett hittebarn, avdumpad för att ingen ville ha mig..." Precis som om man hade nån sjukdom, var alkoholist eller nåt i den stilen. Som om man var stolt över sig själv trots att man hade en big skavank. Så nä…

Hon lät blicken uttråkat varandra över bänkarna, tittade möjligtvis upp nån enstaka gång, i nåt ansikte. För att få syn på den nya eleven. Vad nu det kunde vara för en. Vad nu den kunde ha för tankar om henne. Suktande eller avundsjuka. Berodde på könet. Och mognaden. Det fanns ju även schyssta människor. Såklart. Hon berättade bara sitt namn, Luna Breck... att hon gillade att träna yoga och att måla. Och såklart att hon hade jobbat på biografen i somras. Mer hade hon inte lust att förtälja och turen gick över till Kim.

Det var då hon fick syn på honom. Den nya killen. Han satt längst ner. Liksom så långt ifrån henne som det bara var möjligt. I andra hörnan, längst ner i salen.

Man skulle kunna likna det vid att få en medicinboll i bröstkorgen, fast på ett behagligt vis. Hjärtat tog fart och Luna bet ihop läpparna en aning, gned dem mot varandra, som för att fördela läppglanset. Hon var tvungen att dra blicken ifrån honom. Annars skulle hon väl brista ut i tårar. Eller dö. Varför hade hon PMS just nu? Idag? Plufsig i fejset, totalt jävla oattraktiv. Shit, och åter shit!... vad snygg han var. Han måste vara invandrare. Någonstans ifrån södra Europa. Kanske Italien. Grekland? En ättling till en grekisk gud eller nåt. Fast sanslöst mycket vackrare. Vilket ansikte, vilka ögon, och axlar, armar… Han fyllde ut den där vita t-shirten högst smakfullt. "Han kan ju inte vara 18. Han ser ut att vara minst 23." tänkte hon. Tvingade sig själv att slå undan blicken för ett tag. Tittade ut på en bit av en blå himmel som skymtade utanför fönstret. Alldeles bredvid honom. Nää... det var för nära... hon flyttade sin blick till sin egen handled. Handled? Hmmm, inget intressant med den och vips hoppade hennes ögon en snabb vända tillbaka till honom igen. Han hade sin sammetslena, bruna, kloka blick riktad mot nån där längre ner som pladdrade nåt egoskrytigt om nån USA-tripp. Hans ansikte syntes nu halvt i profil. Käklinje, haka, det manligt kantiga… Och så håret...! Svart, så svart att det nästan skimrade i grönt. Det var samlat i en svans i nacken. Han satt bakåtlutad i stolen, med armarna i kors. Såg ut att koncentrera sig på vad de andra berättade. Visserligen satt han alldeles intill fönstret, och det var inte så att solen sken i hans hår. Den var på andra sidan byggnaden. Ändå så var det som en ljusstråle ovanför hans huvud. Luna tittade bort igen, och tillbaka. Diskret. Visst lös det där. Svagt, svagt, men ändå. Hon såg det. Var det hans aura som sken lite extra där? Eller var det bara hennes fantasi som glorifierade honom… för att han var så himla... himla omänskligt snygg? Men man kunde inte undkomma det faktum att det faktiskt liknande det ljus hon även sett ovanför sitt eget huvud ett okänt antal gånger.

Turen hade nu kommit till honom. Den nya killen. Den övermänskligt snygga guden. Kevin som satt bredvid honom var precis färdig. Luna hade inte hört ett dyft av vad de andra eleverna sagt. Lite kanske, men inget sammanhang att kunna återberätta. Not a bit. Det gick inte att klargöra vad som kommit ut audiotoriskt så att säga. Deras tankar hade brottat ner orden. Snacka om att det var tanken som räknades liksom. Hursomhelst så hade den nya killen haft tur som hamnat bredvid Kevin, för han var den ende av killarna som inte haft uttryck som spagge-ragger, parasit och stekarbög i tankarna. Luna hade alltid haft ett gott öga till Kevin. Han var den som hade renast tankar, mänskliga i och för sig med alla sidor som kom med det, men inte lika råa som de andra killarnas. Dessutom dömde han ingen heller. Han var ödmjukheten själv. Luna lyckades urskilja hans tankar precis när turen gick över till den nya killen. Kevin såg framemot att lära känna en ny klasskompis. Han hoppades att nykomlingen skulle besitta lite mer djup än de andra killarna i klassen. Luna log brett i hjärtat åt hans tankar. Varmt och medhållsamt. Och nu när hon utan att verka weird kunde titta oavbrutet på honom spred sig leendet även ut över läpparna, fyllde ögonen och säkert hela skinnet också. Hon lös garanterat ovanför huvudet. Det var hon nästan hundra på. Men, inget att bekymra sig över. Ingen annan skulle se det.

Hon ville så gärna höra vartenda ord som skulle sjunga ut förbi hans läppar. Hon ville ha rent ljud och retade sig nu mer än någonsin på att hon slagit på tankeläsarförmågan. De allra flesta var i tanken längre framme än i orden som kom ut ur munnen. Och ja, då blev det en svårtydd ordsallad för en som kunde höra tankar och ord samtidigt. Men om hon fokuserade på hans läppar, hur de rörde sig, så skulle det säkert bli tydligare. Hon gjorde ett försök. Mer än gärna. Han började prata. Med en röst som var så mjuk, så manlig, så... suck... sexig. Perfection. Världens vackraste. Och hon var världens fånigaste och torkade bort en tår ur vänstra ögonvrån.

"Hej, mitt namn är Kaan Stregenfyr, och jag... eh... har precis flyttat ner från Göteborg med mina föräldrar och min lillebror." Han tittade nu rakt, om än mycket kortvarigt på Luna. Hennes kinder måste vara blodröda. Hennes kropp som smältande smör.

"Eller mina adoptivföräldrar rättare sagt..." Han gjorde en ursäktande axelryckning och fortsatte med blicken vandrande runt bland sina nya klasskamrater. "...Kaan är ett turkiskt namn, så det är därifrån jag kommer. Turkiet. Jag kom till Sverige när jag var två år gammal." Hans blick nuddade bänkskivan innan den vandrade upp igen och sakta dansade fram mellan eleverna. "Jaaa... Vad mer ska jag säga... jo... på fritiden skriver jag lite och så håller jag på med musik... alltså där hemma, värsta amatörnivån." Han grimaserade lite lätt och ryckte på axlarna som om han ville förminska sig själv. Log.

Och Luna smälte. Och revbenen, de smälte extra mycket och lade sig som en tung kappa av smält bly över hennes bröstkorg. Liksom pressade ihop hennes inre. Både förlamande och behagligt på samma gång. En ny känsla. Luna tyckte det där med musiken lät jätteintressant. Var bombsäker på att han sjöng sjukt bra. Med den rösten. Och grejen att han inte skröt… att han var ödmjuk… kändes som ett gott tecken. En kille i hennes smak. Kanske. Hon måste ju såklart först kolla in hans tankar. Nu när han var färdig med sin presentation och turen gått ett hack framåt, till Vissna Vera, koncentrerade sig Luna allt vad hon förmådde för att höra… tja… kanske om han redan nu hade någon tanke om henne. Good or nasty. Man kunde ju hoppas att han åtminstone hade lagt märke till henne och kanske hade nån tanke i stil med att han ville sitta med henne på yttersta bryggan en klar sensommarkväll, sprattla med benen och se ut över horisonten... peka på nån segelbåt som gled i fjärran så suddig att den knappt gick att urskilja mot en bris som började dra in. Dela tankar om livets mening. Var man hade varit innan födseln. Hur det kändes att leva. Hur hon överkommit svårigheter. Hur han gjort. Något minne ifrån hans barndom som fått honom att ta en viss riktning i livet... eller nåt. Sådana tankar. Inte tankar som ”Wow!!! Fy fan vilken heting... ojojoj... mmmm henne skulle man vilja smeka kläderna av och...” Tankar som hon hört så pass många, många gånger vid det här laget att hon egentligen bara ville förpassa hela det manliga släktet till historien. För att nollställa oddsen att någonsin höra samma patetiska skit igen. Men då skulle människosläktet dö ut. Och det var bland annat därför hon inte önskade sig sina medsystrar förmågan att kunna läsa tankar.

Men. Nä! Ingenting ifrån Kaan. Nada. Helt tyst. Konstigt. Luna stirrade stint ut genom fönstret ovanför Vissna Veras svartfärgade kalufs. Koncentrerade sig till max. Som en välpolerad, välriktad antenn som för tillfället var fullt inrattad på att pejla in frekvenser ifrån området kring Kaans huvud. Men det gick inte. Det gick bara inte. Det måste vara något med det där ljuset som fortfarande stod ovanför hans huvud. Det verkade inte som om någon annan än hon såg det. Ingen hade tänkt det i alla fall. Och så pass bortdomnade var de väl i alla fall inte i hjärnan så att de inte skulle lägga märke till någonting så pass exceptionellt som ett konstigt ljus som kretsade eller liksom bara stod still ovanför ett huvud. Som ifrån ingenstans liksom. Nä, helt seriöst så verkade det bara vara Luna som hade sådana talanger. Men men, skit samma. Det märkvärdiga i detta var att HAN också hade ljus ovanför sitt huvud. OCH att det inte gick att höra hans tankar. Men skam den som ger sig. Luna skulle prova igen. Senare. Kanske det skulle gå att haffa sig en plats nära honom i matsalen på lunchrasten. Varför inte vara lite trevlig och vara den som verkade intresserad av att lära känna den nya klasskamraten? Fast hon behövde inte verka. Hon var. Problemet var att hon inte skulle våga. I värsta fall skulle hon darra och tappa maten ifrån gaffeln. Eventuellt även dregla. Göra bort sig totalt. Nä, bort med den idén. Kom inte på fråga.

Vissna Veras molokna tal gick mot sitt slut, och Luna tittade tacksamt på hennes svarta depprockar-klänning och på hennes stora nötboskaps-kätting hon hade virad runt halsen. Ett snabbt öga på Kaans välpolerade fräscha yta, och sen tillbaka till Veras vissna och sotiga ögon. Njäe, där hade hon ingen konkurrens i alla fall. Trots att hon själv var värsta PMS-svullot. Luna drog en yoga-suck och betade mentalt av en lista. Hon ville ha Kaan för sig själv.

11. KAAN

17 augusti 2017

”Tja everybody!” sjöng Kaan, nästan i falsett, fastän att han bara pratade. Han hade precis kommit hem, stigit in genom dörren. Hade han öppnat den, eller var den redan öppen? Han mindes inte. För hans tankar var långt, långt uppe i det blå. Han tänkte bara, bara, bara och endast på den där tjejen. Hon med månskenshåret. Det som virvlade som en komets svansar på en sjukt vacker natthimmel. Luna. Hur jävla konstigt var inte det? Att han gissat rätt den gången hon passerat utanför hans fönster? Att hon hette så.

Hela vägen hem från skolan hade han fantiserat om hur de gick sida vid sida, hand i hand. Och hur hon stannat, tittat honom allvarligt i ögonen, djupt och nästan bedjande, och hur hon dragit honom intill sig, tagit hans ansikte mellan sina silkeslena händer och sen kysst honom. Världens mest slukande kyss. Och längsta. Over and over again. Det kändes som om det bubblade varmvatten i hela hans inre. Han var som en varm källa på Island. Alltså, det här var världens bästa känsla. Han hade inte alls upplevt någonting liknande tidigare. Inte alls i närheten. Fy fan vad gött det var alltså. ”Jag måste ju lysa som en hel jävla fyr.” tänkte han. Lysa ovanför hans huvud kunde det ju göra ibland, men nu alltså. Det måste bara synas för andra. Allt var liksom mycket ljusare. Såg de inte? Jo, klart de måste. Hela hans skinn glödde. Dessutom kände han sig förändrad. Som att livet tagit en ny början. Som om han fått någon slags superkraft. Oövervinnlig. Ja, nästan i klass med att han var universums mittpunkt. The light!

Han var kär.

Långt upp över öronen.

De hade pratat lite i matkön. Hon hade stått bakom. ”Ser gott ut.” hade hon sagt och han hade nickat, hållit med. ”Ja, verkligen.” Och sen hade Kevin kallat på honom och pekat på platsen längst ut vid bordet där han suttit. Han hade nickat ett slags ”Hej så länge...” till Luna och satt sig hos Kevin. Men med de där orden de växlat hade någon slags osynlig silvertråd bundit ihop deras själar med varandra. Så kändes det. Och det liksom smärtade en aning, fast på ett skönt sätt, när tråden tänjdes. När de var en bit ifrån varandra. Den där tråden hade gjort sig påmind hela tiden från och med den stunden. Ju längre de kom ifrån varandra desto mer drog den… i hjärtat. För kanske själen bodde där. Det var som om hjärtat ville poppa ut. Som om hon drog i tråden där i andra änden. Kanske var det för att hon också kände något för honom. Att det var besvarat. Ja, så var det nog… förhoppningsvis. Det trallade i alla fall i hela hans inre… sjukt, sjukt, sjukt lycklig kände han sig. Och det gick inte att dölja. Högkänslig som han var så hade han tack vare Samanthas hjälp och efterforskningar vågat… eller rättare sagt accepterat att detta att känna allt så in i bomben var helt normalt och ett viktigt bidrag till samhället. Inget att hämma, inget att skämmas för. Han tänkte tillbaka på en text han läst som sammanfattade hans gåva/förbannelse pretty well:

Högkänslighet

Högkänslighet är ingen diagnos, ingen personlighetsstörning, utan ett medfött personlighetsdrag som finns hos uppskattningsvis 10–20 procent av den globala befolkningen – jämnt fördelat mellan kvinnor och män – liksom hos de flesta djurarter.

Det innebär bland annat att eftersom man fötts med ett nervsystem som är känsligare än hos genomsnittet och en hjärna som fungerar lite annorlunda än hos andra människor så blir högkänsliga personer extra mottagliga för sin emotionella och fysiska miljö. De har fler "känselspröt" ute. De lägger märke till mycket mer än andra. Känner mycket lätt av vad som sker runtomkring dem. De bearbetar allt på en djupare nivå. De känner mer. Allt detta kräver mer tid och energi... för att smälta alla intryck, placera dem i fack. Det faktum att högkänsliga människor uppmärksammar så många detaljer och har svårt att filtrera allt inflöde gör att de lätt blir överstimulerade. Detta leder ofta till att de blir överväldigade, känner sig uppjagade, blir stressade, får kortslutning … särskilt när de står inför stökiga situationer, upprörda människor, höga stimulansnivåer och plötsliga förändringar.

Högkänsliga personer reagerar kraftigare på allt. Det kan vara både en fördel och en nackdel – svåra omständigheter påverkar dem negativt och deras energi sinar... till exempel blir de oftast trötta av social samvaro bland annat eftersom de påverkas massor av andra människors sinnesstämningar. De har alltså en hög mottaglighet och känslighet för så kallat "emotionell smitta". Det vill säga att man tar in andras känslor och gör dem till sina egna. Det kan vara något så enkelt som en kommentar, en känsla, en undertryckt stämning... som efter en stund lämnar en helt urlakad, förlamande tung, trött, eller att man av oförklarlig anledning känner sig orolig, arg, man ältar.

Såklart har denna högkänslighet med allt vad det innebär att ta in alla intryck på ett djupare plan också fantastiska fördelar. Goda omständigheter påverkar högkänsliga individer enormt positivt och energinivån skjuter i höjden. De smittas ju lika lätt av glädje och positivitet. En ren välsignelse! Eftersom de är så väldigt mottagliga på det emotionella planet innebär det att de har förmågan att uppleva intensivare glädje och lycka inför sinnesintryck, såsom doften av nyklippt gräs, ljudet av vågor som sköljer upp mot stranden, vacker konst, ljuva musiktoner, fyndiga uttryck, angenäma material. De är ofta kreativa, kvicktänkta, bra på att hitta lösningar som andra missar. De har fingertoppskänsla, och fattar ofta väl genomtänkta beslut. De är lyhörda och empatiska, och tillför ofta nya dimensioner i grupper. Ofta briljerar de i kreativa projekt, som inspiratörer, rådgivare, entreprenörer, konstnärer eller utforskare av nya områden.

Så tack vare sitt känsliga nervsystem är högkänsliga människor alltså mer empatiska, medkännande, omtänksamma, intuitiva, kreativa, begåvade och djupsinniga med ett rikt inre liv. Högkänsliga personer tänker gärna

globalt, de kan ofta ana faror och inse konsekvenserna av ett visst handlande innan andra människor gör det.
I själva verket handlar det om en sorts strategi för överlevnad – högkänsliga personer funderar och utvärderar eventuella risker innan de företar sig något, till skillnad från majoriteten människor som agerar snabbt därför att de vill hinna först och tänker sedan.
Det är en vacker tanke att högkänsliga haft en avgörande roll i evolutionen och rasens fortlevnad… då de pejlat in signaler, tecken på hotande faror, och därmed skyddat sig själva och sin flock.

Även om draget alltså tillhör en minoritet är detta tillräckligt många för att betraktas som normalt men inte tillräckligt många för att omgivningen alltid ska förstå. Många högkänsliga människor blir därför missförstådda och felbedömda, vilket kan få dem att känna sig konstiga, onormala och utanför. Ingenting tyder på att en högkänslig person som växt upp i en förstående miljö löper större risk än andra att få problem. Om en högkänslig person däremot inte hanteras på rätt sätt under sin uppväxt är risken större att han eller hon blir deprimerad, ängslig eller blyg.
När en högkänslig individ skapar sig själv en tillvaro som är strukturerad så att den kan ta hand om sin känslighet, ja då kan den blomstra och använda sina specialbegåvningar till att vara alldeles enastående.

"Tack Samantha." tänkte han och kärlekstårarna stockades i ögonen.

"Brorsan!!" Benjamin stövlade kaxigt fram till Kaan och de gjorde sin special-bro-fist-hälsning. Knytnäve upp, knytnäve ner. Handflata mot handflata, swirl i två varv och sen dab.

"Alltså, ni två!! Gullungar!" Samantha slöt an i hallen. Med sitt rosa bagarförkläde på. Hon gav Kaan en kram och han fick som vanligt kuta ryggen för att nå ner till hennes låga höjder.

"Hur har det gått idag?" frågade hon med en mammas ängslighet mellan raderna. En sådan där *"Förlåt-mig-mitt-barn-för-att-jag-svikit-dig-och-inte-funnits-oavbrutet-klistrad-vid-din-sida-för-att-kunna-vägleda-och-skydda-dig. -Kan-du-någonsin-förlåta-mig?"*-min.

Kaan kunde inte dölja sitt lyckorus, han försökte tona ner det, men var inte så säker på att han lyckades. Han höll upp tumme och pekfinger som en ring.

"Excellente!" sa han med mungiporna touchande varsin öronsnibb. Det här skulle kunna bli hans nya och enda, ja permanenta ansiktsuttryck. Lätt. Men lite sans hade man väl. Lite kontroll. Så han drog gummibandet ur håret. Samlade upp det på nytt igen. Böjde sig ner och satte in skorna prydligt i smidesstället. Försökte i hukat tillstånd normalisera sitt alltför lycksaliga fejs. Att böja ner mungiporna var i klass med att försöka böja tillbaka en av någon outgrundlig anledning böjd lyktstolpe till normalt tillstånd igen. Ett hårt jobb, men med viljestyrka så gick det.

"Åäh, härligt ju!!" Äggklockan skorrade inne i köket. "Ska bara ta ut bullarna, sen måste du berätta allt." Samantha hytte med fingret och log med hela ansiktet.

"Ska försöka! Jag kommer strax… ska bara upp om och lägga väskan och så…"

Hur hade han kommit upp? Flugit eller? Han mindes inte. Men, men nu var han här. På sitt rum. Han puttade till dörren, lät en liten glipa på en decimeter låta friheten flöda. Satte sig vid keyboarden, tog på lurarna och ställde in micken. Hade ett urgent need av att sjunga av sig. Han hade en sång på huvudet som definitivt måste få komma ut innan han krackelerade. LANY's – ILYSB.

"… and you need to know
that I'm hella obsessed with your face, your face..."

En titt i spegeln innan han gick ner. Ljuspelaren var där. Oh yes! Han vinklade ansiktet, försökte sig på nån förförisk min. Kände sig jävligt stilig faktiskt. Sexig till och med. Hon hade tilltalat honom i matkön. Alltså vilka ögon. De måste ha elektrifierat honom på något sätt. De var så klara och starka. Magiska, förtrollande, farliga. Som blixten. Den elektriskt blåa urladdningen på en oändlig himmel. Like lightning. Lightning before the thunder. Långa svarta ögonfransar som klippte i ultrarapid under tiden hon förtrollade honom. Han visste att han var en romantisk drömmare, en fantiserare i världsklass, en överdrivare… en ljuvlig fördel med den där högkänsligheten.

Och dessutom... i hennes ögon hade han känt igen något. Typ något han letat efter. Utan att ha vetat om det.

Det doftade fantastiskt i hela huset. Ångor från nygräddade vaniljbullar hade letat sig in genom den lilla glipa i dörren som Kaan lämnat. ”De borde vara ätvarma nu.” tänkte han och försökte återgå till verkligheten. Han skulle gå ner och berätta om sin dag. Om hur bra det verkade vara där på skolan. Om Kevin som han hade fått kontakt med. Att han verkade helschysst. Om läraren Andrej… och om de andra… åtminstone de som han kom ihåg. Luna tänkte han inte berätta om. Inte än i alla fall. Men allra först, innan han yppade någonting alls om sin egen dag måste han veta hur det hade gått för Benjamin. Bilden han sett i sin dröm på natten återvände kort i hans medvetande. Det zombie-sminkade ansiktet i en gränd. Hur ansiktet som av en osynlig kraft, en tryckvåg från ett starkt ljussken, skrynklats, fläkts av… och försvunnit. Kaan mådde kraftigt illa vid tanken. Så. Nu var han i alla fall nere på jorden igen. Ingen skulle längre märka att han var nyförälskad.

Var han ens det?

Var blev känslan av?

12. LUNA

17 augusti 2017

Första skoldagen av det sista året på gymnasiet.

Check.

PMS kan blekas bort en hel del av förälskelse. Inte fulheten, men åtminstone the bad mood.

Check.

Att inte gå att tankeläsa gör den personen mycket mer intressant.

Check.

Hon kunde inte läsa Kaans tankar.

Check.

Hon var sjukt intresserad av honom.

CHECK!!.

Hemma igen och klockan var två. En timme tills Paula skulle vara hemma. Undra hur det gick hos den där Eric. Ville inte Paula avslöja något genom ord så skulle Luna kunna locka fram tankarna åtminstone, och försöka begripa vad som föregick. Det enda Luna visste so far var att Eric hade information om någon ufo-observation här i Hejmstad. Och tydligen i väldigt nära anslutning till Lunas hittedag. Den 29:e juni 1999. Alltså inte att hon trodde att hon var en utomjording, lämnad av moderskeppet bakom Unifrost-fabriken. Nej, såklart inte. Hon hade vanligt rött blod, navel och hela den liksom allmänmänskliga middevitten, men… det var ändå något långt där inne i henne som svarade på detta. Som vaknade och ville veta mer. Att läsa tankar och drömma sanndrömmar… ha förmågan att få nåns hjärta att sluta slå. Kanske inte några så särskilt allmänmänskliga egenskaper men... tja, vem visste? Kanske hon fått någon slags superduper-kraft av det där ufot. Kanske de sett henne ligga där i en filt och liksom gett henne nån slags spruta eller nåt. Åtminstone nån laserstråle. Well. Sjukt mystiskt var det i alla fall. Kanske det kunde resultera i att hon skulle hitta sin riktiga mamma om inte annat. Vittnena kanske även hade sett någon dumpa av henne där den natten. Luna måste bara ta reda på mer. Det gick inte att stoppa nu.

Hon tog en snabb vända i köket. Hittade ett dubbel-daim bakom knäckebrödspaketet. Paula var inte så bra på att gömma. På stående fot tuggade hon det i sig över vasken och det kan hända att hon stoppade ner omslagspapperet en bit ner under annat skräp. Svepte ett glas vatten och skyndade in på Paulas rum.

Skrivbordet hade gått i arv. Paulas farfar hade en gång i tiden snickrat och snidat. Det var ett både brett och djupt skrivbord av ek. Minilådor ovanpå inåt väggen till… stora rymliga skåp nere på varsin sida, och i mitten under bordsskivan en låda med lås. Som liten brukade Luna lägga sin snutte däri, låsa och gömma nyckeln. Då fick hon alltid vara uppe en stund längre, tills nyckeln kom fram och Luna återfick sin snutte. För innan dess kunde hon inte somna. Det hade väl hänt ett par gånger, sen hade Paula och Roy gömt nyckeln på ett väldigt säkert ställe. För Luna hade aldrig sett till den sedan dess. Aldrig.

Hon drog i underkanten av lådan. Försökte föra den emot sig. Fast. Orubblig. Undra vad som fanns däri. Säkert något hemligt, för det var inte direkt som om hon skulle gömma nån snutte där i nu längre. Nyckeln borde finnas här någonstans. Luna snodde runt bland de mest uppenbara ställena. I pennstället. Inget. I smyckeskrinet. I nattygsbordet. Nada. Under krukorna i fönstret. Mellan innerkrukor och ytterkrukor. Bara surt vatten. Under kudden. Madrassen. Nej. Den enda upptäckt hon gjorde vid kudden var siffrorna på klockradion bredvid som lös i 14:14. Det fanns inte mer tid att leta efter en försvunnen nyckel just nu. Paula kunde komma hem närsomhelst. Hon var hellre tidig än sen och hade hon sagt tre så skulle hon säkert vara hemma senast kvart i. En tjugo minuter sådär, in safety, kunde väl Luna tänka sig att hon hade på sig att ögna igenom alla papper och urklipp på skrivbordet. De låg lite huller om buller, men det rådde ordning i kaoset. Enligt Paula. Så det gällde att få allt på sin plats igen. Hon skulle märka det annars. Luna hämtade snabbt sin mobil och knäppte en bild av Paulas pappersmöblering.

Överst till vänster, lite snett och hafsigt över en samling tidningsurklipp låg en gul mapp. Luna förde det mörkt gula gummibandet den var förseglad med åt sidan och öppnade. Fingrarna darrade lätt. Adrenalinet, ett av människokroppens diktatoriska hormoner, for runt i ådrorna som nervösa trupper. Fick hjärtat att banka hårt.

Överst i mappen låg ett A4-papper med dels anteckningar, dels ett ditklistrat tidningsurklipp, dels något utskrivet. Längst upp i vänstra hörnan satt en halvtaskig bild på en ljushårig man. Slående attraktiv. Inte för att Luna brukade dras till ljusa killar, men den här, han var väldigt snygg. Ögonbrynen var mörka, nästan så att man tänkte att håret måste vara blonderat. Men det gjorde man väl inte på den tiden. Inte männen i alla fall. Ögonens färg gick inte att tyda eftersom bilden var svartvit, men mörka var de i alla fall inte. Kanske blå. Han var iklädd en galonjacka. Kulör okänd. Gissningsvis grön. Poserande framför en mindre fiskebåt. Vitmålad. Höga master. Linor. Väderbitna flaggor som såg ut att fladdra i vinden. Kortet måste vara gammalt tänkte Luna snabbt och gick vidare till texten.

> *Fiskarmästare Arvid Nikema, hemmahörande i Böste fiskeläge, anmäld försvunnen av hustru och två gossebarn. Herr Nikema sågs senast på väg mot sin fiskebåt aftonen den*

5:e maj.

1955 ditkluttrat med bläck alldeles intill. Under det utskrivna urklippet, som Paula antagligen sökt upp i någon databas på bibblan eller nåt, fanns ett annat, som såg ut att vara från en annan tidning. Typsnittet var annorlunda.

> *Polismyndigheten i Trelleborg har under den senaste veckan mottagit över elva anmälningar om ett mystiskt ljusskken som rört sig kring hamnområdet i Böste läge aftonen den 5:e maj. Oroliga medborgare vittnar om tryckvågor i luften och ett starkt sken som hastigt uppenbarat sig, expanderat och sedan plötsligt slocknat. Det har pratats om ryssar. Det har pratats om utomjordingar. Teorierna är höga till antal.*

Längst ner Paulas egna krokiga anteckningar:

Arvid Nikema, troligen bortförd den 5:e maj 1955, i en ålder av 31 år, på platsen för ufo-observationer. Hamnområdet i Böste läge.
Aldrig återfunnen.

Under det översta A4-pappret låg säkert tjugo till. Luna ögnade snabbt och så koncentrerat hon kunde igenom dem. Det var samma upplägg. Bilder och efterlysningar av människor som enligt Paulas teorier och efterforskningar försvunnit på platser och datum då ufo-observationer inrapporterats.

Vad ville hon med detta? Hon visste ju att Paula sedan ett par månader tillbaka höll på med att gräva i ett ovanligt högt antal ufo-observationer från året 1999. Men det här var ju bara en massa fakta om efterlysta personer. Och ufo-observationer förvisso. Men ifrån så långt tillbaka som på 50-talet. Inget hon hade nämnt för Luna. Med ett konfunderat ansiktsuttryck slog hon varsamt igen mappen igen och drog tillbaka det mörkgula gummibandet. Lade den åt höger och bläddrade stressat igenom högen med tidnings-urklipp. Snart skulle Paula vara hemma. Det översta kände hon igen. Det var den där nyheten hon hade hört på radion samma dag som det där med Peder.

Fallet med de två avlidna männen i hytt 142 på Finlandsfärjan den 10:e juni i år fortsätter att förbrylla polisen. Obduktionen har nu visat att de båda dog av naturliga orsaker. Plötsligt hjärtstopp. Den bil de tros ha färdats i, och som lämnats på bildäck, visade sig i bagageutrymmet innehålla en resväska med macheteliknande knivar, en IED-bomb och två mindre automatvapen.

Nästa urklipp handlade om ett fall i Luleå. Luna skummade snabbt igenom. Den 15:e mars hade en man hittats avliden i sin bil. Han hade parkerat i närheten av Sunderbys sjukhus akutmottagning. I en svart portfölj på passagerarsätet hade polisen hittat stickvapen i olika dimensioner. En rånarluva och en tomtemask. Polisen arbetade efter teorin att en planerad terrorattack, eller ett vansinnesdåd gått om intet. Längst ner på artikeln hade Paula antecknat:

Dödsorsak fastställd: Plötsligt hjärtstopp.

Luna hörde en nyckel föras in i ytterdörren. Vridas om. Slog ett öga på klockan. 14.25. Paula var som väntat tidig. Med uppspärrade ögon placerade Luna tillbaka allt på mindre än två sekunder. Hon hade inte hunnit röra till det nåt nämnvärt så hon behövde inte ens dubbelkolla med bilden hon tagit innan hon börjat rota. Kvickt var hon ute ur Paulas rum och försökte se så neutral ut som möjligt när hon och Paula möttes runt hörnan vid hatthyllan.

"Åäh, Tussan min! Hur gick det idag?" sa Paula med sin allra ömmaste röst. Hennes ögon tindrade mer än imorse och Luna fattade. Det osade förälskelse.

"Det var väl okej." log Luna försiktigt. Hade försökt förtränga Andrejs tafsande på sin nakna axel. Hans tankar som sagt att *"Ooh maaj, vad sexig du är idag då. Phjuu vad det putar därå... Mmmm så jävla smaskig... Gaaaad! I`d sure like to undress you! Maj, maj, maaaj..."* Alltså tankar ifrån en 48-årig frånskild lärare. Han var så jävla låg. Vidrig. Patetisk. Hade det inte varit för att Luna var så luttrad vid det här laget så hade hon åtgärdat honom på nåt sätt. Inte för att hon visste hur egentligen. Hon tänkte naturligtvis inte se till så att hans hjärta slutade slå bara på grund av hans tankar. Nej, hon visste hur människor fungerade. Fantasin var sannerligen människans största frihet. Och Luna hade förmågan att snoka i den. Inte så bra alltid. Och hon kunde hålla sitt pokerfejs. Faktiskt. Och Andrej hade två små barn. Inte ville hon ha ihjäl en småbarnspappa som var lite kåt. Sålänge han höll det där så att säga. Måtte han inte göra några närmanden bara. Luna var inte säker på att hon kunde kontrollera sin förmåga. Det fanns liksom inget vettigt sätt att träna mer på heller. Hon ville inte döda fler djur. Aldrig. Ain´t gonna happen. Nu fick det vara nog med det här jävla dödandet.

”Vi har fått en ny kille i klassen. Kaan.” sa Luna medan Paula hängde sin kastanjebruna väska på plats. Den smälta bly-korsetten gav sig till känna igen. Gav hjärtat liksom mindre utrymme att dunka på. För det hade nog börjat växa. Lite, lite mer för varje sekund som gått sedan hon först sett honom. Hans fina ansikte… och så dödliga ögon. Det svarta blanka håret man bara ville dra sina fingrar igenom. Med båda sina händer. Under tiden som man drog honom intill sig och mötte hans perfekt formade läppar. Mjuka och varma som sakta närmade sig hennes… och hans händer som tvinnade sig in i hennes hår. Bara de två, virvlande sakta iväg upp i ett glittrande moln… bort ifrån denna värld. Bara de två. Dunk. Dunk. Dunk.

”Mmhmm?” sa Paula och tittade med en viss blick på Luna. Sneglande pillemariskt. Hon fattade. ”Och hur var han då?”

Luna kände tårarna safta sig i ögonen. Den där lilla svidande känslan som uppstår precis i början. Hon blinkade frenetiskt under tiden hon svängde in mot köket. Hallå? Vad var det med henne? Börja lipa liksom? Hur han var? Jo, han var fucking perfect!

”Sjukt snygg.” suckade Luna, och tappade upp ett glas vatten. Hällde det i sig, satte ner glaset in mot kaklet. Vände sig om och lutade sig bak mot vasken med korslagda armar och sade med ett avslöjande leende: ”Och liksom mycket mognare än alla andra på hela skolan.”

Paula som stod lutad med ena axeln mot dörrkarmen nickade, fortfarande med samma smil.

"Och så är han adopterad. Precis som jag." Luna förde ihop handflatorna och förde dem till nästippen. Tittade menande på Paula.

"Samtalsämne." sa Paula rappt och gjorde tummen upp, men fick snabbt ett annat uttryck i ansiktet. Hon försvann liksom in i sina tankar för en kort, kort stund. Ekande funderingar om att han kanske också var ett hittebarn, född just året 1999, utplacerad, någonting om nån bortförd, att hon måste ta reda på hur han såg ut, jämföra med efterlysta, försvunna.

Det gick inte att beskriva hur det var att läsa tankar. Och det var väl inget hon någonsin skulle behöva göra heller. Ingen visste, ingen skulle undra och ingen kunde förstå. Men det var klart att hon hade funderat och dragit sig själv i håret många gånger och undrat om det var schizofreni. Att hon inbillade sig. Hörde röster. Skulle hon någonsin få reda på det? Not so sure! Hursomhelst, om hon nu skulle försöka reda ut det någotsånär, så var det i alla fall som så att tankar inte alls lät som prat. Det klingade inte, inga basröster, inga höga eller låga toner. Bara energivågor liksom. Det var som koder. Eller nåt. Inte som att man skulle kunna spela in det och känna igen personens röst. Det hördes väl egentligen ingenting. Det bara kom in i huvudet på Luna. Hon bara visste vad de tänkte. Man kunde inte urskilja röster, för alla tankar hade samma läte. Fast ändå olika. Som om det kom ifrån någon helt annan källa. Ett ursprungsmedvetande eller nåt. Som ändå vibrerade olika, beroende på vem som format dem. Ja, så här kändes det och det gick inte att förklara mer än så. Got it!? En fucking jävla förbannelse. Att läsa tankar. Det var kanske den mest trovärdiga och riktiga beskrivning Luna kunde göra egentligen. Och de här tankarna från Paula som just blottat sig rörde till det big time.

Vaddå utplacerad? Vaddå jämföra med efterlysta?

Med de urklipp hon precis hade sett på Paulas skrivbord eller? Men de personerna var ju försvunna sen över 60 år tillbaka. Ibland mer. Ibland mindre. Men anyway! Vad fan? Makes no sense. At all. Det tätnade kring Lunas luftvägar... som om en svart rökig dimma i form av en orm kramade om.

"Bjud hit honom nån gång vettja." plirade Paula.

Lunas leende. Borta med vinden. Förälskelsen. Lusten att säga *JA!*... Allt kröp långt in och gömde sig någonstans i benmärgen. Gömde sig ifrån verkligheten.

"Mmmm." sa Luna och följde mattans fiskbensmönster med blicken. "Vi får se." Just nu var det enda hon hade i planerna att gå in på rummet, släcka ner tankeläsarförmågan, krypa ner i sängen, dra täcket över huvudet och tänka.

Försöka begripa.

Eller helst inte.

13. KAAN

20 augusti 2017… söndag

> *"Oh, my heart hurts so good, I love you, babe, so bad, so bad……"*

Kaan låg i fosterställning med duntäcket uppdraget till mungiporna. Djup morgonröst som viskande sjöng fram orden. Refrängen till låten som satt sig på hans huvud. Den var bara klockren. Hans och Lunas låt. Fastän hon inte visste om det. Alltså gud, det var tur att ingen kunde läsa hans tankar. Det visste han i och för sig inte men han trodde inte det. Det borde han i så fall ha märkt. Tycker man.

Det rev lite i honom, någonstans i nån rädslocentral. Han hade sett det där ljuset ovanför Lunas huvud, liknande det han själv hade. Tänk om det hörde ihop med tankeläsarförmågan. Hårt knep han ihop sina ögon. Sjukt pinsamt om hon kunde läsa hans tankar. Tänk om hon kunde!!! Och om det var därför hon undvikit honom i fredags. Andra skoldagen för terminen. På torsdagen hade de i alla fall bytt två meningar i matsalen, men under fredagen hade de bara sagt hej. Typ fem gånger. När de stött på varandra i korridorerna, eller i cafeterian, eller på väg in eller ut ur klassrummet. Jävligt tafatt. Men Kaan visste inte vad han skulle säga. Vad säger man liksom?

"Vad tyckte du om Christers perspektiv på Frankfurt-fall?"

Nää, bara drygt. Vad ville en sån tjej prata om? Vad skulle förmå henne att bli nyfiken på honom? Skulle han vara mystisk, sofistikerad eller en bad boy-typ? Den där utnötta levnadsregeln att man skulle vara sig själv funkade liksom inte när man var nykär. Man skulle fan kunna byta ögonfärg, anta en helt annan personality… bli en schizo för ett jäkla bra tag. Bara för att bli omtyck. För att snärja in den andres hjärta i sitt nät. Samtidigt som man mer och mer för varje dag blev sig själv igen. För det var lika omöjligt att inte falla tillbaka till sig själv igen som det var omöjligt för den sten man släppte att inte falla mot marken. Kanske funkade det ett tag och när den andra personen väl var fast kunde man slappna av. Kanske. Det var vad han hade hört av real persons with experience i alla fall. Fast vissa av deras förhållanden hade slutat i tårar i och för sig. De hade senare insett att för att dra till sig en match måste man vara sig själv, och inte förställa sig, för då drog man ju såklart till sig en mis-match. Och så… när man väl antog vett och sans igen... för att man inte orkade hålla uppe en falsk fasad... för att det gjort en både deppig och smått utbränd… när man kapitulerat och blivit sig själv igen, då krackelerade hela förhållandet, då när man upptäckte att man ljugit för sig själv och för varandra hela tiden. Inte så värst svårt att förstå egentligen. Basic wisdom liksom. Men nog fan höll folk på att förställa sig dagarna i ända för att få andras godkännande. "Hur sjukt?" tänkte han och gnagde sig lite lätt på underläppen.

Man kanske skulle tro på sådana där relationsartiklar och sånt ändå, där de alltid var så himla överkloka. *Var dig själv.* Hmmm, jo men visst. Det lät ju bra. Och det var bra. De menade bara väl. Såklart. Det var skrivet ur erfarenhet och evidens. Men grejen verkade vara... med människor... att de måste uppleva det själv... lära sig av sina egna misstag. Och Kaan hade ju förvisso haft problem med att våga vara sig själv. Av rädsla att bli bortvald. Ikke vald. Som då under hans första tid på barnhemmet. Han borde försöka. Vara laid-back, vara den lugna, känsliga, djuptänkande filosoferare han i sanning var. Men just nu gick det dock inte. Han ville till varje pris ha henne. Om det så skulle kosta honom hans äkthet. Han kände sig inte som sig själv just nu i alla fall, så det var lika bra att köra på. Luna hade skakat om och om-möblerat hans DNA-koder eller nåt. Bara genom att uppenbara sig.

"...and you need to know that nobody could take your place, your place..."

Under tiden Kaan nynnade sträckte han fram armen ur täcket. Plockade till sig mobilen från sängbordet och lade sig tillrätta på rygg.

Först Facebook. Luna Breck. Hon hade bara sju offentliga bilder. Kanske han kunde skicka en vänförfrågan. Så skulle det säkert dyka upp fler. Om hon accepterade alltså. Och de gick ju i samma klass så det skulle väl inte vara helt weird... om en klasskamrat skickade en förfrågan. Det var väl inget konstigt med det? Men nej, det skulle han inte. No way! Han skulle hellre vara den lite mystiska typen. Ingen stirrig stalker, nåt ettrigt jävla plåster. Det skulle bara skrämma iväg henne. Garanterat.

Han tryckte fram hennes profilbilder. Han kunde dem utan och innan. Inte konstigt eftersom han stirrat på dem ett oräkneligt antal gånger sen i torsdagseftermiddag. Man kunde väl inte se vem som besökte ens profil? Det verkade inte så i alla fall. Han hade googlat på det och alla eventuella rykten om att det visst det med hjälp av diverse knep och appar gick att se vem som stalkat en avslogs bestämt av Facebooks tekniska experter. Kaan valde att lita på de sistnämnda. Annars hade han gått under.

Alltså de ögonen! Killing me softly… Visserligen var två av bilderna med filter. Snapchat-filter. Kaan kände igen dem. Typiskt Snapchat. Alltså använde hon det. Han hade ingen susning om vad hon hette på Snapchat och det var inget ställe man direkt kunde titta på bilder av henne heller, utan att vara vän med henne. Japp, japp, japp… detta var kanske en av hans högsta drömmar för tillfället. Att bli vän med henne där. Och ta del av hennes tillfällen. Glimtar. Vad gjorde hon i vardagen? Vad skrev hon på bilderna? Hur var hon? De kunde skicka bilder på varandra. Till varandra! Alltså inga snuskiga, bara vardagliga. Bilder av henne. Bilder som fick honom att flyta runt bland stjärnorna in outer space och liksom bara skrika:

I would just like to publicly announce that I have no idea what I´m doing!!!

Men men… Facebook var allt han hade just nu. Hennes Instagram hade han visserligen också hittat, men den var privat. Han hade hittat den genom att leta upp den där Kims profil, vilken föga förvånande var offentlig. Och hon hade rätt och slätt sitt namn som användarnamn, kim_gehlvie. Tack för det liksom. Den som söker skall finna. Luna hade gillat en del av hennes bilder. Det var där han hittat henne. Hon hade inte sitt passport-namn som användarnamn utan blue_electric4444. Så det hade liksom inte gått att söka upp på det enkla viset. Men bilden kände han igen. Det var samma profilbild som på hennes Facebook-konto. Mesmerizing all over.

Han gillade det. Att hon var svårhittad. Att hon inte var någon exhibitionist. En bekräftelsesökande vilsen själ som gjorde allt för en gilla-markering. Nog för att han mer än gärna skulle gilla varendaste, varenda underbar bild som hon någonsin postat. Hell YES! Gilla, gilla, gilla. Han hade velat, men inte gjort. Inte velat vara ett slisk.

Han klickade upp favoritbilden. Där Luna bara oskyldigt och genomklokt som en ängel tittade allvarligt men mjukt in i kameran. Förföriskt i Kaans ögon. Men ändå oskyldigt. Hur kunde man vara så vacker? Så perfekt skapad? Ögonen gnistrade i blue electric. Hennes Instagram-namn var verkligen passande. Varenda svart lång trollbindande ögonfrans var som långa farliga tentakler som drog sitt byte oundvikligt in till sig. In i och ner i… djupt ner i ett bottenlöst elektriskt hav till den skönaste död man kunde uppleva. Näsan. Rak och stilig. Kanske aningen sned om man verkligen letade efter fel. Fast ett fel var det väl knappast. Bara personligt, charmigt och sååå vackert. Någon hade kommenterat att den var just det. Sned.

Luna hade svarat med ett långfinger. Ha! Hon tog ingen skit hon inte. Alla de andra 32 kommentarerna var endast komplimanger. Vanliga, fantasilösa. Ytliga.

Kaan hade legat vaken ohälsosamt mycket om nätterna allt sedan han börjat skolan, sen han sett Luna där det vill säga. Legat med en stor varm klump av väldoftande rosengelé över hjärtat och bara tänkt, tänkt och tänkt på allt som de skulle kunna göra tillsammans. Tänkt på vad han skulle säga, hur han skulle röra sig, vad han skulle fråga henne, vad han skulle skriva till hennes bilder. Bara de blev vänner. Och ihop. Så det liksom var legalt att hissa henne till skyarna. Överösa henne med kärlek.

Han suckade, kände sig trött. Orkade inte gå upp än. Klockan var ändå bara tio över åtta. Han tvingade sig att lägga undan mobilen. Drog täcket upp över näsan. Det kändes som om en pansarvagn stod parkerad över hans hjärta. Tänk om hon inte alls hade något som helst intresse av honom. Då kunde han lika gärna dö. Det sved bakom stängda ögonlock. Orden kom som från ovan eller beyond.

The runaway bride

The lucid dream

Never to stay

Never to be forgotten

Was it all a dream?

Was I asleep as I were awake?

Please don`t go

Don`t vanish into nothing

9:11. Kaan vaknade med en hastig inandning. Somnat om hade han gjort. Och drömt samma sjuka dröm igen. Den som han hade drömt natten till sin 18:e födelsedag. Om Halloween-paraden.

Den här gången var det som om allt framträdde lite tydligare. Eller var det bara för att det var en repris som Kaan tyckte sig se mer? Hur som helst så var det fruktansvärt obehagligt. Och han hade ingen aning om varför han drömde detta. Man brukade ju drömma om sådant som hade någon anknytning till nåt som hade hänt under dagen eller så. Men detta? Och igen!?

Det som mest skilde sig ifrån förra drömmen var att han nu hade sett två svartklädda, maskerade män komma marscherande från ett bakhåll intill gränden. Han kunde inte se hur de såg ut. Bara ögonen syntes. Och de var suddiga. Männen var normalbyggda. Tysta. Allt man hörde var sorlet ifrån barnen i Hallloween-paraden. Nån vuxen som tillrättavisade nåt barn. Nån liten som utstötte ett demon-vrål. Sen utspelade sig samma scen som i förra drömmen. Det är en mängd barn. I olika längder, i olika kostymer och masker. Zombies, häxor, clowner, skelett. Några faller till marken. Någon står stilla, någon springer. Det flyter blod på kullerstenen. Tjockt mörkrött blod. Äkta blod. Barnen hinner inte skingras för gränden de marscherar i är smal och utan gömställen. Hela kvarteret skiner upp. Han ser ett barn utklätt till zombie få hela sitt ansikte bortslitet.

Som om det vore en mask.

Men det är ingen mask.

14. LUNA

25 augusti 2017

Lunas mobil surrade frenetiskt på nattygsbordet. Kvart i sju. Fredag, sista skoldagen för veckan. Skönt. Fy fan vad skolan var tråkig. Hade det inte varit för den där nya killen hade Luna måhända sjukanmält sig en eller annan dag och bara sluppit ifrån. Men just eftersom han existerade så hade det varit självplågeri. Because… för att vara på annan plats än honom… det gjorde ont... som om det fanns en tråd mellan deras hjärtan som det töjdes och slets i… tills det smärtade as fuck. Hellre då att vara i hans närhet. Så liksom tråden fick vila. Hang around on the floor. Och så att hjärtat, och själen liksom fick… njuta… bara vara. Som att vara beroende av en drog antog hon. Kaan var hennes drog. Smått jobbigt att vara beroende. Skulle det inte vara härligt att vara förälskad? Så här hade hon aldrig känt tidigare i varje fall. Men det kanske inte var förälskelse heller. Hur visste man?

Läsa hans tankar? Nej, det var uppenbarligen omöjligt. Hon hade försökt i måndags och i onsdags. Det gick inte. Hon tänkte definitivt inte pröva fler gånger på ett bra tag. Hon ville inte höra alla andras patetiska tankar. Man kunde bli förstörd för mindre.

Hon hade sett det där ljusskenet ovanför hans huvud ett par gånger under veckan. Undvikit honom av rädsla för att han kanske var som henne. Att han kunde läsa tankar. Och att han då inte fick en sådan blackout som hon tydligen fick, för han var förmodligen inte intresserad av henne... och det måste vara förälskelsen som messade upp. Han kanske faktiskt kunde höra vad hon tänkte. Och det ville hon minsann inte dela med sig av, så hon hade hållit sig på avstånd.

Paula stod i köket och sköljde ur sin kopp när Luna kom in för att ta sig ett glas vatten. Hon var ovanligt torr i halsen. Säkert för att hon drömt något om Andrej, slisket. Hon mindes inte exakt vad, men det var något om nåt prov. Klassrum. Skulle han kungöra det för klassen idag? Att de skulle ha matteprov? Eller NO-prov? De hade ju för fan precis börjat terminen. Inte konstigt att man blev torr i halsen. Han var torr. Och hon var torr. Både här och där. Så torr som man kunde bli mellan benen när man var i närheten av honom. Hans tankar om att hon nog var alldeles blöt i trosorna stämde fan inte. Jävla äckel. Just den tanken var nog en av de värsta hon någonsin hört ifrån honom. Det var i onsdags. Det var då hon bestämt sig för att inte ha igång den där jävla förmågan på ett bra tag. Hon hade haft den igång bara för att snoka lite i Kaans huvud, men där hade det varit låst. No trespassing. Tyvärr. Så nu fick det vara på ett tag. Hon behövde lugn och ro. Tystnad. Självrespekt. "The less I know the better." intalade hon sig och sträckte sig efter ett glas i diskstället.

"Godmorgon gumman." log Paula. Med ett skuldbelagt skimmer över hela sitt mjuka ansikte. Hon satte ner sin kopp intill kranen och lät Luna komma till. "Sovit gott?"

Luna ryckte på axlarna samtidigt som hon fyllde sitt glas. "Tja, sådär… det får duga."

"Duuu, kan du förlåta mamma om hon sticker iväg redan halv åtta?" Paula såg ut att kunna gå mitt itu.

Luna höjde på ögonbrynen. Tömde glaset. Visste knappt om hon fortfarande drömde eller nåt. Paula brukade alltid lämna Luna i skolan. Varendaste vareviga dag. Nog för att hon var fullt kapabel till att promenera den lilla biten dit alldeles på egen hand men… alltså Hey? Vad händer?

Innan Luna hann svara "Klart!" fortsatte Paula:

"Jag har ett jätteviktigt möte i Lund redan klockan nio. Och Eric sade att vi måste…"

"Men klart mamma, ingen fara!" Luna satte ner glaset och lade sina händer på Paulas axlar, tittade henne betryggande i ögonen. Paula svarade med en puss på kinden.

"Tack gumman." Hon sträckte på nacken och etsade fast sin blick i Lunas. "Jag lovar, det kommer inte att bli någon vana." Flängde runt sin handled och tittade på klockan. "Oj, nä jag får väl bege mig nu då." Medan hon skyndade ut i hallen, tog på sig ett par boots med hög klack, sin röda sommar-poncho och satte solglasögonen i det vilda håret sjöng hon vidare att hon nog inte skulle vara hemma igen förrän klockan fyra i eftermiddag. Hur kunde vissa människor tycka att hon var ful? Hon var en skönhet. Och alldeles glittrande, alldeles extra förtrollande vacker när hon var kär.

Luna hade nog aldrig gjort sig i ordning så här snabbt någonsin förr. Sprayade lite vatten i håret. Borstade igenom med utredningsborsten. Smekte lockarna med lite glansolja. Ett par svep med rougeborsten, några rappa drag mascara under fullt fokus. Deo. En diskret dusch parfym. Rapido. In i köket. En banan till frulle, sen på med kläderna. Tur att hon hängt fram sin outfit igår. En mörkblå jumpsuit med långa ben. Passande. Bara att hoppa i. Tandborstning in rapido. Ett härligt lager läppglans sen var man good to go. MEN! Hon skulle först in på Paulas rum. Hade tio minuter på sig, sen måste hon iväg om hon inte skulle komma försent till Andrejs NO-lektion. Hade i och för sig gärna sluppit men. På tio minuter kunde man hitta mycket. Luna kryste sina tummar.

Ingen nyckel. Lådan fortfarande låst. Såklart. Det fanns kanske inget i lådan. Och nyckeln var kanske försvunnen. Nej, den fanns säkert någonstans. Och hon skulle ta reda på det. Det fanns ett sätt. Och det var att fråga Paula rätt frågor så att hon i tanken skulle komma att avslöja gömstället. Men det var bara det att Luna än så länge inte listat ut vilka frågor eller vilket samtalsämne hon skulle glida in på, försiktigt, utan att få Paula att misstänka att Luna var ute efter just det. Att få tillgång till innehållet i lådan. Hon kände det med hela sin existens. Att i lådan fanns någonting som Paula undanhöll. Hon visste inte hur eller om det egentligen var ren och skär inbillning, men jo... hon kände det.

Bara för att... så snodde hon runt i lådor och i garderober. I fickor. Inuti strumpor. Men. Nada. Hon stod halvlutad över skrivbordet, lyfte försiktigt undan den gula mappen som låg ovanpå högen med tidningsurklipp. En ny artikel hade tillkommit. Nej, två förresten. Det satt ett koppargem överst. På den första löd det:

> *Mannen i trettioårs-åldern som hittades avliden utanför en lastbil i Umeå, bara en kilometer ifrån söndagens skördefestival tros inte ha utsatts för brott utan kan ha avlidit av naturliga orsaker. I lastbilen som visade sig vara stulen hittade polisen stora mängder nervgas och två maskingevär.*

Längts ner hade Paula antecknat datum:

Onsdag 23:e augusti 2017. Aftonbladet.

På den andra:

> *Ännu ett i raden av mystiska dödsfall kopplade till eventuella kriminella ligor har i veckan tillkommit. En familjefar återfanns under söndagsförmiddagen avliden i nära anslutning till en lastbil som i ett tidigt skede visade sig vara stulen. Inuti hytten hittades stora mängder nervgas och två full-laddade automatvapen. Frågan är nu vad denne man*

hade för intentioner, om han överhuvudtaget hade någon koppling till lastbilen och vapnen, och om han precis som i ett antal tidigare dödsfall i år, i nära relation till eventuell förberedelse till brott, visar sig ha avlidit av plötsligt hjärtstopp.

Längst ner, antecknat av Paula:

Torsdag 24:e augusti 2017. Expressen.

Luna lade ner dem igen. Artiklarna. Stirrade ut genom fönstret. Bort i fjärran. Tänkte på de två andra fallen hon både hört och läst om.

Dels fallet med de två männen som hittats döda i en hytt på Finlandsfärjan i juni. Och haft bagaget fullt av machetes, nån bomb och vapen. De hade också dött av hjärtstopp. Dels den där incidenten utanför akutmottagningen på Sunderbys sjukhus i Luleå i mars. Då en man hittats avliden i sin bil. Hjärtstopp. I bilen hade man funnit stickvapen, rånarluva och en tomtemask.

Hjärtstopp, hjärtstopp, hjärtstopp, potentiella våldsmän…

Hon sjönk ner i skrivbordsstolen. En billig modell från IKEA i svart skinnlook. Helt okej för det priset. Lutade sig tillbaka. Stirrade som i ett still. Ut genom fönstret. På en suddig lyftkran på andra sidan vägen.

Roy, Peder, gubben i skogen. Hjärtstopp allihop. Orsakade av henne.

De andra då? De i artiklarna. Var de hjärtstoppen orsakade av sjukdom? Ödets nyck? Eller vem?

Det var som om en kylig vindpust genomborrade hela henne. De små fjunen på hennes armar reste sig och hon drog händerna irriterat över knottrorna tills de sakteliga sjönk tillbaka.

Hon sträckte sig fram efter den gula mappen, öppnade den. Överst låg fortfarande samma A4-papper med anteckningarna och tidningsurklippen om försvunna Arvid. "Fruktansvärt tragiskt att en ung småbarnspappa försvunnit så där." tänkte Luna. Hon tittade länge på fotot. Drömde sig bort. Ljussken hade iakttagits vid tidpunkten för hans försvinnande. Tänk om det var så att han verkligen blivit bortförd av ett ufo. Eller nåt. Vad hade hänt med honom? Levde han? I en annan galax? I en annan dimension? Kanske där man inte åldrades. Där tiden inte fanns. Tänk om han kom tillbaka imorgon. 62 år senare. Hans fru var säkert död och begraven. Hans barn pensionerade. Kanske hade han barnbarn som var lika gamla som honom. Undrar om de var lika?...

Eller så hade han bara fallit i hamnen, drunknat, drivit iväg och därför aldrig blivit hittad.

Kanske var det här helkonstiga research-arbetet som Paula sysslade med bara en längtan bort… en verklighetsflykt, en dröm om en totally hänförande, okänd och magisk värld. Luna smålog för sig själv. "Well... she sure rocks!"

Till ett djupt andetag bläddrade hon snabbt igenom högen igen. En del hypotetiska "bortföranden" från ställen som lät finska, norrländska och norska. En och annan i södra Europa. En mörkhyad man från Sydafrika. Med en vit slinga i hårfästet intill högra tinningen. Olika nationaliteter var det första som slog Luna. Utomjordingarna ville ha människor av alla folkslag. Det var i alla fall en tanke som högljutt passerade förbi. Luna ville mer än gärna lusläsa vartenda papper, varenda efterlysning och drömma sig bort och sätta sig in i dessa människors eventuella öden. Var fanns de?

På A4-pappret som låg allra underst såg Luna, när hon tittade närmare, att personen det handlade om försvann 1990. En ungersk pojke på 13 år. Bilden var tydlig. En snaggad ganska lång och gänglig tonåring med varma ögon. Väldigt vacker. Luna studerade ögonen. Det var något bekant över dem. Även ögonbrynen. Hon läste den engelska översättningen som var fastklistrad under bilden:

> *Help us find our beloved Ferenc Karos, age 13. He was last seen riding his bike to visit a friend in the afternoon Friday 17th of August, Ostoros, Hungary. He was wearing blue jeans and a white T-shirt. He has got a birthmark the size and shape of a split walnut on his neck.*

Längst ner på pappret hade Paula antecknat:

> *Ungersk pojke försvunnen samma vecka som oförklarliga ljussken iakttagits runt kring Ostoros, Ungern. 1990. Aldrig återfunnen trots enorma sökinsatser.*

Luna stirrade bedrövat på pojkens ansikte. Och drömde sig nog bort ett bra tag. Hon blev ordentligt överraskad när en fågel flög in i fönsterrutan och väckte henne till verkligheten.

"Shit!" Klockan hade vandrat iväg och var redan 8:22.

Oh, no. Hon skulle helt missa Andrejs NO-lektion. Det var inte ens lönt att skynda sig. Lika bra att hoppa över hela. Nästa lektion började klockan nio. Hon fick säga att hon försovit sig eller nåt.

Mappen fylldes åter av pappersbunten, blev ihopsnäppt och lagd på sin plats. Nu fanns tid för en kopp te och lite surf på mobilen. Kunde inte riskera att sugas fast i Paulas forskningar igen, även om det var sjukt intressant. Kanske blev det en titt igen efter skolan.

Dagen gick mot sitt slut, klockan var fem i ett och kvar var nu endast matte-lektionen med Andrej. Var det nu drömmen skulle slå in? Skulle han tragga med henne om det stundande NO-provet som Kim berättat att de skulle ha nästa vecka? "Det återstår att se.” tänkte Luna och lyfte på hakan när hon äntrade salen. Klumpen i magen hade vuxit sig större och större under dagens lopp, ju mer klockan närmat sig ett. Det hade inte hjälpt att hon sett att Kaan tittat på henne. Alltså tittat som ingen annan. Inte som om hon vore ett sexobjekt, någon man helst bara klädde av och fick avreagera sina primitiva manliga böjelser på. Kaan hade tittat på henne på ett annat sätt. Förundrat. Som om han undrat om hon var sann. Om hon var på riktigt? Eller om hon bara var en magisk hägring?

Han gick alldeles precis bakom henne på väg in i klassrummet. Luna kände skiftningen från varmt till svalare när han vek av och gick mot sin plats vid fönstret och hon fortsatte fram mot white-boardtavlan. Till sin plats bredvid Kim. Hon hade precis bara hunnit ta ut sitt tuggummi och vikt in det i en avriven bit av anteckningsblocket innan "Slisket" var framme. Som en haj invid en blödande sjöjungfru.

”Men hej där tjejen!” Andrej satte sig på huk intill Luna, mellan bänken och skåpet som stod längs med väggen. Hans ansikte kom i lägre nivå än Lunas. Han lade armarna i kors på hörnan av bordet. Såg löjlig ut.

”Duu… eh... vart var du imorse? Jag saknade dig.” Han tittade frågande. Ögonen var blanka och blicken äcklig. Meningarna var möjligtvis mjukt uppbyggda, men innehöll en manipulativ auktoritär ton. I kombination med hans hukade ställning i nivå under Lunas ögon blev hela scenen förvirrande men framför allt oerhört patetisk.

"Sorry, jag försov mig." Lunas falska leende speglade sig i Andrejs feberblanka ögon. Hans sängkammarblick. Jo tack, Luna kände igen blicken.

"Hmmm, som det kan bli…" Han sög in underläppen, tittade ner på sina händer och sen tillbaka upp in i Lunas ögon. "Jag får väl helt enkelt be dig att stanna kvar efter lektionen, för jag vill gå igenom ett par grejer med dig som vi tog upp imorse. Det blir nämligen NO-prov i nästa vecka…" Han avslutade med ett smackande ljud ifrån mungipan. Inklusive en sån där *"Duuu-du-har-inget-att-sätta-emot-mig-lilla-gumman-min"*-look.

"Okej." svarade Luna, fokuserade på att hålla hakan högt och flyttade blicken mot boken framför sig. Grep tag i sin penna. Fattade han dåligt eller? Han kunde gå nu. Stank av parfym gjorde han också. Den odören tillsammans med den klump hon hade i magen samverkade till att göra henne pretty scared för att slänga upp en spya och därmed totalt göra bort sig inför Kaan.

Tack och lov så reste sig Andrej hastigt när Mark, skolvärden, med rappa steg kom in med en bunt papper. De växlade några ord framme vid katedern till klassens sorl. Luna sneglade så diskret hon kunde snett bakåt mot vänster. Kaan tog snabbt bort blicken.

Han hade tittat på henne.

Ljuvlig rosa fluff-medicin mot Andrejs för bara några sekunder sedan förpestande närvaro. Några fjärilar gjorde piruetter i hjärttrakten, trots att Kaans blick verkat bekymrad. Eller så var det inbillning. Nåja, bara vetskapen om att Han. Han! Världens finaste. Att han suttit där bak och kollat in henne. Undrar vad han hade tänkt? Oj, tänk om han läst hennes tankar. Tänk om det var det han hade gjort. Hon intalade sig än en gång att eftersom han också hade det där skenet ovanför sitt huvud. Precis som hon. Så kanske de var likadana. Äsch, nej nu drog önskedrömmarna igång igen. Det var väl bara som hon glorifierade honom. Det var kanske så det var att vara kär. Den man var kär i hamnade som in the spotlight! Och för den delen... hade han kunnat läsa tankar så hade han med all säkerhet vid detta laget suttit hemma i ett hörn och gråtit. För Luna hade hört dem. Tankarna om honom. De avundsjuka, rasistiska… Var man inte härdad så var sådant mostly devastating.

Luna satt i sin egen värld. Lutade hakan mot sina knogar, såg någon passera förbi. Mark.

Vips var han ute och lektionen satte igång.

Andrej öppnade munnen.

”Let the freakshow begin!” tänkte Luna och himlade med ögonen.

15. KAAN

25 augusti 2017

”Hur är det älskling?” Samantha tittade oroligt på Kaan när han satte sig vid köksön.

Klockan var kvart över sju på morgonen. Fredag. Sista skoldagen för veckan. En lång, seg helg väntade. Tiden mellan skoldagarna gick långsamt som aldrig förr.

”Har du sovit dåligt igen?”

”Mmhmm.”

Samantha strök honom över ryggen. Såg ut att gå sönder.

”Usch, hjärtat… det är säkert bara allt det nya ska du se. Alla nya intryck som ska smältas och så. Förändringar är ju jobbiga för dig. Det vet vi ju.” Hon snurrade lite med hans hårsvans. Kittlade honom på födelsemärket i nacken.

”Duuu… min känsliga ängel.” Hon brukade alltid kalla honom ängel när hon fick syn på födelsemärket han hade i nacken. Hon var av den tron att födelsemärken kunde ha koppling till tidigare liv. I Samanthas ögon föreställde hans födelsemärke utan tvekan två utfällda änglavingar. Ett tecken på att han varit en ängel. Att han egentligen var en ängel, som valt att inkarnera som människa för att sprida ljus och lugn. Som en jordängel. Typ.

Kaan kunde naturligtvis inte se sig själv i nacken, men gissa om inte Samantha fotat det bara för att visa honom hur vackert det var. Själv skämdes han över det. Det var därför han hade odlat långt hår. Allt sedan han hört tankar om att han hade skit i nacken. Svans funkade också för märket var placerat precis mitt i. Att ha håret utsläppt var skitdrygt. Ibland fick det väl gå, om han verkligen ville dölja det. Det var inte särskilt stort, ungefär lika stort som en halverad valnötskärna. Som man lagt på rygg så att säga. Då kunde det ju faktiskt likna ett par änglavingar. Visst, han kunde förstå att Samantha relaterade det till just det. Man såg väl vad man ville se liksom. Men för honom var det bara ett födelsemärke. Ett fult sådant som liknade en valnötskärna. Kanske hade han odlat valnötter i ett tidigare liv eller nåt, tänkte han och delgav småleende sin teori för Samantha.

”Nääå, du är en ängel. Jag är bombsäker.” sa hon, plockade fram bröd, pålägg och juice till honom, gick fram till trappan och ropade upp åt Benjamin att sätta fart.

Toppförälskelsen som han svävat runt i hade ju fler dagar som gått utan nåt som helst framsteg fått honom att sakta dala längre och längre ner mot jorden igen. De hade inte pratat med varandra sedan den där gången i matsalen. Det hade inte blivit tillfälle. De hade inte ens varit i närheten av grupparbete eller någonting i den stilen heller. Nåt som liksom kunde föra ihop dem av naturliga orsaker. Eller vad man kunde kalla det. Hon hade tittat på honom någon enstaka gång. Det hade han sett. Men vad visste han liksom? Man tittade väl på folk i allmänhet. Han var kanske bara en i mängden för henne. Men det var ändå som om hon undvikit honom på något sätt. Den känslan hade han fått. Och det var en tung känsla. Att vara bortvald. Inte alls angenäm. Skulle han nu gå hela jävla helgen igen i ovisshet, kval och ångest för att han inte visste vad hon tyckte om honom? Om hon ens tyckte nåt? Överhuvudsåtaget. Och om i så fall... vad tyckte hon då? Varför undvek hon honom? Vad gjorde han för fel? Var det kanske dags att sluta tänka på henne? Av ren och skär självbevarelsedrift? Han kunde ju fan inte funka normalt längre. Kunde knappt sova. Det var precis som om han var halvspeedad. Splittrad. Totally lost. Kunde inte fokusera på lektioner, läxor. Det gick inte att ta in nån info liksom. Sluta tänka på henne? Ha! Han skulle behöva bli hjärndöd för att åstadkomma det sakfallet. Fast då skulle väl hans medvetande ändå finnas någonstans i något slags liv, så han skulle ju ändå tänka på henne. Ah, men va fan!? Det fanns bara en sak att göra. Han kunde inte vänta längre. Det skulle bli en jobbig dag. Han skulle må skit framåt eftermiddagen och förmodligen ligga hela helgen och deppa. Men han måste. Måste slå på förmågan. Han måste veta vad hon tänkte om honom. Att veta eller att inte veta? To be or not to be? Pest eller kolera? The question has got to be answered!

Kaan lade en sträng vit tandkräm på borsthuvudet. Inspekterade sig i spegeln. In i munnen. Slog igång knappen så att borsten började surra. Stirrade på palmen som stod placerad framför det stora frostade fönstret bredvid jacuzzin. Skulle han verkligen? Förstöra bilden av alla? Tänk om Kevin som han blivit så bra polare med skulle visa sig vara ett ass. Tänk om lärarna skulle framstå som psykfall. Ibland var det bättre att inte veta. Men han måååååste ta reda på vad Luna tänkte. Om honom. Så var det bara. Även om det förmodligen var förödande.

Han spottade ut skummet och tvättade av sig kring munnen. Tittade sig nyktert i spegeln. Kollade klockan. Dörren var låst. En stum känsla tryckte sig fram, från bröstbenet och neråt.

"Okej..." Han slöt ögonen. Började nynna så stilla han förmådde.

"Somewhere over the rainbow way up high…"

En kvart in på dagens första lektion, och en livstid i helvetet. Luna hade inte dykt upp. Hennes stol längst fram till höger stod tom. Lika tom som hans hjärthåla. Det där bandet som höll ihop deras hjärtan, såsom han inbillade sig i alla fall, måste ha tänjts ut så pass mycket att det nu slitit ut hans hjärta. Det hade kanske inte orkat hålla sig kvar längre. Kanske förklaringen till varför han kände sig som en zombie. Vart var hon? Var hon sjuk? Hur sjuk? Var hon hos nån kille? Var hon död? Blodet pumpade runt i Kaan med en jävla massa skit-hormoner som forslades runt trots att han inte hade någon pump. Bara ett stort svart hål mellan halsgrop och solar plexus.

"Hur är det? Mår du inte bra?" Kevin armbågade honom lätt i sidan. Andrej stod för tillfället och matade upp något på tavlan och hörde inte Kevins viskningar där längst bak.

"Jo… jo… alltså jo… eeeh… jag har inte sovit ett enda dugg inatt bara." mumlade Kaan och pekade diskret framåt. Andrej var färdig och hade precis vänt sig om igen.

"Ungdomar! Hör upp! På fredag nästa vecka kommer vi att ha prov i bioteknik. Sidhänvisningar och länkar ser ni här." Han pekade mot tavlan med hela handen. "Fokusera gärna lite extra på genmodifikation och genmanipulation. På intranätet kan ni söka och hitta. Kom ihåg att ju mer kött ni har på benen ju större är chansen till ett A."

Ett missnöjt sorl flöt runt bland stolarna. Men i Kaans huvud skrek och svor mer eller mindre alla i mun på varandra. Instinktivt förde han händerna mot öronen, men kom på att det inte skulle hjälpa, bara se dumt ut. Nära nog framme vid öronen styrde han diskret om dem och började massera sig lätt i tinningarna.

"Jag har Panodil i väskan om du vill ha." Kevin tittade bekymrat på Kaan.

"Nä tack… nä det är lugnt."

"Säkert?"

Kaan nickade. Kevin nickade, log och vände blicken högtidligt mot Andrej som fortsatte mässa om provets importans. Kevin upprördes inte av något prov. Det både såg och hörde Kaan.

"Ni kan slå upp böckerna på sidan 16 när ni har antecknat vad jag har skrivit upp här." Andrej vippade en penna mellan pekfinger och långfinger samtidigt som han höll den riktad mot tavlan. Han tittade ut över klassen sedan de tystnat och var i färd med att anteckna. Klasskamraternas tankar hade stillnat och Kaan tittade ner i sitt block… tittade upp mot tavlan. Andrej hade sitt ansikte vänt mot Lunas tomma plats. Han såg besviken ut, med tunga ögonlock och mungiporna smått spända. "Och var är min lilla pudding idag då?... Försovit sig kanske...? Mmmhmmm... magistern ska straffa dig sen ska du se." Kaan kunde även se ett scenario för sitt inre. Det var något nytt. Det var som en inre bild. Inga ord. Bara bilder. Han såg hur Andrej i dennes dagdrömmar pumpade sitt skrev in mellan ett par särade ben. På katedern.

Det måste ha sett ut! Bredvid en pigg mört, ett barn på julafton. Kevin med sitt ljusa rufs, sina pilotglasögon och pojkaktiga utseende. Där satt Kaan, mörk, ihopsjunken, främmande, som från en helt annan planet. Närapå askgrå om kinderna efter att ha tagit in andras tankar, om än bara en halvtimme sådär. Tom i hjärthålan eftersom hjärtat ryckts ut när det inte orkat stå emot distansen till Luna längre. Det hängde väl nu och släpade efter vart än Luna gick. I snöret. Silvertråden. Och så nu... hade han även blivit själslös, nu när han hört och sett vad som pågick i Andrejs hjärna. Andrej hade blivit en annan. Minst sagt. Hade Kaan verkligen hört rätt? Sett rätt? "Och var är min lilla pudding idag då?" Hade han menat Luna? Det var bara hon som fattades i alla fall. Nej han måste ha hört fel. Han tittade ner i sin uppslagna bok. Bokstäverna var en enda gröt. Flyttade blicken mot Andrej. Med ögon mörkare än någonsin.

Klockan hade gått och blivit fem i ett. Luna hade tack och lov dykt upp till lektion två för dagen och nu var de på väg att gå in och klara av sin sista lektion för veckan. Efter säkert tjugo misslyckade försök under dagen att pejla in hennes tankar, såg Kaan nu sin näst sista eller kanske allra sista chans för dagen att komma riktigt nära. Nu när de skulle gå in i salen. Kanske skulle det funka då. Som av en putt av ödets vingar hamnade han precis bakom henne när Andrej låste upp dörren till mattesalen. Hon tappade nämligen sin penna och tvingades därför stanna upp i tre sekunder. Längre stund krävdes inte för att Kaan skulle hinna ikapp. Han stannade möjligtvis upp för en kvarts sekund eller nåt. Låtsades rätta till blocket och boken som han höll i famnen.

Att vara nära henne var som att vara hemma. Även om han på sistone haft världens ångestkänslor när han vistats i hemmet. Men det var bara för att han längtade. Saknade henne. Våndades och undrade om hon gillade honom tillbaka. Om hon tänkte på honom såsom han tänkte på henne. Ovetskapen smärtade kolossalt. Men nu var han alltså nära henne för ett kort, kort tag. Och nog var det så som han misstänkt, att det var distansen som dragit ut hans hjärta, för nu var det tillbaka igen. Bröstkorgen kändes inte längre som ett hål.

Så gott han kunde, trots klasskamraternas tanketjatter, trots Lunas underbara bländande månskenshår som svajade framför honom, försökte han fånga in hennes tankar som i en bubbla.

Föreställde sig att han liksom blåste upp en bubbla av glas kring bara de två. Det blev nästan tyst. Som när man sjunker ner under vatten. Som när man glider ner under ytan i badkaret, och bara låter näsa och mun vara kvar ovanför. Fortfarande hörde han de andras sorl någonstans från utsidan av bubblan. Inuti… sina egna hjärtslag… endast… och i ett vakuum. Tystnaden within. Tystnaden without. Without the thoughts of Luna. Tyvärr. Kaan vek av mot sin plats. Luna mot sin.

"Måtte denna dag vara slut snart." gnällde han för Kevin som undrade hur det egentligen stod till.

"Jag är sååå jävla sjukligt trött." suckade Kaan.

"Jaa, du ser faktiskt sjuk ut. Du har inte feber?"

"Tror jag inte." Kaan kände sig på pannan. "Nej."

"Man FÅR gå hem tidigare om man inte mår bra."

"Det är lugnt. Jag klarar en timme till… tror jag."

Kevin nickade tveksamt, räckte fram en påse tuggummin. Kaan tog en, stoppade diskret in den mellan framtänderna. Tackade. Men i ärlighetens namn var han inte säker på att han skulle klara en timme till. Sjukt svag. Det var vad han var. Det var han säker på. En vecka i ny skola. Nytt, nytt, nytt. Intryck, förändring, sömnbrist, analyserande. Han pallade inte mer. Skulle fan ligga och gråta under en sten hela helgen. Fanns det inget piller mot högkänslighet? Han ansträngde sig till sitt yttersta för att sitta som en man i stolen. Skulle dock helst glida av den, puffa sig in mot väggen och krypa ihop i fosterställning. Han slog först upp matteboken på sidan 14 och bläddrade därefter fram till en tom sida i blocket. Började klottra smått i hörnan med höger hand. Vänster hand stöttade upp huvudet.

När alla hade äntrat salen stängde Andrej dörren och spatserade fram emot tavlan. "Det var ju fan vad han ser uppblåst ut helt plötsligt." tänkte Kaan. Förvånade sig över sina egna tankar. Han brukade inte prata eller tänka illa om folk. Men, om han hört rätt imorse. Eller rättare sagt. Om han gissat rätt. Om det visade sig vara Luna som Andrej hade haft de där tankarna om, då skulle han fan bli varse om att han var ute på djupt vatten. Kaan skulle hålla stenkoll på honom. Hålla honom under observation. Diskret förstås. Han ville inte ställa till det för nån. Sådana här negativa tankar skulle man enligt en och annan lära för eget välbefinnandes skull byta ut mot positiva. Samantha brukade säga att om man fick en negativ tanke skulle man byta ut den mot en positiv och förstora den. Man kunde tänka på något man var tacksam över. Det negativa bara förgiftade. Förpestade. Livet tenderade att bli så mycket trevligare om man fokuserade på det som var bra. Så kanske i det här fallet Kaan själv skulle må mycket bättre om han intalade sig att han hört fel. Att han missförstått allt. Att Andrej i själva verket var en helylleman.

Se ljuset i alla. Se bara godheten.

Jo, han borde kanske försöka.

Kaan såg hur Andrej satte sig ner på huk intill Luna. Kände direkt kalla ormar ringla sig ner längs med ryggraden. Han kunde inte se Andrejs ansikte eftersom det skymdes av Lunas högra axel. Men han hörde. Inte själva samtalet såklart. Det småpratades ju i hela klassrummet. Men han hörde något eko om att Andrej ville ha Luna kvar efter lektionen. Att stygga flickor fick bakläxa. Kaan spärrade upp ögonen av en inre rage. Det var som om det var den vägen ilskan, eller äcklet ville ta, om man inte kunde ryta eller slå. Energin skulle bli av någonstans och ut kom den genom ögonhålorna. Han bet samman tänderna så att tuggummit som råkade befinna sig mellan två kindtänder på höger sida satte sig ordentligt.

Se bara godheten. Okej. Andrej var inte mer än människa. Han var skild. Luna var snygg. Nej förresten, hon var magiskt vacker. Underskön. Såklart inte konstigt att han gillade vad han såg. Herregud liksom. Sen att hans tankar, och vokabulär i ämnet var aningen primitiva… tja alla var vi olika. Stygg flicka. Tja... det var kanske inget annat än Andrejs sinne för kass humor. Att hon missat morgonens lektion förpassade henne kanske till stygg-facket i Andrejs värld. Eller nåt.

Kaans ögon hade landat i en normaliserad muskelfattning igen, men den bekymrade minen skulle förmodligen inte försvinna på ett bra tag än. Dölja sina känslor, eller till och med ljuga om sina känslor, det gick inget vidare när man var högkänslig. En föredömlig beskaffenhet enligt Samantha.

Mark, skolvärden, kom svischandes in med en bunt papper. Han fick Andrej med sig som en skenhelig hund som blivit påkommen med något den inte borde ha gjort. Som typ slickat på familjens söndagsstek som stod för att svalna eller nåt. I ögonvrån såg Kaan hur de babblade. Hörde inte om vad. För nu var det hennes tankar han ville höra.

Ett försök till då.

Visste hon om vad Andrej tänkte om henne? Han försökte med bubblan igen. Runt hennes huvud. Fokuserade allt vad han kunde. Tyyyyystnad… Han såg hur hon sakta vred sitt underbara huvud åt vänster och liksom tittade bakåt. Men inte bara ut över klassen. På alla. Utan rakt in i hans ögon. Och hennes ögon... de i elektriskt blått, liksom slog ut alla hans funktioner. För ett tag. Trots att ögonkastet in reality säkert bara varade i en endaste futtig sekund. Hon vände snabbt bort huvudet igen. Eller var det kanske han som tog bort blicken först? Han var inte säker. Men en sak började smärtsamt klarna för honom. Och det var att han inte verkade ha den minsta chans att läsa hennes tankar. Strange… Men, men… hennes blick, hennes ögon… de talade till honom. På ett episkt sätt. Alltså verkligen. Det var någonting med hennes ögon. Någonting nytt, någonting fullkomligt trollbindande, men ändå så gammalt, så välbekant. Så självklart. Sorlet avtog när Mark lämnade salen och Andrej började skrocka där framme vid tavlan.

I takt med att alla kom in i räknandet lade sig tystnaden ytterligare. Ett svagt tankesorl förekom såklart. De var ju 27 personer där inne. Många medvetanden. Många tankar. För att vara en fredag eftermiddag fick han medge att folk var förhållandevis skärpta. Det var ganska så övervägande matteuträkningar och siffror som florerade. Såklart en och annan mörk tanke. Någon ville strypa Andrej. Någon ville se honom få en viss kroppsdel avskuren. Det var ljusa ljudfrekvenser. Tjejer alltså. Andrej Klimt var inte omtyckt.

Han var djupt tacksam över att han lärt sig styra förmågan. Stänga av och slå på. Han fick inte mycket vettigt gjort när andras tankar gaggade hela tiden. I vanliga fall, utan förmågan påslagen, och utan förälskelsen till Luna, skulle han tippa på att han under en mattelektion på ett ungefär brukade hinna med en sisådär fyra sidor. Idag skulle det nog bara bli en halv. Fan. Han fick ta hem boken över helgen. Hatade att ligga efter.

Lektionen närmade sig sitt slut och Kevin sneglade bort över Kaans block. Den uppslagna sidan var väldekorerad av blyerts. Inte siffror utan diverse kringelikrokar, någon gitarr och nåt som liknade ett stjärnfall, en komet eller nåt.

"Hur går det egentligen?" viskade Kevin och förde sina glasögon snäppet längre upp längs med näsroten.

"Att han ska vara så envis. Kunde ju tagit den där Panodilen." hörde Kaan komma från hans håll. Munnen var stilla, så när som på ett svagt malande på ett tuggummi.

"Jag har helt kört fast." andades Kaan och kände sig nästan yr. Detta var över hans toleransnivå. Hans konto var övertrasserat nu. Han var slut. Over! Big time! Så fort lektionen var över skulle han ta sig in på dass någonstans i en ensam hörna, sätta kranen på full speed och sjunga… tyst så klart… så att den här jävla förmågan kunde gå och gömma sig igen. Han skulle inte palla hemvägen annars. Nu fick det vara nog.

"Sååååja gott folk. Då tror jag minsann vi håller helg." Andrej drog ut på orden, som för att sakta ner tiden en smula. Klappade sig över sina bröstmuskler. För sådana hade han. Och han skämdes inte över dem så att säga. Den vita T-shirten spände över axelpartiet, ner över latsen, och hans tuttar. Kaan såg hur han sneglade mot Lunas håll samtidigt som han flexade med de han hade under sina handflator. Han fick förmodligen ögonkontakt med henne för nu nickade han menande och pekade på sitt armbandsur.

"Du och jag baby… vi har en dejt." lät det från Andrejs sfär. Med en stängd, lite putande viktig-petter-mun. Som en självsäker macho-slimey-gigolo.

"Alltså måtte det bara vara hans djävulskt-uselt dåliga sinne för humor som kommer till uttryck." tänkte Kaan och kände sig vid det här laget kokande förbannad, förvirrad och felplacerad.

"Då ses vi på måndag igen då! Pigga och fräscha!!" försökte han överrösta helgsugna tonåringar. Han höll hakan en aning för högt. Adamsäpplet sköt vasst ut, nästan som en hajfena. Fast rosa, eller snarare rödflammig. "Och kom ihåg. Gör nu inget som jag inte skulle ha gjort." skrockade han och drog handen genom sitt blonda hår. Efter den meningen sköt tankedecibelen i taket och det gick inte längre att urskilja någons tanke. Kaan försökte hålla sig samlad, men hade nu bara en sak i sikte. Toaletten. Sången. Slå om. Slå av.

På väg mot dörren sneglade han mot Luna. Hon satt kvar. Såg en skymt av henne, såg att det lös ovanför henne. Ner över håret och fick det nästan att glittra. Eller så hade han måhända något inbyggt filter tillgängligt på sin näthinna som sattes på ON när hans ögon vilade på vad det än var som hade med henne att röra.

Han hejade på Kevin som skulle på andra hållet. "Trevlig helg, vi ses på måndag…" Kevin önskade krya på och de skildes åt precis utanför dörren till klassrummet. Kevin försvann ner mot trappan, och Kaan styrde stegen mot toaletten längst nere vid tekniksalen.

Ledigt.

Tack.

Han låste dörren, lade mattebok, block och pennor stabilt på vaskens vita porslin, längst in mot väggen. Öppnade kranen. Lät vattenflödet stämma in som bakgrundsmusik. Tittade på golvet. Rent. Säkert någorlunda nystädat. Föreställde sig att han stod inne i en grotta, precis inunder ett vattenfall. Han lutade sig bakåt mot den svala grottväggen. Sjönk sakta ner mot marken, slöt sina mörka ögon.

"Uuuuuhuuuummmmmmhhhmmmmhmmmmm......

Somewhere over the rainbow..."

Färdigt! Han kände precis i vilken stund det slog om. Det var nästan jämförbart med att lyckas knäppa bort lock för öronen. Eller som att förflyttas från en dimension till en annan. I ett enda kvickt fingerknäpp. Dessutom var hela den här lilla sessionen som en form av komprimerad speed-meditation. Efteråt var det som att ha läkt ut en massa slitage och blivit fylld av någon slags förnyad kraft.

Kaan reste sig från golvet. Tvättade händerna i kallt vatten, tittade sig i spegeln och slätade till håret med några av dropparna som satt kvar på handflatorna. Drog pekfingrarna längs med ögonbrynens svarta strån. Kollade så att han inte hade något mellan tänderna. Det kunde max ha gått fem minuter sen han lämnat klassrummet. Han undrade om Luna var kvar. Hörde Andrejs gubbsjuka tankar igen. Såg scenariot framför sig. På katedern. Som en jävla repris. Ryggraden antog snabbt känslan av ett glödande armborst. Tillfälligt där för att skicka iväg ett iskallt regn av adrenalinpilar, liksom ut i fingrarna. Händerna började darra lätt. Han knöt dem. Hårt, tills de stillnade. Såg in i sina svarta ögon. Om än bara för ett kort ögonblick. Hade redan bestämt sig. Han löste upp sitt hårda grepp, vred runt låset och tryckte ner handtaget.

Det var folktomt i D-korridoren. Den som ledde ner mot sal D 022, mattesalen. Dörren tycktes stängd, för man såg inte ens minsta ljusstrimma lysa ut i den dunkla hörnan längst ner. Takbelysningen var släckt. Kanske var de inte kvar där inne. Kanske hade Kaan förstorat upp allting. Trott det värsta liksom.

Av ren och skär svartsjuka. Hjärtslagen hamrade mot insidan av bröstbenet.

Vad fan gjorde han här? Borde bara gå till sitt skåp på våningen under, ta sina grejer och sticka hem. Men benen ville inte vända om. Som på autopilot rörde de sig målmedvetet mot sal D 022.

16. LUNA

25 augusti 2017… i mattesalen

Andrej försvann ut om dörren i femton sekunder efter att alla snabbt och utan fördröjningar lämnat salen. Mattebok, block och pennor låg framför henne på bordet. Mobilen bredvid. Hon hade snabbt startat upp en app. Fällt över fodralets framsida, satt ljuset på lägsta möjliga. Snart skulle den slockna ändå och Andrej skulle inte ana att den var igång. Allt hår hade hon plockat fram, vartenda strå. Lagt det på varsin sida om halsen. Han skulle INTE kunna få den minsta skymt av hennes dekolletage. Inte för att det var urringat och utmanande utan för att hon verkligen ville gömma varendaste form som gömmas kunde. Någon glad min tänkte hon minsann inte heller bjuda på utan hon lät munnen vara lite lätt öppen, sådär så man såg ut som en idiot. Och ögonlocken skulle hänga tungt. Se riktigt trött ut. Kunde inte vara så himla appetizing liksom.

Hon borde nog egentligen inte vara själv med honom. Hade tänkt på det mycket under dagens lopp. På hur det hade gått med Peder och gubben i skogen. Och med Roy. Fast det hade varit på ett annat sätt. Var det dags igen nu? Om vanliga, alldagliga tjejer som kanske inte fick så mycket uppmärksamhet av kåta svin bara visste hur bra de hade det. Kanske om hon klippte stubbig lugg, permanentade håret i krullig tantfrisyr och rakade av sig ögonbrynen, klädde sig i påsiga träningsoveraller. Då hade hon kanske fått vara ifred. Kanske blivit nonchad.

Han var tillbaka. Dörren gick igen. Det där sugande ljudet som uppstår av brandsäkra dörrar. Han harklade sig ljudligt precis efter att den gått igen.

"Skulle det vara förföriskt eller?" hånade Luna i tanken. Kaxig attityd mot trapp-puls hade hon prövat förr. Och visste att det inte hjälpte. Men ändå så upprepades det. Man var väl vanemänniska.

"Sååå? Du låg alltså kvar lite längre i sängen imorse?" Han dök upp snett bakom henne, på vänster sida. Lutade sig på båda händerna, in över Kims tomma plats. Hon hade nog aldrig saknat Kim så mycket som just nu.

"Måste ha stängt av alarmet i sömnen eller nåt." Luna flyttade sina armar från bänken, ner i knäet. Sen direkt upp igen.

"Mmhmm? Det säger du? Säkert att du inte var upptagen med något annat?"

"Vaddå menar du? Nej!"

"Jo alltså... där i sängen." Han tittade med halvöppna ögon, ett snett flin. Som om han var drogad. Hummade ett segervisst kvävt skratt.

"Tja... vad gör flickor som du...?"

Luna visste precis vad han menade. Visste precis vad han ville ha det till. Alla små, små kapillärer som virvlade någonstans i örontrakten var nu utspända, ansträngda till bristningsgränsen. Det rungade big time.

Sprayen. Hon borde ha tagit med sig försvarssprayen. Sprayat honom röd i hela fejset och låtit honom skrika och lida. Då skulle han inte dö i alla fall. Och lämna två barn efter sig. Hon tänkte på barnen. Visste att de var tre och ett halvt och nio år gamla. Om hon hann spraya och springa ut innan han rörde henne skulle de få ha sin pappa kvar. Men sprayen låg i skåpet.

De andra fem gångerna hon dödat, de två djuren inkluderade, hade hon ju känt både äckel och rädsla och föreställt sig offret som hädangånget. Kanske om hon kunde få styr på sin förmåga och inte föreställa sig motparten som död så kanske den inte skulle dö heller. Kanske inte hjärtat skulle stanna. Känslorna däremot, kunde hon ju inte styra. Hon hatade honom. Äcklades av honom. Just nu som fan! Fucking jävla as-äckel! Hon var rädd. Hade någon form av påslag som fick det att ringa i öronen. Hade hänt alla de andra gångerna också. Kanske kunde hon fly ut genom dörren. Han kunde inte mena att han skulle hålla henne fast? Det skulle han väl aldrig? För då skulle han dö. Men det visste han ju inte. Räknade han liksom nog inte med.

"Skulle gärna varit med och hjälpt dig." gled det strävt ut mellan hans darrande läppar. Eller var det hans huvud som ryckte vagt av en earthquake i hans skeva jävla världsbild? Hans ögon var som… jaaa… det går nog inte att förstå om man inte sett det själv… våta, bedjande, borta… Han var i medvetandet redan där. I akten så att säga. Luna ville bara kräkas. Rakt ut. Rakt in i hans ruttna jävla aura.

"Du vet att…" Han ändrade ställning, från framåtlutad till stående. Lade armarna i kors över sin uppblåsta bringa, lyfte ena handen och förde pekfingret till sina fula smala läppar. Vek ner underläppen lätt. Han måste tro att det var sexigt eller nåt. Såg ut som om han poserade för nåt jävla porrmagasin. Men det såg faktiskt mest bögigt ut. Feminint alltså. Inte för att Luna hade något emot homosexuella. Men det var en jävligt misslyckad grej att se feminin ut och försöka förföra en hetero tjej.

"…jag har en känsla av att du gillar äldre killar…"

Well…

Äldre killar?

Hon hade de två senaste månaderna varit nära på att bli våldtagen av två äldre… killar… eller gubbar skulle hon hellre vilja benämna dem. Hon hade dödat dem. Tydligen. För att de inte kunde hålla sina äckliga organ för sig själva. Så nej… hon gillade så i helvete heller äldre killar!

HELL NO!!

Situationen var overklig, absurd. Var det sant? Stod han verkligen där bredvid och sa dessa ord? När alla andra gått hem? Bara de två kvar. Han trodde alltså att hon inget hellre ville än att ha sex med honom. Här eller? I klassrummet? Och överhuvudtaget. I denna livstid. I denna verklighet. What a totally fucked up ass-sucking retard!

Tanken på vad hon bara under den här sommaren gått igenom, vad hon utsatts för, vad hon var kapabel till, att hon bevisligen kunde skydda sig, gjorde att hon för ett ögonblick lyfte på hakan, tittade honom i ögonen. Medlidande. Han var sjuk på något sätt. Stackarn. Han skulle komma att göra någon illa förr eller senare. Så han borde faktiskt dö. Men. Han hade två barn. Och hon visste inte säkert om han verkligen var ett sådant svin, eller om det bara var hennes bagage som fick alla män att framstå som svin. Men, men. Han hade ju faktiskt nyss meddelat att han ville hjälpa henne i sängen. Seriöst!!! Luna tittade honom djupt in i ögonen medan hon sakta reste sig. Förföriskt. Hon var inte rädd längre. Skulle spela honom ett spratt innan det var slut.

”Berätta...” sa Luna, samlade sitt hår som i en svans fastän hon inte hade något gummiband. Putade fram med brösten, lät håret falla ner över ryggen. Förde sitt högra pekfinger till sin underläpp. "…hur du ville hjälpa mig i sängen… snälla magistern." Värsta skådespelerskan.

Andrejs ögon nästan poppade ut ur hans sjuka skalle. Detta hade han inte förväntat sig. Hans haka föll och blottade de sneda tänderna på nedre raden. Dock fattade han sig snabbt igen, satte sig på bordet bakom. Genom hans tunna beige-färgade chinos gick det inte att missa att en viss kroppsdel hade hårdnat och låg som en påk bredvid gylfen.

All hans livskraft måste ha samlats där… i påken, för hon hörde knappt vad han sa, men i kombination med läpparnas rörelser så tolkade hon det till: "Uuuh, jag ska visa dig." Samtidigt som han lät sin ena hand gnida över grejen. Grejen som gjorde så många män till dimmiga svin.

Kanske lekte hon med elden, men hon var inte ett jota rädd längre. Och hon visste inte säkert om rädsla var ett avgörande kriterium för att få någons hjärta att stanna. Men om det var det, så var utgångsläget bra. För hon ville inte döda honom. Bara lära honom en läxa. Men hon ville verkligen inte bli våldtagen heller.

Han var på säkert avstånd än så länge. En meter på ett ungefär. Luna fäste sin blick på hans skrev. Lät tungan glida över sina läppar, pillade sig i håret. "Mmhmm." Mådde illa.

Hon tog sin mobil från bordet. Stoppade försiktigt ner den i fickan. "Jag låser dörren magistern…" viskade hon hest och hann bara ta ett steg innan han for upp till stående. "Har jag redan gjort!"

Luna vände sig om medan hon fortsatte att gå. Fortsatte med sin proffsiga sängkammarblick. Satte fingret framför läpparna. "Schysssch… ska bara dubbelkolla." Vickade lite extra på rumpan när hon fortsatte. Han köpte det. Stannade kvar.

Det var låst. Vilken jävel! Det var alltså det han hade gjort när han harklat sig. För att dölja. Han hade kanske tänkt våldta henne ändå. Hålla fast henne. Och ingen skulle kunna komma in och störa.

"Kom här…" väste han, med ena handen smekande över hela paketet, den andra lockande henne till sig.

Luna stod kvar, höll i dörrvredet. Huvudet lade hon på sned, samlade håret i andra handen och snurrade det. Tittade på sin sinnessjuka lärare. Nu var det frågan om sekunder. Låssmäcken skulle vridas om, handtaget tryckas ner, dörren öppnas inåt och hon lyckas ta sig ut. Fort som fan. Korridoren stod säkert tom nu en fredagseftermiddag. Var han snabb skulle han hinna haffa henne och dra in henne igen. Och då skulle han dö. Och hans barn bli faderlösa.

Hon skulle inte bli våldtagen.

Men han skulle dö.

Och det ville hon inte. Hon orkade inte mer. Det måste ju finnas ett annat sätt. Inspelningarna på diktafon-appen skulle åtminstone få honom att förlora jobbet. Kanske skulle det ge honom upplysning nog om att han borde bättra sig. Tänka om. Bland annat för sina barns skull. Men först behövde hon mer bevis.

”Och vad väntar mig där då… hos dig? Tell me. Jag vill höra dig säga det.” Handen fortsatte vira oskyldigt men förföriskt i de blonda lockarna.

”Njutning med en äldre kille… min kuk långt inne i dig... precis vad du vill ha…” Han putade fram skrevet. Hans resta könsorgan framträdde än tydligare och han smekte sina fingrar vid sidorna som för att framhäva den. Han ansträngde sig för att artikulera. Allt blod, all livskraft var nere mellan benen. Hans ord hade varit tillräckligt tydliga och hade säkert fastnat på inspelningen. Han hade uttryckt sig ganska loud and clear. Han började knäppa upp sina byxor. Blicken var sjukt motbjudande och han bedjade: ”Kom hit.”

Skådespelet var över.

”I HELVETE HELLER DITT SJUKA JÄVLA FUCKING PERVO!!” vrålade Luna samtidigt som låset vreds till öppet, handtaget trycktes ner och hon svepte ut genom dörren. Hon hade ingen aning om han följde efter eller ej. Det var som om hon befann sig inne i en tät bubbla. Allt utanför den var overkligt. Hände detta verkligen?

Korridoren stod i mörker, men allra längst bort, tack vare något fönster någonstans skymtade ett ljus. Ljuset i slutet av tunneln. Hon sprang ditåt. En mörk siluett, en skepnad, tornade upp sig på hennes väg mot frihet. Hjärtat pumpade hårt inuti. Hade den jäveln tagit en hemlig genväg? Nu skulle han ta henne. Här i korridoren. Och det skulle bli det sista han gjorde. Men hon ville inte. Därför tänkte hon försöka tackla sig undan honom. Skulle vika åt vänster precis när de möttes. Korridoren var tillräckligt bred för att det skulle vara möjligt att han inte nådde henne, även om han så sträckte ut armarna.

17. KAAN

25 augusti 2017

Han hade bara tagit tre steg sedan han svängt in i D-korridoren. Lagt märke till hur mörkret tätnade ju längre ner mot mattesalen blicken försökte tränga. Ljuset bakom honom, som kom från ett fönsterparti som öppnade upp mot en mindre innergård, började sakta tyna bort. Försvann ju mer han riktade medvetandet mot salen, ju närmre han drogs mot mörkret.

Var de kvar? Han hade ju begripit att Andrej åtminstone ämnade gå igenom provet de skulle ha i bioteknik. Och hoppades att det skulle stanna där. Och inte eskalera till att bli det scenario som Andrej dagdrömt. Som Kaan sett för sitt inre öga. Inte kunde väl Luna vilja något sådant? Eller ville hon? Var hon hemligt förtjust i Andrej? Var det därför hon undvikit Kaan? Han ruskade på huvudet och bannade sina analyser med rött. "Just freakin' stop it!"

När högerfoten just var på väg att lämna golvytan. När hälen lämnat och bara främre sulan hade kontakt med underlaget, vräktes dörren upp. Han såg henne för någon sekund i ljuset som glittrade på henne inifrån salen… från dagsljuset som strilade in genom fönstren därinne. En ängel med den vackraste röst svepte ut. Han hörde inte exakt… sjöng hon, skrek hon? Allt gick så fort. Och han var inte riktigt där. Men dörren smälldes igen och mörkret var åter. Denna lilla, lilla stund av bländande strålglans lämnade honom tillfälligt blind. Men inte döv. Han hörde stegen komma närmare. Han var nu i två. Den ena ville sträcka ut sina armar. Fånga upp henne. Fråga om allt var okej. Berätta att allt skulle bli okej. Det var högst sannolikt själen som ville detta. Men nu var det kroppen som tog kommandot. Det mänskliga DNA-et. Alla uråldriga gamla traditioner och drifter sedan stenåldern. Rädde dig själv! Undvik faran! Överlev! Kroppen flyttade sig snabbt åt sidan, åt höger, för att inte bli nersprungen. Överkörd. Och själen fick liksom följa med. Fastän den var mycket visare än kroppen. 1–0 till kroppen.

"Uuuuummpfff!!" En kropp slog emot hans. Han vacklade klumpigt bakåt och föll. Händerna hann vinklas och ta emot mot golvet men svanskotan slog i hårt och det ilande genom hela kroppen.

"Rör mig inte!" skrek Luna samtidigt som hon föll med honom, fast lite åt sidan. Han hörde att det var hon. Det hade han väl vetat hela tiden i och för sig, men nu var han säker.

"Jag dödar dig!" Hon var hysterisk.

"Men vaa?" Kaan ansträngde sig för att få fram orden. Ilningen från traumat mot svanskotan ville helst bara förmå stämbanden att utkväka ett slags rossligt gnyende. Men medvetandet lyckades här ta kommandot över kroppen. 1–1.

"Ta det lugnt. Det är bara jag. Kaan." lugnade han, om än lite darrigt och inte alls så betryggande och självsäkert som han önskat.

Man började vänja sig vid dunklet nu och Kaan såg hur hon reste sig. Han ville inte riktigt än. Det gjorde sjukt ont i svanskotan. Typ hela häcken. Men här kunde man ju inte sitta. Han skymtade ledstången på väggen, fick tag i den och kände sig som en skoliosdrabbad 97-åring med långt gången ledgångsreumatism. Jämrandet rann förbi hans läppar. Det gick inte att hämma vissa känslouttryck. En kvinna kunde väl knappast föda barn utan att yppa ett pip, gottgjorde han sig.

"Oj, slog du dig?" På något vis hade han nog betryggat henne ändå. För hysterin hade bytts ut mot ömhet.

"Äh, nä då… men det är ingen fara…"

"Men usch förlåt… jag trodde att det var Andrej." Hon närmade sig honom, tog för ett kort ögonblick tag i hans ena arm som för att hjälpa honom på fötter. Men lika snabbt tycktes hon ångra sig och backade igen.

"Kom! Vi måste härifrån."

"Ja, jo… jag gör mitt bästa." kved Kaan och våndades för sig själv om han luktade svett eller nåt. Vitlök kanske. Samantha hade ju bjudit på sin bombastiska tzatziki igår. Han borde inte ha tagit så mycket.

Ytterst konfunderad över vad som nyss utspelat sig haltade han efter henne. Mot ljuset.

"Men! Vad är det som har hänt?" Kaan började få mer verklighetsförankring. Det slog honom dessutom att han glömt sina mattegrejer på toaletten. Och väl ute i ljuset såg han att Luna inte hade sina med sig heller.

"Alltså, jag berättar sen. Jag vill bara ut ifrån det här jävla stället!"

"Vänta, jag ska bara in om och hämta mina grejer. Glömde dem på toa." Hon skulle väl inte bli glad, men bland det värsta han visste var att slarva bort grejer. Stöka till det liksom.

"Okej!?" sade hon frågande, medan han under högst fem rappa sekunder utförde sitt uppdrag och vände åter. Kände sig som en fånig men lycklig medbrottsling vars pedantiska fetischer möjligtvis var på väg att sänka skeppet.

"Var är dina grejer?" frågade han och höll demonstrativt fram sina när han nästan var framme vid henne. Han hann aldrig riktigt ikapp, för hon viftade med honom och skyndade mot trappan. Kaan följde med som svansen bakefter Halleys komet.

"Äsch, de är kvar där inne. De kan han ta och torka sig i arslet med!" sa Luna på väg nedför trappan. "Jag tänker ALDRIG nånsin mer sätta min fot på hans äckliga lektioner. Det är en sak som är jävligt säker!"

De var framme vid skåpen. Det var sex skåp mellan deras. Kaan hade räknat många gånger. Ett tecken kanske. Sex dem emellan. Nä usch, så fick han inte tänka. Tänk om hon kunde läsa hans tankar.

"Jasså?" sa Kaan. Det borde väl finnas något bättre att säga i en situation som denna. Vem fan visste vad som hade hänt därinne? Vad hade det svinet gjort? Men han kunde heller inte kräva att hon skulle berätta för just honom. De kände ju faktiskt inte varandra. Och hans magkänsla sade åt honom att gå varsamt fram. Inte kräva en massa… även om han såg tillfället som alldeles strålande att få med henne på en liten pratstund. De hade något att prata om i alla fall. Om hon ville, det vill säga.

"Om du vill berätta vad som hänt så lyssnar jag gärna." sa Kaan, drog ut sin väska och vände sig mot Luna.

Till svar nickade och log hon milt samtidigt som hon stängde sitt skåp. Blixtarna från ögonen dödade Kaan på ett ljuvligt sätt. Det var så här det kändes att dö och komma till himlen. Aldrig, aldrig, fucking aldrig hade han sett så vackra ögon. Hela innanmätet i hans kropp smälte till en skön smet. Bara hans skal var intakt. Höll honom uppe.

”Okej.” Hon slängde väskan om axeln, drog loss några slingor av sitt magiska månskenshår som fastnat under remmen. Gick emot honom. Mot utgången. Hennes vänstra arm snuddade vid hans arm när hon passerade.

”Kom, vi drar till BK.”

Kaan svävade efter. Kunde inte under några omständigheter tygla sitt breda fåniga leende. Tur att han gick bakom henne de första stegen mot dörren. På något sätt lyckades han tvinga ner mungiporna till en neutralare, coolare position precis innan hon vände sig om för att putta upp dörren med baksidan av sin perfekta kropp. Han var inte den som på något som helst vis ville förringa att hon förmodligen haft en extremt jobbig upplevelse där inne i mattesalen, men ibland var det väl bara som så att lyckoruset kunde sudda ut allt elände. Tänk om man bara kunde få befinna sig i ruset. För evigt. Men, men. Så fungerade inte livet. What goes up must come down. Och för den delen... utan mörker skulle man inte uppskatta ljuset. Som stjärnor till exempel... de syntes ju bara på en mörk natthimmel. Ja... så var det med den saken. Lite av varje var väl grejen.

Promenaden till Burger King tog bara en kvart, och under tiden hade Luna under livligt gestikulerande berättat vad som försiggått inne i klassrummet. Allt. Hon hade till och med kryddat berättelsen med gamla minnen. Blickar och kommentarer som hon under två år fått utstå. Från honom. Läraren Andrej ”Slisket” Klimt. Hon hade även berättat att hon spelat in samtalet, och nu tänkte sätta dit honom. En gång för alla.

"Tror du inspelningen blev bra?" frågade Kaan när de fått sin beställning och satt sig mittemot varandra så långt ifrån alla andra det bara var möjligt.

Luna sög i sig en klunk vaniljmilkshake och ryckte på axlarna.

"Vi kollar!"

Innan han hunnit respondera plockade hon fram mobil och hörlurar. Tryckte och fixade på skärmen, sträckte ena luren till Kaan, petade in den andra i sitt vänstra öra. Lutade sig fram så att de skulle kunna dela. Kaan stoppade in den sladdförsedda pluggen i sitt öra och glödde inombords. Så nära han var hennes mun nu. De där glansiga puffiga läpparna. En aning milkshake hade dröjt sig kvar på underläppen. Han såg det. Just då gled hennes tunga ut och hon slickade bort det. Shit! Kunde hon läsa hans tankar ändå? Var hon som han? Men han hade ju inte lyckats läsa hennes tankar, så rimligen borde hon inte heller kunna läsa hans. Om det nu såsom i hans vildaste fantasi var som så att hon satt på samma högst ovanliga förmåga som honom. I och med ljuspelaren.

Kaan hann stoppa i sig ett par pommes innan Luna fått igång inspelningen på rätt ställe. När handen var nära munnen passade han på att andas från svalget ut i handflatan. Diskret, för att kolla så att han inte stank. Men problemet var väl, om så var fallet, att man inte kände det själv. Nåja, han hade inte märkt något sedan där i korridoren. Då när hon hade verkat vilja hjälpa honom upp, men snabbt ångrat sig, ryggat undan och tagit ett steg bakåt. Hon hade i alla fall inte retirerat här vid bordet.

Luna lyfte pekfingret och avgav en nickning.

”Nu.”

Även om Luna redan berättat allt så var det oerhört obehagligt att lyssna. Omskakande. Det var så att man skämdes big-time över att tillhöra det manliga släktet. Samtidigt ville han skratta åt hennes skådespelartalanger. Alltså på ett bra sätt. Hylla henne. Hon var ju grym. Och modig.

”Yepp! Allt kom med.” konstaterade Luna med tårar i ögonen. Ljuspelaren ovanför hennes hår kastade reflexer i den högblanka plasttavlan på väggen alldeles intill. ”Han kommer att åka dit.”

”Utan tvekan.” Kaan ville bara krama om henne. Men det hade varit alltför framfusigt. Ja, det trodde han.

”Mmm, och hellre det än att han skulle dö.” kom det dovt ifrån hennes mun.

Nothing made sense i Kaans huvud vid den kommentaren. Skulle hon ha dödat honom? Var det så hon menade? Va? Hon hade ju i och för sig hotat där i korridoren, när hon trott att det var Andrej hon sprungit på, att hon skulle döda honom. Hur skulle hon döda honom? Strypa honom? Knivhugga honom? Hade hon kniv på sig? Funderingarna flaxade som vanligt iväg när han blev osäker. För att hitta svar. Vad skulle han säga nu liksom? En jävligt konstig kommentar att bemöta. Speciellt när den kom ifrån någon man inte riktigt kände. Inte alls. Men som man ändå var besatt av. Som man förmodligen älskade.

Han lät det vara. Vecklade av pappret från sin 10-kronors burgare. Tog en tugga. Tittade på Luna när hon drack sin shake, hur hon tittade ut över restaurangen. Om han var tyst skulle hon kanske säga något. Vissa blev ju nervösa av tystnaden. Kanske skulle hon utveckla den där kommentaren. Men när hon inte hade sagt något på besvärande länge blev han tvungen att ta till orda. Man ville ju inte framstå som ett mähä.

"Jasså, du var inte hungrig? Alltså nej, det kan man ju såklart förstå efter vad som hänt…"

"En milkshake räcker bra för mig på eftermiddagen. Och vegoburgarna är så himla dyra."

"Aaah, du är vegetarian?"

"Japp. Har jag varit i tre år."

"Okej." log Kaan. "Hur kan det komma sig? Alltså jag menar… "

"Hehe, det är lugnt. Jag är van vid dumma frågor." Luna blinkade och log mot honom samtidigt som hon sög i sig det allra sista ur muggen.

"Först och främst så är det för djurens skull. Jag tycker att vi är längre komna i utvecklingen än att vi ska ha ihjäl andra levande varelser för att tillfredsställa våra smaklökar. För nu handlar det inte längre om överlevnad."

Kaan sänkte sakta ner hamburgaren och lade den på bordet. Förde handen till de sista pommesen. Langade in några i munnen. Visste inte var han skulle ta vägen.

"För det andra så har jag märkt en himla najs effekt i min kropp sen jag slutat mata den med köttets ångestfyllda energier. Liksom fått mer kontroll över mig själv. Mer kontroll över vissa… eeeh... egenskaper." Luna ryckte på axlarna, men såg bestämd ut i blicken.

"Jasså… ja det skulle man kanske pröva." sa Kaan. "Hjälper det mot högkänslighet?"

"Kanske..." Hon drog en eftertänksam suck och fortsatte: "Hur kan det komma sig att du var där förresten… i korridoren?" Pillade lätt med servettkanten. "Och att du glömt dina böcker på toa?" Hon lyfte ögonbrynen, förtrollade honom med sina elektriska blå.

Busted! Ljuga, eller snarare skymma sanningen lite, det var han kass på. Trodde att högkänsligheten bidrog till att han inte kunde dölja känslor, än mindre sanning. Sånt fuffens bidrog bara till en massa ältande. Tog en massa energi. Det var lika bra att vara ärlig... att berätta. Nästan allt.

”Joo… eeeh… man kan väl säga att jag anade att det var något skumt på gång. Jag… eeeh… gillade inte tanken på att han skulle hålla dig kvar där inne när vi andra gått.” Kaan fick ett knappt märkbart veck mellan ögonen och tittade ner på den halvätna burgaren. ”Jag kände det väl på mig liksom.”

”Så du hade redan märkt att han är ett svin? Är det så det är att vara högkänslig? Man snappar upp det finstilta liksom?” Luna log snett, precis som om hon inte trodde honom. Eller så var det bara hans dåliga samvete för att han faktiskt inte berättat hela sanningen.

”Ja, jo… ungefär så...”

”Man skulle ju nästan kunna tro att du läst hans tankar eller nåt.” Hon studerade honom noga.

”Hehe… njaä, men det hade kanske varit bra om man kunnat.” försökte Kaan i så äkta skämtsam ton som möjligt. Kände sig som en liten flugstackare totalt invirad i spindelnät. Nu hade han ljugit. För Luna och för sig själv. Som om han inte var värd att tala sin sanning. Och hon inte var värd att höra den. Nu skulle han gå och älta detta hur länge som helst. Skit också.

"Att läsa tankar suger!" viskade Luna. Lutade sig framåt på korslagda armar så att hennes bröst puffades upp en hel del. Sammetslena, perfekt välvda kullar jäste upp precis där det marinblå tyget i hennes byxdress slutade i en rak linje. Kaan ville gärna titta, men nej! Otänkbart. Han tittade på sina händer som var sysselsatta med att packa in resterna av hamburgaren i det prassliga omslagspapperet.

Att läsa tankar suger, hade hon sagt. Jo, det kunde han verkligen instämma i. Var sjukt nervös att hon gjorde så just nu. Läste att han tänkte på hennes bröst. Han ville inte vara ett svin. Här satt de liksom, typ en halvtimme efter att hon blivit sexuellt ofredad av sin lärare. Stopp! Bort med de tankarna. Därför kom det bara. Hans icke förljugna feedback. Han svalde undan en massa saliv, slätade till pappret, stirrade på det, och ut förbi läpparna kom orden:

"Ja, håller med. Det är sjukt jobbigt."

Luna stirrade på honom. Han kände det. Ville helst inte titta upp, men ville heller inte vara ohövlig. Så när hon började prata lyfte han blicken.

"Så du kan? Läsa tankar?" viskade hon, fortfarande framåtlutad.

"Eeeh… alltså…"

Helvete! Han hade sagt det! Allt innanmäte i hans torso tycktes ha omvandlats till en iskall jävla slajmpudding. Nu var det slut. Han hade ju lovat sig själv att aldrig berätta det för någon. Ever. Det värsta av allt var att hon, HON, av alla människor på denna jord… hon skulle tycka att han var ett freakin´ jävla WACKO.

”Jag kan också!” sa hon. Och stirrade bittert ner i den röda brickan.

18. LUNA

25 augusti 2017

Kvinnor är kolossalt kraftfulla. Har som en förhäxande makt över männen. Det räcker att puta lite med antingen det ena eller det andra så kan man spela ut dem. Få dem att försäga sig. Göra bort sig. Bli svaga. Men det är en hårfin balansgång. För vissa kan också bli farliga.

The fucked-up ones.

Luna ville inte på något sätt förlöjliga Kaan. Hon gillade honom verkligen. Alltså verkligen. Han var inte alls som andra. Inte ett dugg. Men visst, han var ju skapt till man… så lite puffande med brösten och även han skulle tappa fattningen. Och det hade han gjort. Avslöjat det hon misstänkt. Han hade försagt sig.

Han kunde läsa tankar. Så Luna var alltså inte ensam om den helvetes-förmågan. Kind of nice. And weird!

Hon lyfte blicken ifrån den röda brickan. Tittade på honom. Han såg skamsen och rädd ut där han satt. Hans ögon flackade mellan bordet, brickan, pappret runt burgaren han frenetiskt prasslade med, och så upp i hennes ögon. Mörkt bruna ögon blänkte under de vackert skapta ögonbrynen. Luna ville helst bara luta sig fram och krama om honom. Säga att det var lugnt. Att hon förstod. Att hon var likadan. Kyssa honom. I alla fall på kinden. Nej, förresten… hon ville kyssa hans läppar. Hans perfekt formade läppar. Stryka honom lite över håret. Som en vilsen liten hundvalp såg han ut. Lunas hjärta liksom expanderade i bröstkorgen. Fick någon form av växtvärk. Molande, fast ändå skönt. Så japp… det var väl kärlek. Luna hade i alla fall aldrig upplevt känslan förr. Aldrig så här. Nope. Och den var världens bästa. Tog dessutom bort hela udden av PMS-skitet, som i vanliga fall brukade vara som hetast just nu, bara tre dagar innan mensen. Men! Inte bara udden suddades ut. Hela jävla skiten gick om intet. Halleluja liksom.

"Men DINA tankar… de kan jag inte läsa." betryggade Luna och gissade att han höll på att slita sig itu inombords. Själv hade hon ju varit rädd att han skulle ha kunnat läsa hennes. Våndats ett par gånger minst sagt. Hållit sig undan. Och hon visste ju egentligen inte säkert om han kunde eller inte. Men i och med att hon aldrig lyckats läsa hans, så var det inte speciellt svårt att dra slutsatsen, sedan han erkänt att han kunde läsa tankar precis som henne… att de två INTE kunde läsa varandras tankar. Man kunde väl helt enkelt inte läsa tankarna på en annan som kunde läsa tankar. Av någon fortfarande outredd anledning. Men så var det nog. Förhoppningsvis. En mycket positiv grej när det kom till eventuella kärleksutsikter dem emellan. För att läsa sin partners tankar var utan tvekan ett garanterat fall rakt ner i avgrunden. Det hade hon erfarit.

Kanske var han den enda på hela jordens yta vars tankar hon inte kunde läsa. Kanske, kanske inte. Hursomhelst så gjorde det henne absolut ingenting att det var just han. Det var liksom BINGO! BIGTIME-BINGO!

"Men ljuset ovanför ditt huvud kan jag se." fortsatte hon. Det var lika bra att dra allt.

"Eeeh… är det där nu eller?" sa Kaan svävande och lät sin ena hand som per automatik glida över hjässan.

"Mmhmm." konstaterade Luna leende, smittande av allt att döma, för Kaans ansikte omvandlades från rädd valp till nöjd grekisk gud.

"Ditt med." sa han. Två ord. Två magiska ord. Ingen annan hade någonsin påpekat att det lös ovanför hennes huvud. Alla andra hade varit blinda för det. Eller rättare sagt inte haft förmågan. Men han. Han såg.

"Alltså vem ÄR du?" Luna försökte hålla tillbaka de tårar som ville tränga fram, samtidigt som mungiporna var ända uppe vid hårfästet. Munnen var så gott som uttänjd till max, för det gjorde nästan ont. Fast på ett skönt vis. Hon kom på sig själv med att föra ena handen mot munnen. Började gnaga på pekfingernageln. Något hon slutat med för flera år sedan.

"DU kan väl inte läsa MINA tankar?" Luna var egentligen inte helt säker och spände fast honom med blicken.

"Tyvärr." Kaan virrade på huvudet, och släppte fram underläppen.

Lättnad!

Under en timmes tid satt de båda och utbytte erfarenheter kring sina förbannelser snedstreck gåvor. Hur drygt livet hade varit tills de hittat sätt att stänga av tankeläsarförmågan. Gånger de haft nytta av den tog de såklart också upp, men Luna nämnde aldrig vad som hänt med vare sig Roy, Peder eller gubben i skogen. Det var inte läge. Herregud liksom. De hade precis börjat lära känna varandra. Skulle hon säga att hon förmodligen haft livet av tre karlar skulle han eventuellt fly fältet. Om än inte fysiskt så känslomässigt. Om det nu var så att han alls hade någon pyttig liten slags crush på henne. Helst en big… men… eeeh… Jo, det var allt hon hoppades på. I hemlighet. Nåja, hon ville inte skrämma bort honom så… go slow liksom, som en jävla sköldpadda.

Don´t rush what you want to last forever.

Luna bestämde med sig själv att hennes kraftdjur den närmaste tiden skulle vara sköldpaddan. Hon visste att hon inte kunde välja. Det var kraftdjuren som valde människan. Men man kanske kunde önska? Sköldpaddan skulle påminna henne om att ibland gömma sig i sitt skal och gå saaaaakta framåt.

Under tiden de satt och pratade om sina högst sällsynta förmågor gled samtalet av sig självt in på deras föräldrar. På vad de visste och sådär. Det var då Luna avslöjade att hon precis som honom var adopterad. Han höll på att tappa hakan, men var fortfarande sjukt snygg. Kanske inte lika snygg som med munnen stängd. Men ändå.

"Va!? Du!?"

Luna slog ut med händerna, ångrade sig direkt, eftersom det förmodligen såg arrogant ut. "Jo, så är det. Jag vet, jag ser typiskt svensk ut men… jo… så är det…"

"Men, då är du adopterad från Sverige då… kan man säga?" sa han och såg smått förvirrad ut, som om det vore helt otänkbart att ett svenskt par skulle överge sitt barn av en eller annan anledning.

"Japp."

"Har du träffat dina biologiska föräldrar?" frågade han och lutade sig fram på korslagda armar. Muskulösa, snygga, manliga armar.

Luna svalde en extra gång, fastän att hon knappt hade någon saliv i munnen. Snurrade lite på den tomma milkshakemuggen. Ville egentligen inte berätta om sitt sjukt tragiska ursprung… men hon kunde ju inte heller sitta här och ljuga ihop någonting. Det skulle bara bli problem senare, när de skulle lära känna varandra mer ingående. För hon ville ju inget hellre. Visst funderade hon på att svara: "Det vill jag helst inte prata om."

Men jisses vilken kylig stämning det hade blivit då liksom. Lika bra att berätta.

"Nej, jag vet inte vilka de är. Det är det ingen annan som vet heller. Mer än de själva då möjligtvis."

"Va!?" Kaan såg både bekymrad och oförstående ut.

"Mmhmm..." sa Luna innanför sammanpressade läppar och svalde igen innan hon började berätta.

"Jag är ett… ehhmm… hittebarn. Kan man säga." sa hon med en puls som slagit om till rusning. Hon var rädd att han skulle göra likadant. Rusa… ut därifrån. Bort ifrån henne. För att hon var så jävla fucked-up!

Men. Han satt kvar. Frozen.

"Vaa!?"

"Mmmm… jag hittades bakom en fabrik här i Hejmstad, ute i industriområdet." sa hon svagt och pekade österut. "Unifrost-fabriken… om du vet…"

"Nää jag..." Han rörde bara huvudet en liten aning som i en nekande gest, sen satt han som fastfrusen igen.

Hon kunde inte fatta att hon verkligen satt här och berättade detta för honom. Och på första dejten liksom. Om man nu kunde kalla det en dejt. Men jo, det ville hon. De var på dejt. Varför berättade man liksom att man var ett hittebarn? Någon som ens riktiga föräldrar inte ville ha. Föräldrar som var sjuka nog att lämna sin en vecka gamla bebis, gentilt nog invirad i en filt, och placera den bakom en ödslig fabrik mitt i natten, visserligen en sommarnatt. Men Hey liksom… vilka gener man bar på! Inget att skryta om direkt. Det var bara hennes närmast sörjande som visste om det, och så fanns det naturligtvis dokumenterat, om än hemligstämplat i både polisens och adoptionsbyråns arkiv. Hon hade aldrig, never ever berättat detta för någon annan. Bara sagt att hon var adopterad, och att hon inte visste vilka hennes biologiska föräldrar var, att hon inte brydde sig nåt värst. End of story liksom. Men hon hade ljugit. Hon hade tänkt på det varendaste eviga dag sedan Paula och Roy berättat.

Hon hade varit sju… när hon fått höra sanningen. Att hon var adopterad. Det hade känts som att bli överkörd av en tankbåt. Till en början hade hon bara fått veta att hon var adopterad, men när hon sen börjat kunna höra tankar, vid 13 års ålder, hade hon börjat intressera sig mer för det där som rört sig i Paulas tankar. Hittebarn.

Att Luna var ett hittebarn.

Vaddå hittebarn?

Så hon hade frågat vad ett hittebarn var och Paula hade sett ut som om hennes skinn plötsligt stramade åt nåt djävulskt och blev fem storlekar för litet, så till den grad trångt att hon inte fick luft. Luna hade tjatat, och Paula hade svarat. Och det var nog så att Paula hade längtat efter att få lätta sitt hjärta.

Att få berättat för sig att man var ett hittebarn, det var som att bli utslängd ur ett rymdskepp, utan rymddräkt, utan syrgastub. Skinnet liksom brann av kyla på något märkligt sätt, man slutade andas för ett tag, och sprang in och kräktes på toaletten. Hon mindes det så väl. Det var verkligen, verkligen helt sjukt!

Luna kände för att låta hela ansiktet bara falla. Ögon, kinder, mun och allt… bara låta det droppa. Men hon ville vara sitt allra snyggaste jag, liksom för att kompensera sitt fula ursprung. Så hon rätade lite extra på ryggen, stålsatte sig på att klara detta, som den supergirl hon så innerligt ville visa sig som.

”Jo, alltså… det var en väktare som hittade mig.”

Luna kunde inte titta honom i ögonen. Tittade istället på muggen som snurrade mellan hennes fingrar.

”Typ lite efter midnatt den 29:e juni 1999. Han var ute på sin ordinarie rutinrunda. Och där låg jag liksom, ungefär en vecka gammal, skrikande i högan sky i en pappkartong.”

"What!?"

Det var fjärde gången han sa *va,* på antingen svenska eller engelska. Luna kände sig mest som ett stort UFO. Ett Unindentified Flying Object som nån satt och glodde förstummat på, med öppen mun och med "Va?" på repeat.

"Allvarligt?" fortsatte han. "Hade de bara dumpat dig där?"

Luna tittade fortfarande på muggen, som nu var stilla.

"Mmmm, och jag vet fortfarande inte vilka de är." Trött lyfte hon blicken och följde ett gäng småpojkar som kom in genom entrédörren. "Vi har tänkt lyfta utredningen igen... mamma och jag... nu när jag fyllt arton... men tja... jag känner på mig att där inte finns något att hitta ändå så..." Hon ryckte på axlarna.

"... och jag vet ärligt talat inte om jag orkar heller så..."

Hon trodde att han skulle säga "Va?" igen, men han sa ingenting.

Båda två satt de, försjunkna i tankar, säkert i ett par minuter, eller i alla fall ett stort antal långdragna sekunder. Tystnaden var sjukt obekväm, men hon kom inte för sig att säga något. Hon snurrade muggen mellan sina fingrar. Önskade att han kunde ta till orda.

Försiktigt lyfte hon sin blick.

Hans ögon vilade redan på henne och hans ansikte var nästintill kritvitt.

Snabbt slog hon ner blicken igen. Fortsatte muggens snurrande.

19. KAAN

25 augusti 2017

Tjejen som sett så stark och självsäker ut, satt nu som en bräcklig docka av tunt porslin mitt framför honom. Han kunde se att hon försökte. Allt vad hon kunde. Att hålla sig samman. Dölja sin rädsla för att gå sönder. Skamsen. Hon snurrade frenetiskt på sin tomma mugg samtidigt som hennes ansikte fick ett konstigt arrogant uttryck. Hon kämpade ett inre battle. Det såg han. Hon tittade honom inte alls i ögonen när hon berättade om natten då hon hittats. Övergiven. Endast en vecka gammal. Hon kunde ju för fan ha dött. Kaan kände sig vimmelkantig. Trodde att allt hans blod samlats i magtrakten. Vem kunde göra så? På det viset hade det i alla fall inte varit för honom. Hans "hittande" var ju något helt annat. Han hade bara kommit bort ifrån sin familj på grund av en naturkatastrof, dessvärre aldrig återförenad, inte ens identifierad… men hon… hon hade blivit bortkastad.

Att se henne så, och att höra, och märka att hennes förflutna var som ett öppet sår, det gjorde ont. Vad var det rätta att göra i det här läget? Vad förväntades av honom? Att vara så sjukt socialt handikappad som han kände sig just i detta ögonblick fick honom att bli livrädd. Livrädd för att hon skulle tycka att han var en stor jubelidiot, ett tafatt jävla mähä, en okänslig egotrippad mansgris. För en sådan ville han absolut inte vara. Han VAR inte en sådan. Nej! Om hon bara visste hur mycket känslor och tankar som snurrade runt där inne, i hans inre.

Hans hjärta, som pumpade runt blod och syre till kroppens alla celler, ville få dem att agera, få upp honom på benen, gå över till henne där hon satt, på andra sidan bordet… lägga armarna om henne, trösta och värma och säga att vi löser det här tillsammans. Vi kommer hitta dem. Och de kommer att ha en bra förklaring. Men vad visste han? Han var väl bara en drömmare. Inte så mycket av en praktiserare. Det han däremot kunde göra… var att åtminstone trösta henne med en liknande story. Inte alla som hade det esset i rockärmen. Alltså öppnade han munnen istället.

"Jag har ingen aning om var jag kommer ifrån heller… Jo! Alltså Turkiet… Izmit…" sa han, och kände blodet återvända upp i huvudet. "Har du hört talas om jordbävningen där 99?"

Han försökte tyda den. Hennes blick. Både rädd och nyfiken på samma gång. En knappt märkbar virrning på huvudet tolkade han som ett nej och fortsatte sitt försök att trösta.

"Jo, tro det eller ej… men jag var med där… i jordbävningen." Han hörde själv hur dumt det lät, men intalade sig att hon just nu inte brydde sig så särskilt mycket om hur han lade fram orden. Eller förresten… lät det högfärdigt? *Tro det eller ej.* Varför hade han sagt så? Präktigt som fan. Han lät ju som en äcklig narcissistisk viktigpetter som ville förringa hennes problem och måla upp sina egna att vara av mycket mer essentiell magnitud.

"Va!?... men...?"

"Jodå, en vecka gammal var jag tydligen. Navelsträngen hade precis släppt… det var så de fastställde åldern." Återigen hörde han själv hur uppblåst han lät.

"Men! Vaaa? Samma här…" sade Luna och fick en knappt skönjbar rynka mellan ögonbrynen. "... min hade också precis ramlat av… när de hittade mig…" Blicken grumlades av en slags misstänksam skugga. "Men? Alltså… vaddå fastställde?"

"De hittade aldrig mina föräldrar… eller rättare sagt… jag blev aldrig identifierad. Fanns inte någon födelseattest någonstans som passade in på mig. Det var aldrig någon som gjorde anspråk på mig heller om man säger så. Det verkade som att hela min släkt, vilka de nu än var… dog. De dog allihopa."

Luna höll båda händerna för sin mun. Hennes ögon blänkte. Kaan fortsatte, men riktade nu sin blick ner i sina händer. Hans tank var tom.

"Inte konstigt kanske… husen var som rena rama korthusen… och det var mitt i natten… alla låg och sov…"

Det kändes märkligt att berätta något man inte mindes själv, något man bara fått berättat för sig… av myndigheter och av

Samantha och Olof. Därför kändes det inte som att det var sant. Det han satt här och berättade. Men jo, jo, att jordbävningen ägt rum, det var ju såklart sant… ett tragiskt faktum. Runt 17 000 människor hade mist livet den natten, enligt vissa källor över 40 000, och närmre 45 000 hade blivit skadade. Den 17:e augusti 1999. Dagen som kommit att räknas som Kaans födelsedag. Men att han verkligen varit där. I det. Haft en mamma och en pappa. Nej, det hade han aldrig kunnat greppa.

"Oh, my god!" mumlade Luna bakom sina händer. "Vad hemskt, vad hemskt, vad hemskt…" och Kaan visste inte om hans bekännelse varit för kraftfull. Suddat ut hennes bekymmer, eller bara förringat dem. Om han inte såg till att reda ut detta här och nu så visste han att det skulle gnaga i hans medvetande i flera dagar. Han skulle undra, älta, analysera. Fullständigt dräneras. Högkänslig i ett valnötsskal liksom.

"Jo… eh… det är det ju… men det är ju ändå värre för dig." sa han med eftertryck.

Hon gned sig i vänstra tinningen. Nu hade han gett henne huvudvärk också till på köpet.

"Har du ont i huvudet?" slängde han ur sig. Ville att allt fokus hamnade på henne. Eller åtminstone att det togs bort ifrån honom.

"Nääå..." sa hon undflyende. "…nää… det är bara det att… det är så himla tragiskt allt det här." Luna tittade på honom med en slags desperation i blicken. Suckade ljudligt. Kaan kunde bara hålla med. Att det var tragiskt. Den där härliga känslan av pirrande förälskelse gick till Kaans stora besvikelse och gömde sig ett tag. Bakom deras historier. Som var allt annat än romantiska.

Kaan gick och köpte två cola och de satte sig tillrätta, mumlade fram och tillbaka till varandra ett tag till, tyst så att ingen skulle höra. Efter att sakta men säkert druckit ur, under tiden de klargjort sina ursprung… eller ja… det lilla de egentligen visste om sina ursprung, burrade det i Lunas mobil. Det var hennes mamma som undrade över något och det var då de liksom kom på fötter och begav sig hemåt. De tog vägen förbi Lunas lägenhetskomplex så nu visste Kaan exakt var hon bodde. Hoppades på att bli hembjuden någon gång. Snart.

Medan Kaan gick de uppskattningsvis 300 meterna längs med Fridens väg och hem, placerade han snabbt in i fack vad för slutsatser de dragit där på hamburger-haket.

Båda var hittebarn.

Ingen visste identiteten på vare sig sina biologiska mammor eller pappor, eller någon annan släkting heller för den delen.

Luna hade blivit lämnad, insvept i en filt i en papp-kartong bakom Unifrost-fabriken i Hejmstads östra industriområde natten till den 29:e juni 1999.

När hon hittats hade hennes navelsträng nyss ramlat av, enligt barnläkare och andra som varit involverade.

Samma omständighet som för honom. Det var en anteckning som fanns i hans papper. Om navelsträngen, och att han förmodades vara en vecka gammal. Ändå blev han i sin födelseattest skriven att vara född på sin hittedag. Den 17:e augusti 1999.

Samma som för Luna alltså, som blev skriven som född på sin hittedag.

Kaan hade hittats någonstans i rasmassorna. Det fanns ingen information om exakt var han återfunnits. Helt förståeligt med tanke på det kaos som måste ha härjat där. Det var säkert tack vare att han varit så liten, kanske haft tur och hamnat i en liten luftficka utan att bli ihjälklämd, som han överlevt. Men det kunde egentligen lika bra vara så att han legat utomhus, kanske sovit i vagnen under bar himmel. Det var ju sommar och säkert väldigt varmt. Kanske han hade skrikit av överhettning där inne och hans föräldrar hade fått honom att sova i vagnen utomhus… låtit honom ligga där… i säkert förvar, inhägnad och trygg, och under något slags vakande öga. Så kunde det också vara. Det hade han berättat för Luna och hon hade bara nickat och sett allvarlig ut. Han hade i alla fall varit helt oskadd, så någon form av änglavakt måste han ha haft.

Kaan hade bott på barnhem i hela två år innan han blivit adopterad av Samantha och Olof.

Luna däremot hade blivit adopterad av Paula och Roy redan vid tre veckors ålder. Roy hade gått bort när Luna var 13 år. Varför visste han inte. Ville inte fråga heller. Inte än i alla fall.

Luna hade börjat höra tankar när hon fyllt 13.

Samma för Kaan.

Däremot var de inte riktigt säkra någon av dem på när ljuset ovanför deras huvuden hade börjat synas… men någon gång på lågstadiet ville de åtminstone preliminärt fastställa det till.

Det hade dessutom hänt att de båda sett liknande ljus ovanför andras huvuden, väldigt sällan… men ändock. Att det måste betyda att det fanns fler än dem som kunde läsa tankar var de helt överens om.

Många, många mil hade skilt dem åt fram tills nu, för snart en månad sedan. Nu var det bara 300 meter dem emellan. Mellan deras hem alltså. Och alldeles nyss hade de suttit med tio centimeters avstånd, mittemot varandra på tomatröda soffor av högblank plast på Burger King och konstaterat att de var märkligt, sjukligt extremt lika.

Kaan hade också konstaterat att Luna var allt han ville ha.

Ever!

Tyst för sig själv.

Det var som om den där diskussionen de haft om sitt ursprung och sina gemensamma förmågor hade suddat ut vad som hänt där i klassrummet. Med Andrej. De hade inte pratat mer om det, och det grämde Kaan enormt. Hon måste tycka att han var en självcentrerad jävla kuf som typ sopat ett grovt sexuellt ofredande under mattan. Hon kanske hade velat prata mer om vad som hänt. Pratat ut. Gråtit. Fått stöd och tröst.

Med en stor klump i magen gick han uppför de fyra trapp-stegen av sten.

Han var hemma.

Plötsligt dödstrött.

20. KAAN

28 augusti 2017… tre dagar senare

"Jarmo Puhtila till eder tjänst, vikarie för Andrej idag." Den kortväxta mannen bugade sig djupt framme vid tavlan efter att han med en busvissling ådragit sig allas uppmärksamhet. Hans vildvuxna silverhår föll som elastisk ormhassel och hans små cirkelrunda glasögon som hängde från senil-snören runt halsen fick sig en flygtur. Ett muntert brus härjade runt bland eleverna. Alla drog mer eller mindre på smilbanden. Alla utom Kaan. För Luna hade inte synts till på hela dagen. Visst, han förstod att hon inte ville sätta sin fot här på ett bra tag, och definitivt inte råka på Andrej.

Hela dagen... nej förresten, hela helgen hade han känt sig som en svikare. En jävla nolla utan känslor, fastän att känslor var allt han hade. Totally flooded by them… men Luna måste tro att han var död inombords. Att han inte brydde sig ett smack. Och det gjorde sjukt ont. Himla fint intryck man hade gjort liksom. Om han bara hade vågat trycka på den där *"Lägg till vän"*-knappen på Facebook som han hade glott på halva nätterna.

Då hade han kunnat fråga hur det var med henne. Och tacka för senast. Tacka för senast? Gjorde man det som 18-åring? Lät lillgammalt. Och för den delen… hon ville kanske vara ifred efter allt som hänt. Där i klassrummet. Förmodligen. Hon verkade vara den typen. Stark och självständig. Lite av en ensamvarg.

Nu när Kaan blivit varse om att Andrej inte jobbade som vanligt blev hans ångest hundra gånger intensivare. Han hade ju egentligen inte den blekaste aning om vad som hänt efter att Luna och han skilts åt där utanför hennes port i fredags. Såklart att han redan under helgen brukat sin fantasi på värsta möjliga vis. Missbrukat den och vänt den till något destruktivt. Fantiserat att Andrej kanske hade sökt upp henne. Och fullbordat sina sjuka drifter. Kanske hade det urartat. Kanske hade Luna blivit strypt. Andrej anhållen. Men nej! Stopp! Inbillning intalade han sig. Nästan som om man var schizo. Hela helgen hade han agerat flitig besökare på diverse lokala nyhetskanaler. Ja, jo, faktiskt… han som alltid annars flydde och skydde alla former av nyheter. Men nu var det annorlunda. Tack och lov hade inga rapporter om brott mot kvinnor i Hejmstad stått att finna… så Andrej var kanske frånvarande idag av den enkla anledning att han var sjuk… alltså fysiskt… mentalt var ju redan konstaterat. Eller så hade han redan blivit inplockad av rättsväsendet. Så var det kanske. Eller så hade han tagit Luna imorse, på väg till skolan. Fört iväg henne.

Fanns det en magisk formel man kunde uttala som en gång för alla trollade bort alla hjärnspöken?

Kunde själen för en stund inta en fågels kropp? Som till exempel duvan som satt där borta på takåsen, sju meter bort utanför fönstret. Flyga iväg och söka upp henne. Wherever she was.

Hade någon lagt en brännhet spikmatta på hans stol?

Skulle Kevin fortfarande vilja vara hans vän efter att han både i fredags och idag betett sig… om han fick säga det själv… högst mysko, nervigt och mörkt?

Framme vid tavlan hade den där Jarmo någon slags genomgång av ett räkne-exempel. Kaan såg men hörde inte. Det rådde ett intensivt lågtryck i hans hjärna. Nej, förresten ett kosmiskt kaos, livsdugligt i klass med atmosfären på Saturnus. Fick väl acceptera att han inte skulle komma nånvart i boken idag heller. Dessutom hade han haft den där mardrömmen inatt igen. De få timmar, eller kanske den enda timmen han sovit. Kunde ju lika bra självmant gå in i väggen redan nu. Eller byta skinn. För detta var fruktansvärt obekvämt. Vidrigt stramande.

När lektionerna var slut för dagen var det Kaan som var först ute. Hade såklart först sagt hejdå till Kevin, vilken i sin tur hade gett Kaan en peppande nickning. På lunchen hade Kaan uttryckt sitt uppmärksammande av Lunas frånvaro, så Kevin fattade. Det var inte på det viset att han hade sagt något om vad som hänt i fredags, med Andrej, bara att han och Luna tagit en fika på BK. Pratat allmänt bara. Han hade lovat Luna att inte berätta för en endaste själ om vad som hade hänt. Och det löftet tänkte han hålla. Kevin anade nog att Kaan saknade Lunas närvaro i skolan, att han undrade vad som fattades henne, att han var smått kär. Men då hade han fel. På det sista alltså. För han var Totally. Freakin´. Wasted. And. Lost. In. Love. With.

That. Girl.!!!

I hela sitt liv hade han undvikit drama. Jobbiga situationer. Hade nog en inre visdom som höll honom på avstånd ifrån sådant. Det var vad Samantha hade sagt i alla fall. Och han hade läst det också såklart. Att det var en slags omedveten överlevnadsstrategi för högkänsliga. Andras känslor blev liksom till hans, och det gjorde honom så extremt uttröttad. Att vistas kring drama, att se drama. Men det här var inte drama. Det här var trauma. Det var att visa empati. Kärlek. Empatisk visdom. Det var liksom inbyggt och gick inte att stoppa. Det var till att ställa upp för någon man verkligen brydde sig om. Skicka lite ljus in i en annans mörker. Och den där inre empatiska visdomen styrde så nu hans steg mot Lunas trauma.

Paula och Luna Breck. Vita bokstäver mot mörkt grön bakgrund, stående i givakt bakom ett genomskinligt plasthölje, precis ovanför det stängda brevinkastgapet i den mattbruna dörren. Lite högre upp vakade ett öppet öga. När Kaan med en inte helt kirurgstabil hand tryckte på ringklockan, tittade han snett nedåt, på dörrmattan. Sen på sina vita skor, svalde och tänkte för hundrade gången snabbt igenom vad han skulle säga om de skulle öppna. Allra helst ville han bli en slags glödande metall-klump som försvann ner och ut som genom en uppgiven glaciär. Lika enkelt och kvickt. Hem på sitt rum och gömma sig under en sten. Inte för att han hade en stor sten på rummet. Och inte kunde man ligga under en heller för den delen, utan att bli platt. Men ändå.

Men so what att han ville gömma sig. Nu var han här och hans finger hade tryckt på dörrklockan. Han hade inget att säga till om, för någonting inom honom hade bestämt styrt hans steg mot Lunas dörr. Fri vilja? Hade man det egentligen? Han började på allvar undra om det kanske inte var helt omöjligt, när det väl kom till kritan, att han var lite schizofren ändå. För det där om fri vilja alltså... Ibland, i situationer som denna, undrade han om inte det där som Christer föreläst om, hans perspektiv på Frankfurt-fall, var ganska så ackurat i alla fall. Lite som så att man tror sig ha en fri vilja, och man upplever det verkligen vara så, men att i vissa fall om man är på galen väg, på väg att ta fel beslut enligt "the masterplan" så finns det en liten styrare i vår hjärna som helt enkelt styr oss. Vi tror att vi väljer själv, men egentligen är det ett slags högre medvetande. Och då är det ju på något sätt som att vi inte riktigt har en fri vilja. Att allting kanske är förutbestämt. Åtminstone de avgörande stegen i livet. Som nu då. Kaan kände sig i alla fall styrd. Splittad itu. En del av honom ville gå hem, lämna henne i fred. Inte vara nån slags efterhängsen pain in the ass. Men den delen som var starkare, det högre medvetandet, hade styrt hans steg mot hennes dörr. And there was nothing he could do about it. Det var kanske inte schizofreni... inte just detta, tänkte han lättat. Detta var förutbestämt. Ment to be. Med ens kände han sig trygg. Som att han gjorde det enda rätta. Som om hans liv var en film. Manuset var bestämt. Han var själv regissören, eller medregissör med resten av universum maybe. Och nu spelades filmen upp. And he just had to relax and follow the flow, the inner guidance... and trust.

Trust the masterplan.

21. LUNA

28 augusti 2017

"Kan du inte smaka i alla fall? Bara lite?" frågade Paula med huvudet vinklat så att hennes hennaröda lockar studsade till på köksbordet.

De hade precis varit på polisstationen och lämnat en anmälan. Det hade tagit tre dryga timmar och Luna var helt slut. Hade inte riktigt hört vad som sagts i slutet. Vem skulle prata med vem? Skulle hon behöva konfrontera Andrej? När? Den enda och viktigaste slutsatsen hon dragit innan hon slutat lyssna var att Andrej skulle åka fast, inte i fängelse möjligtvis, men han skulle bli avstängd ifrån jobbet med omedelbar verkan, och hon själv skulle bli lämnad ifred av alla myndigheter den närmaste veckan. Paula hade koll på varenda detalj. Det var Luna säker på. Så hon kunde fråga henne när lusten och orken kom åter.

På hemvägen hade de stannat till utanför Zeisman och Zaras på Furirgatan. Stans dyraste. Paula hade slunkit in och köpt med sig surdegsfrallor med örtsmör och citronmarängsnurror doppade i vit choklad.

Luna drog med pekfingret längs med ena sidan av frallan så att en pyramidformad saltflinga lossnade.

"Kan inte..."

Paula förstod. Och lät henne vara. Det var inte bara det här med Andrej, polisanmälan och allt ljus på henne... Luna hade även ont i magen. Blodet hade börjat rinna imorse när hon rest sig ur sängen. Tack och lov hade hon förberett sig med en binda, annars hade lakanet blivit quite bloody. Samma dag som mensen kom brukade alltid hennes sötsug som hon fightats med i ungefär två veckor bara dö ut. Liksom på fläcken. Under mensen var hon mätt nästan hela tiden. Hormonerna som resten av månaden bara fuckade upp en, hade under ett par dagar ganska fina fördelar. Inte Luna emot. Inte alls. Fick en att tappa de där chokladkilona man lagt på sig under PMS:en kanske. I alla fall var det så för henne. Hon antog att alla kroppar inte reagerade lika. Men, men, det var alltså kanske även lite därför som hon inte hade någon aptit. Kanske också på grund av att hon tänkte på Andrejs barn.

Paula sträckte fram sin arm över bordet och greppade Lunas hand. Luna tittade ner, på armbandsuret runt Paulas handled. Klockan var fem över tre. Då hade alltså hennes klasskompisar slutat för dagen för fem minuter sedan. Sista lektionen på måndagen var med honom. Pervot. "Hoppas han firat av ordentligt. För det lär ha varit hans sista undervisningstimme ever." tänkte hon hårt. Ikväll skulle polisen knacka på hemma hos honom. Hoppas han inte hade sina barn den här veckan. Det tryckte till i magen.

"Du gjorde helt rätt… min fina supergirl!" sa Paula, precis som om hon kunnat läsa Lunas tankar. Mammor kunde väl det. På sitt vis. Luna nickade svagt, mycket svagt. Bara för att ge någon slags respons.

"Åtminstone lever han än…" sa Luna. Paula bara stirrade. Blankt. Just som hon skulle till att säga något ringde det på dörren, så hon förblev tyst, reste sig och gick för att öppna.

"Väntar du besök?" viskade hon när hon efter fem sekunder stack in huvudet i köket. Den blodapelsinfärgade scarfen runt hennes hals föll fram och bildade en förlängning av hennes hår. Luna virrade till svar.

"Det är en kille… lång och mörk, med håret i svans." Hon hade kollat genom titthålet, och nu var det som om hennes ögon smittats av något slags fyrverkeri. Som gick av som adrenalinbomber rakt in i Lunas själ. Det var Kaan. Det måste vara han. Shit! Luna var både lycklig och panikslagen på en och samma gång. Han brydde sig. Han undrade nog varför hon inte varit i skolan idag. Well, det förstod han säkert i och för sig, tänkte Luna… men han ville väl veta hur det var med henne kanske? Idag. I fredags hade de ju varken bytt nummer eller blivit vänner på vare sig Facebook, Instagram eller Snapchat. Något Luna i och för sig ångrat hela helgen när hon ett femtiotal gånger love-bombat sina ögon med hans enda profilbild på Facebook. Kaan Stregenfyr. Omänskligt snygg! Om hon vågat trycka på den där *"Lägg till vän"*-knappen hade han säkert godkänt och Luna hade kunnat se alla hans bilder, för förhoppningsvis hade han ju fler. Och hon hade kunnat skicka ett meddelande, ett tack för att han dykt upp där i korridoren.

För att han hade lyssnat på henne på BK. Och för att han liksom VAR som henne. Same but different. Men… hon hade inte förmått sig.

Panikkänslan kom kanske delvis av lägenhetens utseende, delvis av hennes eget. Mensen hade ju precis kommit och det brukade ta minst två dagar innan plufsigheten försvunnit, och lika lång tid till innan de små röda innebrännarna dragit sig tillbaka. Näsan kändes fettig och läppglanset hade hon slickat i sig.

Paula försvann bakom dörrkarmen och Luna förstod att hon skulle öppna. Det vill säga…

Luna skulle INTE hinna in i badrummet och pudra sitt blanka ansikte.

Hon skulle INTE hinna in på rummet och smeta glans på läpparna.

Hon skulle INTE hinna städa hela lägenheten.

Inte heller skulle hon hinna slänga ut alla gamla malätna loppisfynd och inreda med den senaste nordiska, svala, harmoniska natur-stilen. Något fräschare än Paulas färgexplosiva bohem-koja. Vad som helst. Men hon skulle inte hinna. Hann bara böja till ögonfransarna med pekfingrarna och sen kamma igenom håret med alla tio.
That was all.

22. KAAN

28 augusti 2017

Dörren försvann inåt.

"Hej!" sa en rödlockig kvinna med små ljusbruna ögon, nästan gula. Kattlika. Hon var rosig om kinderna, läpparna smala och målade i samma nyans som hennes krusiga blodapelsinfärgade scarf. Alldeles olik Luna, och hade det inte varit för att Luna berättat att hon var adopterad hade Kaan varit säker på att han kommit fel. Trots namnen på brevinkastet. Han skulle ha trott att han sett i syner.

"Hej!" sa Kaan och försökte läsa av hennes ögon. Var hon ledsen? På grund av att hennes dotter var nedbruten? Eller försvunnen? Nej, en omöjlighet med tanke på att mamman till Luna, den här Paula som nu stod mitt framför honom i dörröppningen log milt, till och med tillsammans med en aning glitter i sina ögon.

"Jo… ehhmm… jag undrar om Luna är hemma?"

"Är det du som är Kaan?" Hennes ögon gnistrade och hon log

än mer.

Kaan nickade. Och log. Helt omöjligt att inte le liksom. Han förstod ju nu att Luna var helt okej. Åtminstone välbehållen. Inte bortförd. Eller jo, det kunde hon ju vara. Om han tagit henne imorse när hon varit på väg till skolan! Då kunde det ju vara så att hennes mamma inte hade den blekaste aning om det… än så länge. Trodde väl att hon varit i skolan liksom. Leendet försvann. Det var då hon sträckte fram handen. Till Kaans. Som var alldeles kallsvettig. Pinsamt.

”Paula… Kom in! Hon sitter i köket.” sa hon vänligt. Och det var nog det bästa han hört hittills, alltså sen i fredags-eftermiddag. Då när han hört Lunas röst senast.

”Kaan.” Hans namn hade i och för sig redan blivit konstaterat, men man kunde väl aldrig vara FÖR artig liksom. ”Man är väl en svärmorsdröm.” tänkte han och kände sig på något sätt som om han befann sig ON THE TOP OF THE WORLD. Både himmelskt lyckad och lidande av höjdskräck på en och samma gång.

Efter att Kaan snabbt placerat väskan och skorna innanför dörren visade Paula in honom i köket. Och så, med ens, klev han in i en bubbla… som i verkligheten var ett helt vanligt kök. Han skulle inte minnas hur det var möblerat. Vilka färger, vilka kryddkvarnar, mönstret i mattan. Väldigt olikt honom, eftersom han brukade vara exceptionellt uppmärksam på detaljer. Men hon tog över. Luna. Hon tog över allt. Hennes vridna lockar av spunnet månsken ramade in det vackraste ansikte hans ögon någonsin betraktat. Perfection. Ögonen dödade honom om och om igen. Hur många liv hade man liksom? Varenda kurva, skugga och skimmer i hennes uppenbarelse gick rakt in i hans medvetande och suddade ut allt annat. Amorbågen på hennes överläpp sköt brinnande pilar. Böjda till krokar, fastkedjade vid henne. Skapta för att hala honom in.

"Kaan?" sa Luna glatt, fastän hon såg väldigt obekväm ut. Kanske att de var lika även i det avseendet. Att de inte gillade överraskningar. Att någon oanmält knackade på. Våldgästade. Kanske behövde hon, precis som han, tid att förbereda sig mentalt... för att inte bli överrumplad. Eller... i och för sig så var det inte så himla konstigt att hon såg obekväm ut, med tanke på vad som hänt i fredags. Och med tanke på att hon uppenbarligen inte mådde så värst okej heller i och med att hon inte varit i skolan idag.

"Alltså, nej... skärpning! Jag måste sluta tro det värsta." tänkte han för sig själv. Där det värsta i hans värld just nu var att hon inte ville ha med honom att göra. Att hon inte alls gillade honom. Och aldrig skulle komma att göra heller.

"Tjena! Hur är det? Du var inte i skolan idag... så jag blev orolig att... eeeh... att det hänt något."

"Men... aauw vad gulligt av dig Kaan... visst Luna?" sa Paula med huvudet på sned. Typiskt mammor att träda in som saviours när de observerade sin lilla skyddsling befinna sig i ett svagt eller sårbart tillstånd. Hon pekade på en av stolarna kring bordet. Medan Kaan slog sig ner fortsatte hon:

”Luna har berättat att du kom som en räddande ängel där i korridoren. Vem vet vad som kunde ha hänt om hon inte sprungit in i dig? Om hon varit ensam kvar? Du ska ha ett såå stort tack! Nej förresten, ett tack räcker inte.” Hon virrade förtvivlat på huvudet som om hon tappat bort ett lösenord.

”Eller hur Luna?”

”Nej, verkligen… men… ja, alltså tack!” sa Luna försynt. ”Jag glömde tacka i fredags… och har liksom tänkt på det hela helgen. Alltså att jag glömde tacka.”

”Äh, nämen det är inget att tacka för… nöjet är helt på min sida.” Kaan hörde hur dumt det lät i ett sammanhang som detta. Ville sjunka.

”Alltså jag menar, jag är glad att jag kunde vara till nån hjälp.” Han gjorde sitt yttersta för att hålla rösten på en jämn nivå. Kände mest för att ta den med sig när han sjönk ner och ut genom golvet. Fastän att de pratat så förtroligt och liksom uppvaknande i fredags så kändes det nu som själva omständigheten och helgens kval fram tills idag skapat ett slags glapp i tiden. I allt. Det var som att börja om på nytt. Som om de vore främlingar, men ändå samma.

Paula smällde bestämt ihop händerna och frågade om hon fick bjuda på lite fika. Kaan tackade såklart ja. Artig och hungrig, och villig att stanna. Medan hon var fullt upptagen med att duka fram kopp och assiett vände sig Kaan mot Luna. Han visste inte om hon ville prata om det eller inte men…

”Han var inte där idag.”

Luna svarade med att stirra ner i bordet.

”Bra!” sa Paula och satte sig. ”Och han lär aldrig sätta sin fot där mer heller. Det kräket ska inte komma nära undervisning igen.” Hon hällde i sig en klunk av vad hon hade i koppen. Förmodligen kallt kaffe, för hon grimaserade. ”Vi har precis varit och lämnat en polisanmälan. Han kommer att åka dit. De lovade att agera snabbt.”

”Fick de inspelningen?” frågade Kaan.

”Mmhmm!” Paula nickade med besvärad min. Luna tittade fortfarande ner i bordet. Förde bak stolen och reste sig.

”Ska bara gå på toa.”

”Är du okej gumman?” Paula rörde vid hennes arm när hon gick förbi. Kattögonen hade blivit valpögon.

”Fan, jag borde inte ha kommit hit.” dånade det i Kaans inre. Luna verkade helt klart irriterad. Hatade hon honom nu? Mycket mer än så hann han inte tänka mer kring det innan

Paula började en slags maraton-utfrågning. Om allt.

"Sååå, Kaan? Luna berättade att du också är adopterad." Hon tindrade med ögonen och tog ytterligare en klunk. Kaan såg inget hinder i att dela med sig av sin story. Han drog allt. I komprimerad form. Allt ifrån att han var ett hittebarn, vägen genom barnhemmet till Sverige och att de nyss flyttat till Hejmstad på grund av Olofs jobb. Att han hade en lillebror som också var adopterad. Hela tiden satt Paula med munnen en aning öppen. Ögonen på vid gavel. Fullständigt vaken. Luna var borta ett bra tag, men precis när hon kom tillbaka igen och Kaan därmed hoppades att samtalet om honom hade kommit till ända, så att de istället kunde prata om Luna, kom en fråga till.

"Din pappa... vad jobbar han med?"

"Han är forskare, inom plötsligt hjärtstopp... kan man säga."

Paula nickade igenkännande och kastade ett snabbt ögonkast på Luna. Kaan antog att de båda läst om det i tidningen häromveckan.

"Om att antalet dödsfall på grund av just det har ökat drastiskt sedan årsskiftet?" frågade Paula.

"Ja, precis." sa Kaan. "Du är påläst."

”Ja, jag läste reportaget. Tänka sig att det är din pappa.” Hon tittade honom förtjust i ögonen. Förtjust med en gnutta vetgirighet.

”Mmm, det är tydligen något rätt stort också. Han får ju inte yppa så mycket om det hemma, men jag har ju förstått att det är nästan uteslutande män i olika åldrar som drabbas… och så är tydligen polisen också inkopplad. Ingen aning om varför men…” Kaan märkte att han kliade sig snett ovanför örat. Han borde kanske inte ha sagt något.

”Det skulle vara intressant att få träffa din pappa, för en intervju, eller nja… egentligen mer på grund av personliga skäl.” sa Paula med ett tonläge som ebbade ut mot slutet. Som om luften tagit slut vid *nja.*

”Mamma...” varnade Luna.

”Ja, men…” Paula ryckte på axlarna. Som om hon var redo att ge upp. ”...det är bara det att Lunas pappa dog för fem år sedan… av plötsligt hjärtsto...”

”Mamma!” Nu högre och än mer bestämt. Stämningen började bli smått taggig och Kaan insåg att han behövde styra undan samtalet ganska omgående, om han överhuvudtaget skulle ha en chans med Luna före utgången av denna livstid.

”Jag beklagar verkligen…” sa han. ”Ja Luna berättade att han gick bort för ett par år sedan…” Hon hade inte berättat orsaken.

Men spelade det någon roll egentligen? Hennes pappa var borta och det var väl allt som räknades för henne. Hade han trott hittills i alla fall. Men nu märkte han tydligt att det fanns någonting i detta som hon inte ville prata om. Någonting som borde förbli osagt.

"Verkligen en tragedi för alla inblandade… det kommer liksom som en blixt ifrån en klar himmel." svamlade Kaan vidare och kände hur kinderna blossade. För det första så lät det lika freaking cold som the tears of Tritons isvulkaner, och för det andra så var det ju tänkt att han skulle styra in samtalet på något annat. Det var inte speciellt svårt att uppfatta Lunas irritation. In fact… det gav honom hjärtklappning.

Paula nickade mjukt och tackade. Hon såg så tillfreds ut på något sätt. Kaan kunde inte annat än att tolka det till att Paula var förbi själva sorgearbetet efter Roy. Men Lunas reaktion däremot, den blev han inte klok på.

"Hur gammal var nu din lillebror igen?" frågade Luna med en undflyende ton. Liksom ihålig. Hon hade hunnit före. I att styra om samtalet. Nu var hans chanser döda. Begravda och förruttnade. Hon måste tycka att han var en komplett självgod, känslokall besserwisser. Och på detta skulle han nu alltså förmå sig svara, fastän att hans själ sjunkit långt ner till Lucifer, hans hjärta blivit utslitet och ersatt av en isklump. Det skulle dessutom inte dröja många sekunder förrän ett hjärta av is befinnande sig i helvetet skulle se sig förångat… och liksom allt bara skulle vara en BAD CONDITION FOR LIFE. NADA. Borta i ett svart hål.

"Han är sju… och ett halvt." svarade Kaan. Hörde sin egen röst svaja. Ville återfå nån slags pondus, och tillade med halsen aningen mer sträckt: "Om nu hans födelsedag stämmer."

De var en vågad chansning. En sann sådan. Och de fattade precis. Lunas ögon var vidöppna. Paulas likaså. Nu rådde det ingen tvekan om att han hade lyckats förankra det nya samtalsämnet i alla fall. BIG TIME. Kanske Luna kunde förlåta honom ändå. Han kunde inte hjälpa att le inombords när han fortsatte, tragiken i berättelsen som skulle komma till trots.

"Han är ett hittebarn, precis som vi…"sa Kaan.

Paula såg ut att vilja skrika åt honom att berätta fortare, samtidigt som hon betraktade honom som om vore han världens mest värdefulla diamant… fortfarande inte upptäckt av någon annan än henne. Fortfarande rå och smutsig på utsidan.

"Han kommer från Haiti… Port-au-Prince."

De var så lika trots sina olikheter, där de satt och lutade sig fram över bordet, med sina händer för mun och haka. Kaan fortsatte.

"Det var den 12:e januari, 2010. En jordbävning."

"2010..." upprepade Paula nästan ohörbart.

"Han var så här liten när han omhändertogs." Kaan mätte upp en cirka 40–50 cm mellan sina händer. "Det var räddningsarbetare som hittade honom. Och precis som för oss, så... ehhmm... finns det liksom inget om hans föräldrar." Kaan kände att han ryckte på axlarna, och märkte att han stirrade ner på sin mönstrade kopp. Lade märke till ugglan som stirrade på honom. Det var så slående, hur den liksom försökte hypnotisera honom med blicken. Han kom att tänka på vad han läst i en bok häromveckan.

> *Ugglan ser i mörker vad andra inte kan se. Om det här tecknet dyker upp i ditt liv, har du fått gåvan att kunna se klart där saker och ting kan verka dunkla. Det här är ett mycket betydelsefullt tecken eftersom ugglan är en stark förändrare. Om ugglan dyker upp i ditt liv kan det tyda på en nära förestående transformation.*

"Han är också ett hittebarn...?" andades Paula bakom sina händer, så djupgående fundersamt att Kaan rös till.

Luna sade ingenting. Bara tittade medlidsamt på honom. En skön känsla faktiskt, för där och då kände han att han vunnit henne tillbaka. På nåt sätt.

23. LUNA

28 augusti 2017

"Hur är det gumman?" Paula satte sig bredvid Luna där hon låg i sängen. Vid höfterna, så att Luna liksom vinklades en aning emot henne. Hon strök sin dotters kind och betraktade henne bekymrat i ögonen.

"Har du sovit nåt?"

"Vet inte… kanske lite." Men sanningen var att hon legat och stirrat på insidan av sina ögonlock i två timmar. Slappnade man av riktigt mycket såg det ut som ett evigt spinnande himlavalv, fullt av stjärnor. Hon hade tänkt. Och tänkt. Inte så mycket på vad som hänt i fredags. Med Andrej. Eller på besöket på polisstationen tidigare under dagen. Utan tankarna hade försökt snurra djupt, djupt in i hennes DNA-spiraler och upp någonstans. Ut i periferin. Hon visste inte. Det enda hon visste vara att Paula visste något. Eller var någonting på spåren åtminstone. Någonting hon inte ville berätta. Någonting Luna tänkte ta reda på.

Visst hade hon också blivit överraskad när Kaan berättat att hans lillebror var ett hittebarn. Precis som dem. Men HEY liksom, inte i närheten så hänförd som Paula blivit. Gud, vad pinsam hon hade varit. Så fort Kaan hade gått hem, hade Luna gått och lagt sig en stund. Power off. Hade inte orkat mer. Känt sig dimmig i ögonen. Helt matt. Och bortgjord. Kaan kunde inte heller ha varit något annat än helt slut. Hans ögon hade i alla fall inte haft samma lyster när han gått hem som när han kommit. Kunde dels bero på att hans vackra ebenholtsögon grumlats av deras mindre strålande inredning. Dels på Paulas utfrågning i klass med ett polisförhör. Suck. Men det kanske bara var inbillning. Det kanske bara var i hennes huvud. Worrying is a misuse of imagination.

"Orkar du prata lite?" Paula nyttjade sin allra mjukaste röst. Luna nickade.

"Svara mig nu ärligt Luna…" Hon grävde sin blick djupt, djupt in i sin dotters ögon, såsom bara mammor kan. Som liksom lika givet som solen skingrar allt dunkel, undanröjer alla eventuella försök att dölja sanningen. "…vad är det du grubblar allra, allra mest över just nu?"

Tystnad.

"Jo… eh… jag tänker väl lite på… just att vi… Kaan och jag... att vi är hittebarn båda två… och Benjamin med… liksom att du reagerade så starkt på det. Att Benjamin också är det." sa Luna och tittade in i Paulas bärnstensögon. Som inte skulle kunna undanhålla sanningen om Luna höll henne fast med blicken.

"Jag tror att ni alla är hitplacerade!" ekade det i Lunas inre, fastän att hon inte hade tankeläsarförmågan påslagen. Paulas läppar var alldeles stilla, och hon drog in luft genom sina näsborrar, så kraftfullt att hela hennes överkropp expanderade. Efter det virrade hon sakta och förundrat på sitt huvud under tiden hon lät luften sakta sippra ut mellan hennes smått öppnade blodapelsinläppar.

Luna låg blickstilla, fixerad, andades nog inte, var kanske död. Kall, stelfrusen. Eller var detta en dröm? Förmodligen sov hon ändå. Hade somnat till de där spinnande stjärnorna innanför ögonlocken.

"Alltså..." sa Paula och förde ihop sina handflator precis intill sitt hjärta. Hon pausade. Visste nog inte vad hon skulle säga. För Luna trodde ju definitivt inte att hon ville prata om några ufo:s som planterat några hittebarn på jorden. Eller alls något i den stilen. Visste egentligen inte om hon ville höra något sådant heller. Och anyway så skulle Paula bara försöka styra bort allvaret till något som hon ansåg mindre barnförbjudet... något less verklighetsförankrat... eller hur man nu valde att se det.

Paula tittade ut genom fönstret. Lite drömmande. Och Luna kunde därmed inte plocka in något mer tanke-eko eller liknande via hennes ögon.

"...det var bara det att... men det är ju helt otroligt! Jag menar... att det verkar finnas så många hittebarn liksom... här i världen…" Hon virrade sorgset på huvudet. Lade armarna i kors mot sina knän.

"Mmmm." sa Luna och försökte fånga hennes blick. Men Paulas ögon var som skrämda fåglar.

"Kanske något du skulle skriva om? Vid sidan av de där ufo-observationerna. Kanske hör det ihop liksom."

Paula ryckte till. De skrämda fåglarna flög in som i en fönsterruta. Med orörliga läppar stirrade nu hennes ögon djupt in i Lunas.

"Det är det jag är rädd för."

24. LUNA

4 september 2017… en vecka senare

Paula vinkade genom sidorutan. Leende men samtidigt ängsliga ögon ackompanjerade en slängkyss. Med allvarlig min vajade Luna en drottningvink innan hon riktade både steg och blick mot skolan. Paula hade släppt av henne en bit bort så att hon skulle hinna landa lite till, fundera lite till, förbereda sig lite till, innan hon väl satte sina fötter på skolans mark igen. Det skulle i och för sig bli ganska skönt att komma tillbaka till skolan. En vecka med sina tankar var liksom enough. Hon hade gått igenom det i sitt inre ett par hundra gånger säkert. Vad som skett i klassrummet. Den äcklande åsynen av en gubbsjuk småbarnspappa. Som i sin vildaste fantasi trodde att hon, HON, skulle vara sexuellt attraherad av honom. Alltså tur att hon inte behövde sätta ord på sina känslor. För sådana ord var ännu inte uppfunna. Hon kände sig nog mest smutsig. Så obegripligt att någon hade så minimal intelligenskvot att denne kunde tro att Luna var så fruktansvärt låg och billig. Nä fy fan vad rasande hon var inombords just till detta faktum. Just den grejen att hans syn på henne var sådan. Hon var ju inte alls på det viset. Det var bara så fel. Så orättvist. Så overkligt. Ju mer hon tänkt på allt som hänt, så var det nog detta som gjorde henne allra mest rasande. Men till slut hade hon fått kapitulera inför det faktum att hon inte kunde påverka andra människors tankar.

De var på den nivån de var. Det hade ingenting med henne att göra egentligen. Hon måste låta det vara. Hon måste. En dag skulle hon kunna skratta åt det. Och det skulle vara den dagen då hon läkt. Det hade Paula sagt. Hon såg framemot den dagen. Undrade om det ens var möjligt att kunna skratta åt något sådant. Men Paula hade menat att skratta åt Andrejs medvetandenivå. Och skratta åt vad denna upplevelse lett till. För allt, hur illa det än kändes för tillfället, i stunden, kom att leda till någonting gott. Till nya insikter. Det var en mening med allt hade hon sagt. Luna kände att det var sant. Hon kände det någonstans inom sig. Och någonstans hade hon läst:

> *Do not judge any experience, cause in some way they were all contributing to raising collective consciousness.*

Det fanns något gott dolt i allt som kunde verka negativt. Det kunde vi vara så säkra på. Om man likt en synsk fågel kunde se hela grejen uppifrån och in i framtiden, se de goda erfarenheterna, alla lärdomar, all utveckling det så kallat negativa bringat fram... då skulle alla hinder man stötte på i livet vara lättare att tackla och smälta. Detta som skett hade till exempel lett till att inga tjejer någonsin mer, åtminstone i undervisningstillfälle, skulle behöva uthärda Andrejs avklädande blickar, hans ögons slickande. Så på sätt och vis var Luna en hjälte som varit den som satt dit honom.

En bil vrålade förbi henne och några löv for upp från vägen, upp på trottoaren där hon i långsamt tempo satte en fot framför den andra. Hon ryckte till och kom att tänka på nattens dröm.

Det hade väl varit lite otydligt. I drömmen. Hon mindes inte sådär himla exakt heller, men, det var ett led med barn… som promenerade på en trottoar. Kanske de var en sådär tio elva stycken. Förmodligen höst. För det låg gula löv på trottoaren där de gick. Plötsligt hördes en motor rusa, eller bara att en bil gasade. Och sen slirande, oväsen, skrik. Bilen vräkte rakt in i ledet. I mycket hög fart. Sen hade hon vaknat. Satt sig rakt upp i sängen. Klockan hade visat 5:05. Typ som SOS! Men den här bilen, här och nu, i verkligheten, hade bara vrålat förbi. Löv hade virvlat upp. Men inga barn blivit överkörda. Hon slog tröttsamt bort drömmen och fokuserade istället på att börja skoldagen. Det bubblade lite i hjärttrakten när hon tänkte på att hon äntligen skulle få se Kaan igen. IRL. De hade under veckan som gått blivit vänner på Facebook, Instagram och Snapchat så hon hade sett honom ett par femtusen gånger. På bild. Men på något vis tröttnade man ganska fort på det. Reality var bättre. Ingen av dem hade skrivit något. Kanske lika bra det. Hon hade faktiskt inte orkat prata med någon så hon var tacksam över att han lämnat henne ifred. Men tänk om det var så att han inte ville. Varför skulle han liksom vilja nästla sig in i hela hennes fucked-up life? Och han som inte ens visste hälften.

You only know a part of me boy. I´m a universe ful of secrets.

Hon drogs mot sin vilja tillbaka till nattens dröm igen. Skulle den visa sig vara en sanndröm precis som den om Köpenhamnsdådet? Skulle hon berätta för Kaan om den drömmen? Att den slagit in? Att hon haft en sanndröm. Det kanske skulle vara droppen. Även om de var lika i det där med hittebarn, tankeläsar-förmåga och ljuset ovanför huvudet, så kanske grejen med att drömma sanndrömmar… kanske det skulle få honom att tycka att hon var TOO MUCH! TO FREAKIN´ WEIRD!! BYE BYE GIRL! Och då hade hon inte ens räknat in det faktum att hon kunde döda, orsaka plötsligt hjärtstopp. Hon himlade med ögonen och huvudet föll tungt framåt. Med ens kände hon sig som om hon hade en skivstång med två jordklot på sina axlar. Som om hon stod i mitten av två parallella världar. Försökte balansera dem. Eller nåt.

Sista lektionen för dagen gick mot sitt slut. Fram tills för en vecka sedan hade det varit Andrej som ansvarat för måndagens sista lektion. Men han hade inte varit där då. Då… tre dagar efter hans övertramp. Hans sista möjliga lektion ever, innan polisen knackat på. Den måndagen hade han sjukanmält sig. Han hade med all säkerhet varit livrädd för att Luna skulle vara där och ställa till med ett helvete. ”Well, där hade du fel.” tänkte Luna. Visserligen var hon stark. Men fan inte så stark.

Kim puttade försiktigt till Luna i sidan. Hon måste ha flutit bort i tankarna ett par tre minuter. Minst. Lektionen hade tydligen nått sitt slut, för alla var på väg att lämna sina platser. Luna tittade ner på bilden hon uppenbarligen framarbetat i någon slags trans. Tittade ner på pappret och betraktade en nyskissad rymdfarkost.

”Snyggt!” sa Kim och gjorde tummen upp. Luna smällde snabbt igen blocket, log och tackade av ren artighet. Hon skulle kunna sätta en tusenlapp på att hennes leende i det ögonblicket var det mest nollställda någonsin. Rymdfarkost? Ett ufo. Jomen... det var verkligen så hon kände sig. Efter att ha hört

Paulas tankar för en vecka sedan. Då när det ekat inne i hennes huvud. Ekat att Paula trodde att Luna, Kaan och Benjamin var hitplacerade. HITPLACERADE!? Och hon som inte ens hade haft sin förmåga påkopplad. Men som genom att studera Paula djupt i ögonen på något sätt hade fått detta till sig.

Kanske att det var inbillning.

Eller kanske att hennes förmågor höll på att uppgraderas.

Som en fisk i ett stim drogs hon med de andra ner mot skåpen. Mitt i, men ändå bredvid. Som om hon faktiskt befann sig i ett parallellt universum. Hon knep ihop en rynka mellan ögonbrynen och lyssnade till de andras lösa pladder. Någon kommenterade att det verkade skumt att Andrej varit borta så länge. Någon stönade rakt ut och sjöng en slags hallelujasång om hur skönt det var att slippa honom. Det verkade inte vara någon som visste varför han egentligen var borta, och lika lite verkade någon veta att han aldrig någonsin mer skulle komma att återvända. Hon hade lovat polisen att inget säga, och hon låtsades inte bry sig heller. Men snart skulle det stå i tidningen.

"Hur är det?" frågade Kaan efter att han stängt sitt skåp. Han höll fortfarande väskan i famnen. Det hade tunnats ut i stimmet och det var bara några få kvar. "Hur känns det att vara här igen?" Han förde försiktigt upp axelremmen över höger axel. Den korta ärmen på hans t-shirt följde med en bit och blottlade en bit av hans muskler. Han närmade sig henne samtidigt som han rättade till tyget igen. Värmen från hans ögon och hela hans kropp och existens fick henne att känna sig hemma. Vart hon än befann sig i hans närhet. Men skulle hon svara det? "Jo tack, jag känner mig som hemma." Hon tänkte det åtminstone, men lät det förbli osagt.

"Jaa, joo..." fick hon fram. "Det är en lång historia." suckade hon med ett svagt leende. Hon orkade egentligen inte prata om det. Inte här på stående fot i alla fall. Och som om han kunnat läsa hennes tankar, fastän att de fastslagit att de två med största sannolikhet inte kunde läsa varandras tankar, slank det ur honom, förbi hans vackra, perfekt formade läppar:

"Vill du hänga med hem till mig en stund? Så kan vi prata om det över en kopp te, eller juice, eller vad du nu vill ha alltså?" Han verkade nervös och Luna log inombords. Bubblade. Klart hon ville. Hon hade längtat efter honom. Och nu när hon hade honom så här framför sig så insåg hon hur sanslöst mycket hon hade längtat efter honom. Det var nästan så att ögonen tårades. Av både lycka och av någon slags lättnad. Plus kanske av sorg över sin egen galenskap. Hon visste att hon hade ägglossning, och att hon kände hormonerna extra starkt då. Parnings-hormonerna. Kärlekskrank hette det. Krank på tyska betydde sjuk. Sant. Sjukt mycket längtan kände hon. Hon visste hur det fungerade. Det biologiska. Och hon försökte styra dem. Hormonerna. Hålla dem under kontroll. Så sansat och prydligt nickade hon:

"Jättegärna!"

"Wow! Vilket palats." Luna var hänförd. I matsalen av den vita patriciervillan på Fridens väg hängde en grandios kristallkrona över ett äggskalsvitt ovalt bord med plats för minst 12 personer. Hon tog en runda runt vardagsrummet som låg i direkt anslutning till det generösa köket. Öppen planlösning och allt gnistrade vitt som nyfallen snö. Vita liljor och gladiolus i enorma vaser framför ett fönster som sträckte sig nästan från golv till tak. Placerat i perfekt läge till att släppa in kvällssol över hela salongen.

"Så här kan man bo..." tänkte Luna och drog sina fingrar längs den marmorklädda bardisken när hon närmade sig Kaan som stod med näsan i frysen, upptagen med att plocka fram vaniljbullar. 300 meter ifrån hennes och Paulas enkla bohemboning med ett mischmasch av loppisfynd. Detta var en helt annan värld. Med ens kände hon sig inte värdig en kille som Kaan. Visst, de var lika, hon och Kaan, men ändå olika. Det var som om innanmätet blev ett snäpp kallare. Och hon mer alert av kylan. Som om hon kom ner på jorden ett tag. Hade varit så högt flygande i sina förälskade hormoner och trott sig "rule the world". Det var väl såhär universum fungerade. Strävade ständigt efter balans. Nu togs hon ner på jorden igen. Kanske en lite väl taskig kraschlandning. Men det var ett effektivt sätt att nå ödmjukhet i alla fall. Hybris eller miserabel? Människor pendlade mestadels däremellan. Om man bara kunde lära sig att finna en mittväg att vandra all along... Den ödmjuka vägen. "Hmmmm, jo, skulle kräva mycket övning. Många kraschlandningar." tänkte Luna och försökte tränga undan hjärnspökena som ville få henne att känna sig mindre värd på grund av hennes mammas inredningsstil, ekonomiska läge and so on.

Medan bullarna snurrade runt för uppvärmning i mikron och Kaan kokte upp tevatten fastnade Luna vid en fotovägg av familjen Stregenfyr.

"Stackaren... han vet inte än vad som väntar honom." sa Kaan och Luna förstod vad han menade. Om det nu var så att Benjamin var som dem, så skulle han om sex år börja tampas med andras tankesorl.

"Men han har ju dig. Du kan lära honom att tämja det. He's a lucky boy." Luna vände sitt ansikte mot honom där han rumlade i köket. Drog fram tepåsar. Det svarta blanka håret kontrasterade dramatiskt mot allt det vita. Han log varmt till svar.

"Mmmm... gud vad goda!" Luna slickade sig om läpparna. Dels för att det var sagolikt gott, men mest för att strösockret som Kaan strött över efter att ha penslat dem med en liten gnutta smält smör oundvikligen fastnade på precis varenda millimeter av hennes läppar. Det var nästan så att hon undrade om han gjort det med syftet att uppnå precis detta. Men han hade bestämt hävdat att Samantha brukade servera sina berömda vaniljbullar just precis såhär och han ville inte bjuda Luna på någon halvmesyr. Tanken gjorde henne varm. Tanken på att han gjorde sig sådant besvär just för hennes skull, men hon kunde inte hjälpa än att skratta lite åt det också. Han var ju kille trots allt. Det inre fnittret spred sig till läpparna och Kaan undrade vad det var som var så lustigt.

"Haha, nää, inget, jag bara tänkte..."

Mer hann hon inte säga innan dörren flög upp och in dansade Benjamin, följd av Samantha. De hade varit borta om i mataffären och efter en presentation och många nyfikna blickar på Luna, kom frågan om Luna ville stanna på kvällsmat, något hon avböjde även fast hon gärna ville vara kvar hos Kaan så länge som möjligt, men den där sköldpaddan som hon hade bjudit in som sitt spirit-animal för ett tag sedan hade viskat i hennes inre att "take it slow..." ...så hon tackade nej. "Nej tack, men gärna en annan gång." svarade hon. För hon tänkte inte ljuga. Inte ljuga och säga att hon lovat Paula eller nåt. Och inte var hon skyldig en förklaring heller kände hon.

Ett nej räckte.

Nej tack, men gärna en annan gång.

Inga bortförklaringar, bara raka rör. I all sin enkelhet.

Hon visste inte var hon fick allt ifrån, men i Kaans närhet verkade allt bli så intuitivt. Klarhet på något vis. Hon kände inget behov av att förställa sig. Hon blev sedd för sin själ. Inte sitt yttre. Inget förväntades av henne heller. Det var en slags känsla av frid. Eller så var det på grund av det faktum att hon befann sig i ett palats på Fridens väg som såg ut som heaven. Vitt vitt vitt, som molnen på himlen. På tal om vitt. Hon hade lagt märke till att Benjamin i sitt svarta kortklippta krull hade en vit slinga snett ovanför höger tinning. Han hade kanske experimenterat med en klick blekmedel när Samantha slingat sitt hår. I alla fall såg det ut som att hon blekt det. Hennes hår var vackert askblont med än ljusare strimmor.

På väg upp till Kaans rum på ovanvåningen, vandrade Lunas ögon snabbt igenom de fyra stora fotografierna som prydde väggen ovan trappräcket. Kaan och Benjamin i spridda åldrar. Så smal och tunn han hade varit. Inte alls som nu med sina betydligt bredare axlar. Benjamin, sittande i en låda av trä. Samma vita slinga i håret. Kaan visade in på rummet och hennes ögon fastnade direkt vid instrumenten, mixerbordet och mikrofonen.

"Okej... upp till bevis!" Luna log imponerat och slog ut sina händer mot Kaans musikstudio modell mini. "Sing me a song boy."

Hon såg hur hans ansikte började flamma svagt i rött och han kastade en flirtig och med vilje illmarig blick på henne. Vickade lite besvärat på överkroppen men slog sig ner, tog ett djupt andetag och spände ögonen i henne.

"Om du lovar att inte skratta."

Det bubblade upp en svagt fnitter till trots och hon slog sig ner i hans säng. Det prasslade härligt i de säkert pokerdyra sänglinnena när hon makade sig bakåt och lutade sig mot väggen. Vilken dag…vilken eftermiddag. Hon kände sig alldeles mjuk i kroppen. Försökte ta in. Killen. The one and only hon någonsin skulle kunna tänka sig att tillbringa alla sina dagar med, hade bjudit hem henne. Bjudit henne på te och en sagolik vaniljbulle. Till och med penslat den med smält smör och därefter dekorerat den med strösocker. Bjudit in henne till sin musikstudio. Säkert alldeles supernervös inför att sjunga för henne. Men där satt han nu. Gjorde sig redo. Strålar från solen lyste upp honom. Fick hans hår att blänka som nypolerad onyx. Hans hy att skimra som guld. Som om han satt in the spotlight. Som en gud på Olympen.

Medan Kaan ställde in några knappar eller rattar på mixerbordet lät Luna blicken glida runt i rummet. Ovanför Kaans välorganiserade skrivbord hängde en tavla med foton. Det verkade vara en minnestavla. Hon gissade att det var höjdpunkter från hans liv. Han och Benjamin stående framför Eiffeltornet. Kaan med armen om en ljushårig kille. Det måste vara minst fem år sedan. De stod på en scen. Den ljushåriga killen såg ut att vara dansare. Och att han precis uppträtt. Kanske vunnit någon tävling. För han höll en mindre pokal i famnen. Och allt ljus var på dem. Där på scenen. För det lös ovanför bådas huvuden. Som pelare. Luna fokuserade blicken mer. Den ljushåriga killen verkade bekant. So familiar. Gick han här i skolan? Hon hade sett honom förr i alla fall. Det var hon hundra på.

Förtrollande toner från keyboarden fyllde hela rummet. De ljusa fjunen på Lunas armar reste sig och hon drog instinktivt händerna över dem. Stannade med grepp om överarmarna så att det såg ut som att hon kramade sig själv. Kaan verkade fullt fokuserad för han rörde inte blicken. Tycktes titta på övre halvan av keyboarden. I samma stund som han började sjunga dansade liksom hans huvud sakta i takt. Hon kände igen låten. Det var Kaan-versionen av Lany´s ILYSB. Hon älskade den.

Hon kunde bara sucka. Djupt av välbehag.

"Oh my God! Du är ju såå sjukt bra!" Hon log ända upp till örhängena och klappade ihop händerna några gånger och såg hur generad han var. Måste ha krävts enormt mycket mod att sjunga just en sådan text dessutom. Han kunde kanske i och för sig ingen annan. Kanske det var därför han sjungit just denna. "Naah, girl, who are you trying to fool? Han gillar mig. He is telling me..." Hon bet sig i underläppen som för att flytta känslorna dit och förhindra tårar av lycka att fylla ögonen. Kunde inte sitta här och lipa.

"Äsch." sa han blygsamt. "Det brukar låta bättre utan så pass vacker publik." Han tittade ödmjukt fram under ögonbrynen, reste sig och gick fram till skrivbordet. "Jag såg att du tittade på fotona." Hur hade han sett det liksom? Luna hade trott att han var fullt fokuserad på att ställa in alla knappar.

"Det är Gabriel." Han pekade på den ljushåriga dansaren. Drog ut skrivbordsstolen och satte sig tillrätta. Snurrade halvt emot Luna. "Vi var bästa vänner från förskoleklass till sexan. När vi bodde i Luleå. Den där bilden är tagen hösten i sjuan när vi var uppe och hälsade på. Han var med i en danstävling. Fem år sedan nu. Som jag träffade honom in real life alltså." Han gjorde en sned grimas. "Det är ju en bit till Lule liksom." Luna nickade.

"Är han också som vi?" Frågan verkade göra Kaan ställd.

"Jag tror inte att han är adopterad, alltså att han är ett hittebarn. Det verkade inte så i alla fall. Han var väl ganska lik sina föräldrar..." Kaan såg allvarlig ut. Tittade på fotot igen. Drog en djup suck. Luna kände att det kanske var läge att gå vidare i deras sökande efter fler gemensamma drag. Förmågor. Som för att trösta honom. Att han inte var ensam. Hon berättade om sin dröm hon haft samma natt. Om bilen som prejat ner en hel rad med dagisbarn.

"Usch vilken mardröm." var allt han sade. Det verkade inte ringa någon klocka så det var lika bra att hon drog den om Köpenhamnsdådet också. Så det gjorde hon. Under tiden hon berättade tittade hon på ett ansikte som blev blekare och blekare.

"Din mardröm slog in?"

"Mmmm..."

Guldskimret som hela Kaan strålat av alldeles nyss fanns inte kvar. Det var som om hans tidigare så gyllene aura krupit in och gömt sig och det enda som nu återstod var en flackande grå skugga.

"Men, alltså..." Han stakade fram orden. "Du drömde alltså om det... innan… det som hände på tivoli?"

"Japp!" Hon försökte låta luttrad. Det var hon visserligen också, efter allt hon gått igenom, med överfallen och the killings... men det tänkte hon inte berätta om. Inte än i alla fall.

"Flera nätter... och det blev tydligare och tydligare för varje dröm. Natten till dagen då det hände var det supertydligt. Jag såg ansiktet på honom... terroristen. Hur han var klädd. Hans ryggsäck, hur han tog sig fram till Demonen. Allt." Pulsen hade ökat i frekvens under tiden hon berättat. Inte konstigt, för bilderna spelades upp för hennes inre igen. Hur vagnarna med människor störtade ner mot marken. Allt blod och all svart rök som tog över bilden mot slutet. Hon bet sig i underläppen igen. Nu hade hon berättat. Erkänt vilket UFO hon var. Hon tittade bort mot dörren. Väntade på sin dom. Sången han precis sjungit för henne hade han nog ångrat. Varför hade hon berättat? Nu när allting dem emellan varit så fint. Och romantiskt. Nu var det bara skuggigt och kallt. Hon kunde lika bra gå hem. Han sade inget ändå. Hade väl liksom ingen kommentar. Hon såg i periferin hur han svängde runt i stolen och lutade sig fram över skrivbordet. Tittade rakt ner. Hans tofs ramlade fram och hon såg att han hade ett stort födelsemärke i nacken. Stämningen var milt sagt stel och Lunas hjärna gick på högvarv. Skulle hon säga det?

Precis då svängde han runt, sakta. Hans ögon var svarta, sorgklädda.

"Jag har också haft mardrömmar… eehm... ett par gånger... om samma grej."

Även om det var en tragisk grej, en sjukt udda bisarr grej allt detta, så kände sig Luna lättad över att det fanns något mer. Någonting mer de hade gemensamt.

När Kaan hade berättat allt om sina, förvisso till stor del fortfarande blurry drömmar, om slakten på Halloween-paraden stod det klart för Luna.

Omständigheter hade lett henne till att förstå att hon hade förmågan att döda. Att döda utan ett spår. Att få en annan varelses hjärta att sluta ticka bara sådär. Vad kunde hon använda den förmågan till? Jo, till att ha livet av bland annat den man hon sett i sin dröm. Hade hon fattat då, vad hon fattade nu, skulle hon ha tagit tåget till Köpenhamn den där morgonen, väntat på mannen med ryggsäck. Haft hela scenariot i huvudet. Känt rädslan, hatet, vetat vilken ödeläggelse han var på väg att orsaka. Hon hade kunnat råka på honom, rört vid honom, och han skulle ha fallit död till marken. Och polis och ambulans skulle ha blivit tillkallade. Vapnen och bomberna funna. Det skulle ha hamnat i tidningen. Precis som de andra fallen hon läst om. Om män som hittats döda i anslutning till vapen, avlidna av plötsligt hjärtstopp. Hon var en form av beskyddare. Så måste det vara. Och Kaan var likadan.

”Tänk om det är meningen att vi ska stoppa sånt här?” sade Luna.

”Jaa... det måste ju gå att koppla in polisen på nåt sätt.” funderade Kaan.

”Med en mardröm som bevis?” frustade Luna lite på skoj. ”Det går de inte på. Det finns det inte pengar till.”

Kaan ryckte på axlarna. "Men hur skulle man...?"

"Tänk om det är meningen att vi ska ta bort dem?" viskade Luna.

"Ta bort?" Kaan såg frågande ut. Förvirrad. Som om hon pratade i gåtor. Vilket hon också gjorde. Hon ville inte ännu berätta vad hon lagt ihop i huvudet. Baserat på egna erfarenheter. Tids nog skulle hon hitta ett sätt att lägga fram sina teorier. Men hon behövde tänka mer först.

Det plingade skarpt i Lunas mobil. Paula var på väg hem. Hon hade en halvtimme kvar skrev hon. Luna fick bege sig. Så att hon skulle hinna ögna igenom papperna på skrivbordet. Arvid Nikema och Gabriel var ganska lika hade hon insett ju mer hon tittat på bilden ovanför skrivbordet. De mörka ögonbrynen till det ljusa håret. Bland annat.

25. KAAN

14 september 2017… tio dagar senare

Det hade gått tio dagar sedan de varit hemma hos Kaan. De hade hållit sig lite på varsin kant i skolan på något vis. Kaan hade funderat djupt och grundligt kring sanndrömmen, som förresten dykt upp en natt till. Ännu tydligare än innan. Han hade känt igen ett av barnen i drömmen. Det såg ut som Herman. En kille som varit och lekt med Benjamin tre gånger sedan de börjat skolan. Herman. Sminkad och utklädd till ett skelett. Sminkningen kunde vara vilseledande kanske, men det var verkligen likt. Och glasögonen. De gröna bågarna. Det var Herman. Han hade fått tre skotthål genom ansiktet, innan allt blivit värre. Lunas dröm om barnen på höst-promenaden hade också klarnat, hade hon kort berättat när de råkat på varandra på väg till idrottshallen. Det var då han snabbt hade berättat om sin dröm. Om Herman. Det var precis som om de pratat om något förbjudet. Så förbjudet att de knappt själva fick prata om det. Än mindre att de två fick hänga. Som om någon slags osynlig kraft höll dem isär. Naturligtvis var det bara ett hittepå inuti i hans ältande, analyserande, känsliga sinne. Alltihop. För övrigt så hade han heller inte riktigt haft kraften att närma sig henne efter allt som sagts hemma hos honom sist. För tio dagar sedan. Det hade varit ganska heavy information. Och själva grejen att hon sagt att det kanske var som så att de två var menade att "ta bort dem"... terroristerna... det hade varit konstigt. Bara konstigt. Och tack och lov så hade de hållit det där. Det var som om ingen av dem varit redo att fortsätta gräva i det. Som om de på varsitt håll behövt tänka, pussla ihop. Låta det gro. Fram tills idag.

"Gabriel... han din gamla polare... han var inte adopterad sa du?" hörde han Luna bakom sig. Han trodde att han var ensam kvar nere vid skåpen, ryckte till lite grand och vände sig runt. Försökte dölja sin överraskning. Hon hade sett det ändå för hon kunde inte låta bli att små-le. Hon kom närmare och lutade sig med höger axel mot skåpen. Borrade sina elektriska ögon in i honom. Pulsen ökade en smula och han kände sig varm. Frågan hon ställt var väl inte särskilt romantisk, men vem som helst kunde ju räkna ut att en sån fråga var en inbjudan till fortsatt investigation i deras förflutna. Och i deras sökande. Hon ville ha det till att hitta fler som dem. De var ett team. Nu kunde inget stoppa dem. De var redo att fortsätta. Att hänga. Han jublade inombords, och kände sig samtidigt töntig som få. Vem trodde han att han var liksom? Überspecial superhero with a special mission? Han skulle aldrig orka ändå. Han med sin högkänslighet. Men han skulle orka hänga med Luna. Off course.

"Naääh, inte vad jag vet iallafall. Inget han berättat alltså. Och... eehm... vi har ju inte direkt pratat sen i sjuan så..."

"Okej men... vi får väl forska i det också då. Häng med hem till mig en stund. Det finns några grejer jag vill visa dig." Det var ingen fråga. Det var ett kommando. Och han gillade det. När det kom ifrån henne. Adrenalin-påslaget versus endorfin-tillflödet kämpade emot varandra under hela tiden de tog sig från skolan hem till Lunas place. Höll honom ganska alert och cool trots att både fjärilar och frågetecken sprätte runt i hans inre.

Hon visade honom rakt in till Paulas sovrum. Sängen var bäddad. Det hann han se innan hon bad honom slå sig ner i densamme. Ovanpå ett maffigt gammalt skrivbord låg en salig röra papper, mappar, ett halvklottrat spiralblock, en armkrokslampa i grått stål och en glasmosaik-lykta som tjänstgjorde som pennställ. Det var ett både brett och djupt skrivbord av ek. Mindre lådor ovanpå och skåpdörrar nere på varsin sida och i mitten en låda med lås, vilken blottades när Luna drog undan skrivbordsstolen. Hon satte sig så att han såg henne snett ifrån sidan. Hon pratade om Paulas blodhundsgener medan hon öppnade en gul mapp och lade papperna på bordet. Bläddrade igenom. Hennes månskenslockar dinglade en halv meter ifrån honom. Han kunde känna som en svag doft av viol. Sängen han satt på var behagligt mjuk. Hela han var mjuk. Det var då hon vände sig emot honom och räckte över ett strävt papper.

"Läs!"

Det var ett A4-papper med dels anteckningar, dels ett ditklistrat tidningsurklipp, dels något utskrivet. Längst upp i vänstra hörnet satt en svartvit bild av en ljushårig man med mörka ögonbryn. Han stod framför en fiskebåt med trasiga vimplar som vajade i vinden. På sig hade han en regnjacka. Kaan läste texten under.

Fiskarmästare Arvid Nikema, hemmahörande i Böste fiskeläge, anmäld försvunnen av hustru och två gossebarn. Herr Nikema sågs senast på väg mot sin fiskebåt aftonen den 5:e maj.

"1955" handskrivet i bläck alldeles intill.

Under det utskrivna urklippet, fanns ett annat, som såg ut att vara från en annan tidning.

Polismyndigheten i Trelleborg har under den senaste veckan mottagit över elva anmälningar om ett mystiskt ljussken som rört sig kring hamnområdet i Böste läge aftonen den 5:e maj. Oroliga medborgare vittnar om tryckvågor i luften och ett starkt sken som hastigt uppenbarat sig, expanderat och sedan plötsligt slocknat. Det har pratats om ryssar. Det har pratats om utomjordingar. Teorierna är höga till antal.

Längst ner handskrivet:

Arvid Nikema, troligen bortförd den 5:e maj 1955, i en ålder av 31 år, på platsen för ufo-observationer. Hamnområdet i Böste läge. Aldrig återfunnen.

”Ser du inte vem det är?” sa hon hetsigt.

”Asså... va...?”

”Det liknar ju Gabriel! Håret. Ögonbrynen.” Hon pekade med hela handen. Ivrigt. Och han kände sig nästan dum som inte såg vad hon såg. Klart, det fanns kanske en gnutta likhet, men vaddå liksom. En 31-årig man som försvann för drygt sextio år sedan.

”Jaa... joo. Det skulle ju kunna vara Gabriels farfar eller morfar kanske.” Kaan ryckte på axlarna. Hade aldrig hört om någon försvunnen släkting till Gabriel dock.

”Neej!” Luna virrade överspänt på huvudet. Spärrade upp ögonen. Som om hon ville få honom att fatta via att han skulle känna sig dum eller nåt.

”Äsch... vänta... här finns mer.” Hon räckte fram ett liknande papper, men som istället handlade om en försvunnen syd-afrikan. Han läste och hon pekade på mannens hårfäste. I det mörka krullet fanns ett ljust parti. Hon sade inget. Bara tittade menande.

Hon vände sig mot skrivbordet igen och tog upp en bunt med papper. ”Här är en hel hög med liknande fall. Eventuella bortföranden, försvunna människor, mystiska ljussken... ufo?” Han räckte fram handen för han trodde att hon menade att han skulle ögna igenom dem med, men hon lade raskt tillbaka pappersbunten. Medan hon prasslade med högen sidan om upprepade hon det som hon sagt tidigare. Om att Paula sedan ett par månader tillbaka höll på med att gräva i ett ovanligt högt antal ufo-observationer ifrån året 1999. Deras födelseår och allt. Och att hon läst hennes tankar om att hon och Eric hade kommit över uppgifter om observationer kring Unifrost-fabriken just den natten Luna hittats. Oförklarliga ljussken. Kaan satt som ett frågetecken. Han förstod att hennes både avslappnade men ändå exalterade inställning till allt detta kom sig av att hon smält det. Placerat allt i fack. Hur länge visste han ej. Men för honom var det nytt.

Därav ispinne-fejset.

Och mjukglass-hjärnan.

Och kortisol-orkanen.

Hon vände sig åter mot honom och sträckte fram en bunt med tidningsurklipp.

"Läs!"

> *Fallet med de två avlidna männen i hytt 142 på Finlandsfärjan den 10:e juni i år fortsätter att förbrylla polisen. Obduktionen har nu visat att de båda dog av naturliga orsaker. Plötsligt hjärtstopp. Den bil de tros ha färdats i, och som lämnats på bildäck, visade sig i bagageutrymmet innehålla en resväska med macheteliknande knivar, en IED-bomb och två mindre automatvapen.*

Nästa urklipp handlade om ett fall i Luleå. Den 15:e mars hade en man hittats avliden i sin bil. Han hade parkerat i närheten av

Sunderbys sjukhus akutmottagning. I en svart portfölj på passagerarsätet hade polisen hittat stickvapen i olika dimensioner. En rånarluva och en tomtemask. Vidare stod att läsa att polisen arbetade efter teorin att en planerad terrorattack, eller ett vansinnesdåd gått om intet. Längst ner på artikeln hade någon antecknat:

Dödsorsak fastställd: Plötsligt hjärtstopp.

Nästa artikel:

> *Mannen i trettioårs-åldern som hittades avliden utanför en lastbil i Umeå, bara en kilometer ifrån söndagens skördefestival tros inte ha utsatts för brott utan avlidit av naturliga orsaker. I lastbilen som visade sig vara stulen hittade polisen stora mängder nervgas och två maskingevär.*

Den sista:

> *Ännu ett i raden av mystiska dödsfall kopplade till eventuella kriminella ligor har i veckan tillkommit. En familjefar återfanns under söndagsförmiddagen avliden i nära anslutning till en lastbil som i ett tidigt skede visade sig vara stulen. Inuti hytten hittades stora mängder nervgas och två fulladdade automatvapen. Frågan är nu vad denna man hade för intentioner, om han överhuvudtaget hade någon koppling till lastbilen och vapnen och om han precis som i ett antal tidigare dödsfall i år, i nära relation till eventuell förberedelse till brott, visar sig ha avlidit av plötsligt hjärtstopp.*

Undertill antecknat:

Dödsorsak fastställd: Plötsligt hjärtstopp.

"Lyssna här." sa Luna. "Du och jag, båda hittebarn, ljus ovanför våra huvuden, vi kan läsa tankar, vi har haft mardrömmar om någon slags terrorattentat. Min slog faktiskt in. Vem vet? Kanske din också kommer att slå in...?" Hon naglade fast honom med blicken. Och den var isande kall. Han blev i varje fall iskall vid tanken på det zombieutklädda barnets ansikte som slets bort i drömmen, allt blod, skriken... Luna slog ut med armarna och såg irriterad ut.

"Kanske det är meningen att vi ska stoppa dem?" Demonstrativt pekade hon med båda händerna mot tidningsurklippen som Kaan fortfarande höll i sina.

"Du ser ju… någon annan verkar ha stoppat dem där. Potentiella terrorister." Hon drog efter andan, andades ut sakta, rynkade pannan och tillade:

"Hjärtstopp...? In disguise. YES!"

"Skulle någon ha haft ihjäl dem med elpistol då menar du eller, för jag menar hur...?" försökte Kaan.

Luna suckade tungt. Tittade ner i sitt knä. Verkade irriterad på honom. Han skruvade sig och virrade på huvudet. Insåg att hon måste ha tänkt igenom detta länge och väl, och nu när hon lade fram sina tankar för honom fattade han bara nada. Visst, en del kopplade han såklart ihop. Men lätt för henne liksom att sitta där och halvt dumförklara honom. Han hade ju inte satt sig in i allt såsom hon gjort. Han behövde tid på sig att analysera och placera i fack. Detta var BIG INFORMATION och han kunde liksom inte bara ta in det på studs. Vad gör man i ett obekvämt läge när man vill slinka ur ett dumförklarande? Man kan A: nicka och hålla med, byta samtalsämne. Man kan B: skratta lite charmant och säga att "Nu har vi väl ändå fått hybris eller nåt. Skulle vi döda dem menar du?" Han valde B.

Hon såg skum ut, tittade ut genom fönstret och ryckte på axlarna.

"Alltså... jag bara lägger ihop allt jag funderat över den senaste tiden. Någon eller några verkar ju ha dödat potentiella terrorister i alla fall. Någonting har fått deras hjärtan att sluta slå."

"Jaa... visst, så kan det kanske vara... men vad har det med oss att göra?"

"Våra drömmar!" Hon vände sig mot honom igen. Hennes ögon var inte elektriska längre. Mer som nervösa pölar.

"Min dröm om bombdådet i Köpenhamn... jag drömde ju det... trodde först bara att det var en sjuk jävla mardröm... som förvisso återkom under flera nätter... blev tydligare och tydligare... så att jag utan tvekan skulle ha känt igen gärningsmannen om jag så sett honom i ett folkhav." Hon hämtade andan. Tittade honom djupt, bedjande i ögonen.

"Sen hände det ju... i verkligheten. Och jag hade fått varningar. Varsel. Jag!! Av alla jordens människor! Men jag gjorde ingenting. Nada! Jag bara lät det ske." Rösten brast och som för att kompensera höjde hon intensiteten i nästa mening.

"Och hur många oskyldiga människor som helst blev mos eller skadade för livet."

"Ja... men hur...? Hur skulle du veta liksom… och... eeeh... hur...? Tjaa, du skulle ju kunnat ha tipsat polisen antar jag..." försökte han trösta.

"Nej! Nej!! Det fattar ju vem som helst att de inte skulle ha trott på mig..."

Kaan kunde inget annat i denna stund av förvirring och frustration än att rynka på sin panna. Klia sig på halsen. Tänka på sin egen dröm.

"Nej, jag..."

"Och så är det den här nya drömmen... om barnen... på ledet... och... den blir bara tydligare och tydligare... jag hörde dem till och med sjunga... *en kulen natt natt natt…*"

”Mmm...” svarade Kaan som från en annan dimension. Där han satt som en spelare, styrande sin avatar. Fruktande att spelet drabbats av ett slags virus. And gone bad. Och han tänkte då inte vara med och spela spel där man dödade. Han gillade inte sådana spel. Inte hans grej liksom.

”Och så har vi dig... du har ju också en konstig jävla dröm.” Hon drog en djup suck. Från avgrunden. ”Jag skulle såååå gärna vilja veta om det finns nån mer än oss som drömmer sånt här... eller mig då... jag har ju i alla fall haft en sanndröm.”

Kaan kände sig på något vis lättad. För det var ju sant. Hon. HON hade haft en sanndröm. Hans var kanske bara en vanlig mardröm.

”Den där Gabriel... han har ju i alla fall ljuset ovanför huvudet.” Hon log snett. Både listigt och uppgivet. Han visste inte vilket som sken starkast. ”Kan du inte jaga tag i honom...?”

”Jaaa... joo, absolut kan jag försöka... borde inte vara så svårt. Men vad ska jag fråga liksom? Vi har ju inte pratat på evigheter.” Det tryckte till i magen. Sådant här gjorde honom nervös. Han var urkass på att hålla kontakten med vänner.

”Det får vi fundera ut. Men jag tänker så här om allt detta... håll i dig.” sa Luna och verkade övertygad. Ögonen lyste.

”Eftersom han har ljuset ovanför huvudet så kanske han är som vi. Hittebarn. Med förmågor. Läsa tankar. Sanndrömmar. Kanske han har någon erfarenhet om hur man stoppar terrorbrott. Och så... likheten med den försvunna Arvid Nikema. Ljusskenen. Tänk om han blivit bortförd och sen återkommit. I pånyttfödd kropp. Vi snackar om ufo och ljussken. Och så jag då. Jag är ett hittebarn som hittades i samband med ljussken. Kanske jag är som Arvid Nikema. Fast liksom omvänt. Kanske jag härstammar från en kvinna som tidigare blivit bortförd. Inte för att jag hittat någon som liknar mig bland Paulas alla papper. Men jag misstänker att OM hon har något på mig så ligger det gömt här... i den låsta lådan." Hon knackade hårt på träfronten.

"Men nyckeln är totalt omöjlig att få tag på. Och sen har vi dig. Du har förmågor. Du är ett hittebarn. Och Benjamin. Hittebarn. Den försvunna sydafrikanen med den ljusa hårslingan skulle kunna vara Benjamin i ett tidigare liv... så att säga... alltså usch." Hon lutade sig bakåt i stolen. Såg ut att må illa.

"Dessutom såg jag... eller hörde rättare sagt, när jag tittade in i Paulas ögon... ja, tankeläsarförmågan var inte ens påslagen." Hon slog ut med armarna och verkade uppjagad. "Hon tror att vi är hitplacerade. HITPLACERADE. Alla vi tre."

"Så hon tror att vi är utomjordingar... vilket gör att du också tror det?" Det höll på att bubbla upp ett nervöst skratt inom Kaan som han med all sin kraft försökte pressa tillbaka. Han såg hur allvarligt Luna tog på allt detta, och respekterade all tankeverksamhet hon lagt ner. Men såklart att det fanns en naturlig förklaring till allt. Allt om ljusskenen, de döda terroristerna. Varseldrömmar hade man ju hört talas om tidigare. Folk hade sådana. Men att de var utomjordingar, hitplacerade för att ta bort terrorister kändes inte riktigt verklighets-orienterat. Men hey! Vad visste han? Han ville bara gå hem egentligen. Värma en vaniljbulle, eller två, vräka dem i sig och sen gå upp och spela lite. Kanske gå och lyfta skrot en stund. Tänka på annat. Även om han gillade att vara nära Luna, så hade han just nu bara lust att fly. För allt var ett enda stort virrvarr. Försvunna människor. Ufo-observationer. Döda terrorister. Vapen. Gabriel. Skulle han fråga Gabriel om han var ett hittebarn? En utomjording?

"Så du och jag skulle ha blivit bortförda menar du? Och sen hitplacerade?" fortsatte Kaan med ett ansikte som kanske snart skulle komma att likna ett russin. Var han rädd.

"Det kan vara så." svarade hon beskt.

"Har du hittat någon bild på någon missing person som liknar mig då?" Egentligen ville han nog inte veta.

Kanske hon tog det som att han hånade henne. Han visste inte. Inte så lätt att tolka den blicken. Hon verkade i alla fall plötsligt väldigt obekväm, irriterad. Hon måste tycka att han var totalt dö-dum i huvudet. Här hade hon lagt ner en hel massa jobb, hela sin själ, på något som tydligen var jättesant för henne, och han... han som innerst inne ville tro på allt... bara inte kunde. Han hade kanske förlöjligat henne och nu var hon pissed off. Kanske att han ändå missade något. Någonting osagt. Sjukt mycket intryck. Han måste hem och placera dem i fack. Han måste tänka. Tänka.

Han tittade bort ett slag, som för att fly undan. Det var då han kom på det. Klockradions röda siffror lyste 14:44. Han hade bokat övningskörning klockan 15:00.

Samtidigt som han kom upp på fötter och förklarade att han nästan höll på att glömma bort sin körlektion, såg han en lättnad i Lunas ögon. Kanske var hon glad att han skulle gå.

26. LUNA

20 september 2017... sex dagar senare

Psykologilektionen direkt efter lunch hade ställts in eftersom Sananda, läraren, blivit sjuk under morgonen och det tydligen var omöjligt att få tag på vikarie bara sådär all of a sudden. De skulle få fri tid, blev lämnade att fritt förvalta timmen. Man kunde sitta i biblioteket och läsa om man var ett stud. Eller så kunde man ta tillfället i akt, promenera ner till hamnen, köra sin egen psykologilektion, lyssna på vad som rörde sig in peoples minds. Luna hade föreslagit det sistnämnda för Kaan i korridoren direkt efter beskedet. De hade gått in på varsin toalett och kopplat på sina förmågor omedelbart när lunchtimmen sett sin början.

På väg ner mot hamnen passerade de torget. Det var som ett rum. Ett tjugotal uråldriga träd med vida kronor som fortfarande höll i sina lövverk omslöt torgplatsen. Förutom två matvagnar brukade platsen även omfamna dignande loppisbord. Åtminstone på tisdagar och lördagar. Men idag var det onsdag. Det närmade sig lunch och än hade inga köer bildats. Det doftade thaimat från den gröna vagnen med vit text och mer unket, som frityrolja, från den röda med plotter och färgexplosioner på sidorna. Grus som låg utspritt över kullerstenen knastrade under Lunas sulor. De skulle egentligen kunna stanna här på en bänk och lyssna på hungriga lunchares tankar. Köerna skulle strax börja ringla. Men hon kände sig mer hemma nere vid hamnen. Vid vattnet. Där var det dessutom inte så innestängt som det kändes här i torgrummet, och där skulle inte komma att bli lika folktätt heller. Inte så pass mycket tankesorl. Det skulle gå lättare att urskilja helt enkelt. Hon sneglade mot Kaan. Han hade blicken riktad bort åt vänster. Mot ett av träden. Ett ensamt litet plakat satt häftat i stammen och han drogs ditåt. Luna följde efter.

Det var en bild på ett stort öga. Horus öga. Undertill stod att läsa att Neema gav läsningar om ens lifepath, hon kunde göra past-life-regressions och hon kunde även få kontakt med guider och avlidna. Undertecknat Neema och så sist hennes mobilnummer.

"Har du testat sånt här nån gång?" frågade han, fortfarande med blicken på plakatet.

"Neej, men jag har velat." svarade Luna drömmande. Hon hade tänkt på det många, många gånger. Att det kanske skulle vara den enda vägen att få ett svar. Om sitt ursprung. Hon hade dock varit för ung. Hade aldrig fått lov för Paula. För hon hade bestämt avrått henne ifrån att lita på vad någon annan kanaliserade. Det fanns så många kvacksalvare hade hon sagt. Säkert för att skydda Luna. Men det var ändå konstigt. För om det var någon som var openminded så var det Paula. Tids nog skulle Luna få svar hade hon peppat. Men att tro på någon som sade sig kunna prata med andar och se tidigare liv... där hade hon sagt stopp. Vilket verkligen inte rimmade med Paula i övrigt. Men. Luna köpte det. För hon visste att Paula bara ville skydda henne. Oseriösa spå-tanter fanns det ju säkert. Men hursomhelst. Nu var hon 18. Och hon skulle ta chansen att bli lurad på pengar. Och varför inte av denna Neema? Att de inte hade tänkt på det förut. När de diskuterat kring sitt förflutna. Nåja, det var väl en mening med allt. Kanske det inte hade varit dags förrän nu. Ett leende spred sig långt inifrån hennes goda gut-feeling och upp till läpparna. Sannerligen glittrade det i ögonen när hon med ny tillförsikt tittade in i Kaans vackra sammetsbruna. Hon virrade på huvudet, av förundran. Slog ut med händerna. Mot plakatet.

"Fattar du? Det är ett tecken." Hon fibblade fram sin mobil ur innerfickan på den laxrosa satinjackan. Knappade in numret. "Ska vi prova?"

Efter en tveksam nickning ifrån Kaan skickade hon iväg ett sms. Sedan försvann de ner mot hamnen i väntan på svar.

De slog sig ner på en bänk med utsikt över småbåtshamnen. Ungefär tre meter ifrån där träbryggorna tog vid. Plastbåtar, träbåtar, motorbåtar. Guppande försiktigt. Septembersolen glittrade i stora parti över den lugna ytan.

Förbi dem gick en ung mamma körandes och vaggandes en liggvagn framför sig. Inifrån hytten hördes hjärtskärande skrik. Luna försökte pejla in mammans tankar, men skriket tog överhanden. Hon försvann bortåt och Luna såg hur hon stannade till. Kanske försökte hon peta in en napp i bebisens mun. Hon visste inte. Det fortsatte skrikas. Hon kom att tänka på drömmen. Den hade kommit inatt igen. Det var tredje gången nu… på tre veckor. Den här gången hade den varit ännu tydligare, ännu skarpare. Ett led med barn i dagisåldern tultande. Förberedda för regn. Gula stövlar på någon. Matchande till de fallna höstlöven. Rosa på någon. Gröna med prickar. Regnkläder och ståhej. En fröken i början av ledet, med röd mössa och vaggande gång. En i slutet. Med långa svarta flätor. Allihopa sjöng de "*En kulen natt natt natt...*" Hon hade även sett bilen. En orange Renault Captur. Föraren var en kvinna. Med svart hår. Blankt som pianolack och avhugget strax nedanför käklinjen. Ansiktet skulle hon känna igen bland tusen andra.

Luna plockade upp mobilen. Fortfarande inget ifrån Neema. Hon behöll den i knäet. Plinkade med sina naglar på skärmen.

"Är det *smoke on the water*?" log Kaan.

"Haaa... haaa!" svarade Luna. Han var så himmelens gudomligt snygg när han log. Hans ögon ville liksom bara suga in henne. Hon skulle mer än gärna låta sig försvinna in i hans huvud. Så kanske hon skulle få reda på om han gillade henne på DET SÄTTET. Men han gjorde väl inte det längre. Det hade dock verkat så innan. Innan hon lagt fram sin teori för honom. Teorin som innebar att hon trodde att de var destined to kill potentiella terrorister. Trodde? Hon visste. Det var liksom ett inner knowing. Kunde inte förklaras. Hon visste hur man dödade i alla fall. Diskret. Och hon hade sett det i tidningar. Att andra hade gjort likadant. Terrorbrott hade stoppats. Oskyldiga människor hade fått leva vidare. Ovetandes om att de räddats i förskott. Hmmm. Det var lika bra att hålla en slags distans till sina känslor ett tag. Och hon visste ju inte heller om hon skulle råka ha ihjäl Kaan. Om de till exempel skulle komma att kyssas... och om det skulle börja hetta till... vem visste hur det kunde gå då liksom? Sååå det var lika bra att hålla den säkra linjen. Hon kunde lika bra fortsätta med sitt weird stuff så hon bestämde sig för att berätta om hur nattens dröm blivit tydligare. Att hon visste... att hon... om hon träffade på den här kvinnan... att hon då måste ta bort henne. Och att Kaan måste ta bort den eller de som han drömde om. Och om hur hon trodde sig ha haft ihjäl Peder, gubben i skogen. Och även Roy. Hur hon testat sina förmågor på en gråsugga och en mus. Så hon satte igång.

Hans ögon hade blivit sorgsnare och sorgsnare och mer och mer avlägsna för varje detalj hon avslöjat. Om överfallen, Peders planerade våldtäkt, hans fall ner på mattan, gubben i skogens fumlande med sin gylf, hans döda blick rakt upp i skyn. Han hade försökt lägga in ett "men" här och där. Precis som om han ville trösta. Men Luna hade bara hållit upp en hand och fortsatt. Så han hade sagt "men" igen, som för att han ville hitta en naturlig förklaring till att de alla råkat dö i hennes närhet. Och förmodligen också för att han tyckte så väldigt synd om henne som hamnat i alla dessa minst sagt besvärliga situationer. Men Luna kände inte alls för att bli daltad med just nu.

"Det är som det är bara..." sa Luna bittert. "Det är väl mitt öde liksom." Hon sneglade honom i ögonen. "Och ditt med." Han bara virrade på huvudet. Sorgset. Och förundrat.

"Nej, men jag har aldrig... eeehm... jag har ju liksom aldrig dödat nån... eller vad man... eller alltså bevittnat när någon dött... så eeh..."

Deras uppmärksamhet drogs till bryggan. Mamman med den skrikande bebisen var tillbaka. De gick nere på den inre bryggavsatsen som angränsade till den som ledde ut till båtarna. Hon såg ganska risig ut. Hade säkert inte sovit en blund på vem visste hur länge? De tittade båda på henne där hon som ett svart moln redo att skjuta blixtar gled fram över träplankorna.

"Jag ooooorkar faaan inte mer... oooouuuuhh... om jag låtsas svimma... och låter vagnen rulla ut över bryggkanten... då kan jag inte bli fälld för mord." lät det. Mamman sågs blicka ut över bryggan, därefter upp på Kaan och Luna. Sen vände hon av uppåt stan.

Kaan och Luna tittade samtidigt på varandra. "Uuuups." sa Kaan. "Förlossningsdepression?"

"Det är nog helt naturligt." fnissade Luna. "Mamma har berättat för mig att hon ville stoppa mig i tvättmaskinen ibland när absolut ingenting hjälpte för att få tyst på mig. "

"Whaaat??"

Man hörde knappt t:et på grund av plinget från Lunas mobil.

De hade fått svar.

Neema kunde ta emot om två dagar.

På fredagseftermiddagen den 22:e september.

27. LUNA

22 september 2017... hos mediet

Doften av rökelse anades redan i trapphuset. Salvia. Luna fyllde sina lungor. Salvia sades fungera både bakteriedödande och till att hålla undan mörka energier. Den var harmoniserande. Förväntansfullt trampade Luna uppför den svängda stentrappan mot plan två. Kaan gick snett bakom. Väggarna var målade i en blek lavendelnyans. Nästan samma som ramat in plakatet på trädet där i torgrummet. Från en spik i den bruna trädörren hängde en liten blå amulett, liknande ett öga. En sådan där som skulle skydda mot The evil eye. Eller så var den The evil eye itself. Det fick man väl själv tolka. Luna valde att tänka att Neemas verksamhet där innanför den bruna dörren var högst seriös.

De hade gått igenom vilka frågor de ville ha svar på. Men insett ganska snabbt att det bästa nog skulle vara att välja en läsning. För båda samtidigt. En sådan där så kallad reading där Neema skulle få budskap ifrån deras högre jag och kunna se deras lifepath. Fanns ingen anledning att välja att prata med döda släktingar. Kaans var förvisso sannolikt döda, men han verkade inte vilja veta. Det var egentligen hans förtjänst att de hittat hit och nu kanske skulle få någon slags svar som förklarade deras ursprung och förmågor, sanndrömmar och så vidare. Men han verkade splittrad. Nervös som en fågelunge på väg att bli puttad ut ur boet. Ut ur sitt trygga näste. Men Luna ville veta. Hon tittade medlidsamt på Kaan som log ett ångestfyllt *jag-ångrar-mig*-leende. Sen tryckte hon på ringklockan.

Det var ifrån Neemas lägenhet salviadoften hade kommit. En svag dimma svävade kvar i hallen när de bjöds in av den egyptiska drottningen. För det var så hon såg ut. Svart hår, blankt som pianolack, rakt avhugget nedanför käklinjen. Kindben extra markerade med hjälp av många, många drag med sminkborsten. Svart eyeliner längs med hela undre och övre fransraden, med en rejäl kråkspark i ytterkanten av vart öga. Ögon som gnistrade i smaragdgrönt. Luggen lika rakt avhuggen som längderna. Ovanpå håret låg ett band av gyllene pärlor. Som en gloria som fallit ner, och hölls på plats av tre tvärsgående rader av gröna glaspärlor. En glittrande highlighter på högsta punkten av båda kinderna matchade hennes vita klänning som var sydd av någon form av satin med glittertrådar insprängda i tyget. Midjan var skarpt markerad av ett svart bälte med en stor grön symbol mitt framtill, och stora breda armband av guld dekorerade vardera överarm.

Hon visade dem till varsin stol runt ett litet avlutat träbord, alldeles invid fönstret som vette ut mot parkeringsplatsen. Luna snodde av sig sin guldiga scarf, knäppte upp sin jacka och hängde den bak över stolen. Hon var varm. Blodet körde runt i snabb takt. Ett svagt ringande kom någonstans inifrån ett vakuum. Luna sneglade mot Kaan som inte ens dragit ner blixtlåset på sin tunna blazer. Han såg ut att vilja vara varsomhelst förutom just här.

"Okej..." sa Neema högtidligt. "Mina ungdomar..." Hon lade sina händer över en stor glaskula. Polerade den med sina handflator. Hon tittade först på Luna, sen på Kaan, in i ögonen, sedan slöt hon sina. Och tycktes falla i sömn. Underkäken föll ner och hon ramlade fram över bordet, så att glaskulan damp ut ur sitt stativ. Luna reagerade kvickt och fångade upp den innan den nära nog rullade över bordskanten. Kaans stol orsakade höga skrapande ljud mot golvet när han raskt kom på fötter för att se till så att allt stod rätt till med Neema. Hon verkade vakna till av oredan som plötsligt hade uppstått och rätade upp sig igen.

"Nämen kors i Jesu namn..." rosslade hon och ruskade på huvudet så att det svarta håret gungade ryckigt.

"Jag måste ha blivit utslagen för ett kort moment. Det måste vara extra starka energier här på besök." log hon nervöst.

Neema berättade att hon arbetade som så att hon anpassade läsningen till sina kunder. Hon förberedde sig inte, utan litade på guidningen hon fick i stunden. Det gick alltså inte att avböja eventuella hälsningar ifrån förfäder eller att neka till blickar in i framtiden. Det som behövde meddelas behövde meddelas så att säga. Och de var båda beredda på vad som helst. Nåja, Kaan verkade allt annat än beredd men Luna såg att han gjorde sitt bästa för att verka ta det med ro. Kanske för att han ville imponera på henne. "Vilken kille egentligen..." tänkte Luna tacksamt. "Så mänsklig, men ändå som från en helt annan värld.” Han följde med henne på sådant här, lyssnade på hennes spekulerande kring eventuell ufo-härkomst, hade inte sagt upp vänskapen då hon berättat att hon trodde att det var som så att de två var menade att ta bort terroristerna som de drömde om. Dessutom gillade han henne fastän att hon var både PMS-fluffig och PMS-crazy. Och nyss hade han hastigt flugit upp för att Neema tuppat av. Hans svarta hår hade dansat i tofsen. Hans breda axlar flexat så graciöst i en snabb kraftfull handling. Att rädda. Rädda någon som ändå snart måste tas bort. Tanken drog henne tillbaka till allvaret i situationen igen. Kanske skulle hon få reda på något viktigt här och nu. Om sina killing-skills. Neema hummade mjukt och Luna förstod att det var dags.

”Mmmm... mina ungdomar… Kaan, Luna...” Hon tittade ansträngt på dem. ”Jag ser mycket ljus omkring er... extremt mycket ljus. I er och runt er. Upp upp upp som flammor av vitt ljus, stigande ut i intet.” Hon lät sina händer gestikulera upp över sitt eget huvud.

”Det är som... som... hmmmm... jag kan inte få kontakt med erat högre jag... eller någon guide... istället är det som om nio bevingade... nånting... svävar runt er... runt er båda... och ni är den tionde i mitten. Jag får till mig att om de nio... är nio som en hel level... så är ni nummer tio. Början på en ny level. Så att säga. Nya. Får jag.” Hon knyckte lätt på hakan, lyfte den smått, som om hon försökte få vittring på något.

”Jag ser att de vårdat er som frön. De har gett er liv... eller... hmmm... de håller er vid liv... jag låter det vara osagt... ”

"Är det skyddsänglar eller förfäder?" frågade Luna.

"Njaä... jag har faktiskt inte upplevt just den här sortens energi tidigare." svarade Neema och såg osäker ut. "Men jag ska försöka..." Hon slöt sina ögon. Förde sina händer till bröstkorgen.

"Jag brukar få till mig meddelanden av mina kunders högre jag eller guider... men dessa... de verkar inte vilja..."

Luna bet samman sina tänder, knuffade Kaan i sidan, tittade menande på honom. Ville få honom att fatta att detta bara antydde än mer att något sjukt skumt låg bakom deras existens.

"Luna..." sa Neema mjukt. "De säger att du inte ska ifrågasätta din intuition. Det du kände var sant, och det du kommer att uppnå genom att lyssna till din intuition kommer att sprida sig som gyllene ringar. Kommer att göra denna värld till en bättre plats. Ingenting var slumpen. Till och med dina drömmar är sanna. De poängterar detta. Det du drömmer kan bli verklighet... och låt din intuition leda vägen... så kommer du att lösa alla problem... säger de."

Ögonen började fyllas av ångestfyllda svidande tårar. Jo, hon skulle lyssna på intuitionen. Hon tittade ut genom fönstret. På den orangea Renault Capturen. Sen på Neema. Sen ner i knäet. Hoppades fokus skulle läggas på Kaan.

”Kaan... du står på ett slagfält där förnuft och känsla slåss mot varandra. Men de vill säga dig att du kan låta dem samarbeta. Hjärna och hjärta. Förnuft och känsla. Låt dem komma samman och du ska se... resultat. Spökena i din hjärna har något att berätta. Du måste bli vän med dem... du måste rädda dem, säger de. Rädda!”

Luna visste precis vad Neema, eller ”de nio” syftade på.

”Alltså rädda mina hjärnspöken?” frågade Kaan med en rynka mellan ögonbrynen. ”Du menar väl bli fri ifrån dem?”

Neema såg ut att koncentrera sig. ”Nej, rädda dem, säger de. Rädda. Rädda.” Hon pressade ihop sina handflator och bugade huvudet med slutna ögon, öppnade dem igen och greppade tag om glaskulan. Stirrade in i den ett par långsamma minuter, under tiden som hon både drog tillbaka hårfäste, lyfte ögonbryn och gnagde sig på överläppen. Kisade som om hon blev bländad av helljus. Tog några djupa men darriga andetag. Till slut öppnade hon munnen.

”Det är som... explosioner av ljus. Inte som fyrverkerier... mer som pulserande starka ljussken... så intensiva att de nästan övergår i blått. Som blixten. Och de visar mig ett stort blått P... är det en parkeringsskylt?... njä... nä... det är väl ändå tvärtom? Ett vitt P på en blå bakgrund. Eller?” Hon kliade sig frenetiskt på halsen. ”Sen känns det som att jag flyter i vatten... djupt nere under ytan. Som om vatten omfamnar mig... ljummet. Som i en kokong av vatten. Och de bevingade nio omkring. Utanför.”

"Ljus, ett P, blått, vatten... det är inte någon form av pool...? ...alltså att man simmar under ytan i P-poolen och belysningen under ytan flackar i takt med vattnets rörelse?" funderade Kaan.

"Nej, jag tolkar dem till tre helt oberoende situationer... faktorer... eller vad man ska säga..." sa Neema och nickade som för att övertyga dem alla tre, sig själv inkluderad.

Luna drog på studs kopplingar mellan ljusskenen och ufo-observationerna. Ingen tvekan. Hon suckade diskret åt Kaans försök att än en gång fly undan. P:et förstod hon däremot inte. Inte riktigt vattnet heller.

Sessionstimmen hade nått sin ände och egentligen hade de inte direkt blivit överfyllda med svar. Inte ens halvfulla. Inte ett dyft om deras biologiska ursprung. Not a single clue. Utan mer att de fått budskap. "Rädda hjärnspökena, lyssna på intuitionen… koppla samman hjärna och hjärta..."

Neema hade inte heller nämnt någonting alls om att hon sett att Luna haft ihjäl ett par gubbar, inte heller att de kunde läsa tankar. De där bevingade nio var återhållsamma med informationen. Det kanske var så att Neema inte fick veta. På grund av risken att hon skulle tjalla... eller nåt. Lunas tankar spann vidare. Såg framför sig, för sitt inre öga hur Neema alldeles nyss tuppat av oförklarligt, hur hon i sin orangea Renault Captur, avtuppad, mejade ner ett helt led med dagisbarn. De hade väl kunnat dela med sig ändå... låtit Neema vara en kanal... hon skulle ju ändå strax ta allt med sig i graven. Lunas ögonlock kändes som våta yllekappor. Inom henne hördes ekot från ett hjärta som pumpade blod till alla hennes kroppsdelar, som snart skulle styra henne att göra något hon inte var direkt stolt över.

När Kaan och Luna kommit ner och ut genom porten ursäktade sig Luna.

"Oh, shit jag glömde scarfen på stolen. Vänta här. Jag kommer strax."

Kaan ville protestera och följa med henne upp igen, men till Lunas lite väl bestämda PMS-nej stannade han.

På väg uppför trappan ljöd som ett mantra i förgrunden till det höga ringandet i öronen:

> *"De säger att du inte ska ifrågasätta din intuition... det du kommer att uppnå genom att lyssna till din intuition kommer att sprida sig som gyllene ringar. Kommer att göra denna värld till en bättre plats. Ingenting var slumpen. Till och med dina drömmar är sanna."*

28. LUNA

25 september 2017

Mensen hade kommit igång och Luna kände sig av den anledningen inte så speciellt lättantändlig längre. Harmonisk... i vanliga fall... även om det vid mensen brukade mola i magen så lämnade hormonerna hennes inre frid i fred. Och det övervägde. Det hade nu gått tre dagar sedan hon avslutat Neemas hjärtas pickande. Satt punkt för hennes jordliga existens. Tagit bort henne. Därav kände hon sig inte alls så lika harmonisk som hon enligt menscykelns ganska så pålitliga faser i vanliga fall brukade. Hon hade när hon kommit ner med sin scarf till Kaan som stått och väntat på henne utanför porten nedanför Neemas lägenhet, deklarerat att hon tyckte att de två på varsitt håll skulle försöka smälta mediets ord, och inte prata mer om det förrän i skolan på måndagen. Han hade fogligt nickat och hållit med om att det nog var en bra idé.

Paula satt med en kopp kaffe mellan händerna och läste tidningen.

”Godmorgon min solstråle.” försökte hon. Men Luna hade varit ett disigt lågtryck hela helgen och det låg envist kvar. Ingen sol, inget regn, ingen åska... bara lite vagt mullrande i fjärran... som om det eventuellt närmade sig en bigtime- thunderstorm.

"Ta en ostfralla gumman, jag tog upp ur frysen igår. De är som nya."

"Nääå, jag har bestämt mig för att sluta med mjölkprodukter också." sa Luna som från en annan dimension. "Mediet vi var hos... hon sa åt mig att lita på min intuition... och... jag känner intuitivt... eller... ja... jag bara vet att den mjölken, och därmed osten, inte är till mig." Hon gick fram till högskåpet där de förvarade torrvaror och drog fram ett paket knäckebröd.

"Jasså... jaaa..." mumlade Paula och Luna förstod att hon inte lyssnat. Hon hade förväntat sig en helt annan reaktion. Skulle Luna bli vegan så skulle det innebära en hel del merjobb för Paula... tills de kommit in i det alltså. Det förstod ju vem som helst. Hon tittade förvånat på Paula. Såg att hon spände ögonen i en artikel. Förde sitt pekfinger under meningarna och började läsa högt. Rösten skar morgonluften mitt itu:

> *"Kvinna i 40-års åldern hittad död i en lägenhet i centrala Hejmstad. Det var i lördags eftermiddag polis och ambulans larmades till platsen efter att en granne som skulle lämna tvättstugenyckeln funnit kvinnan framåtlutad över sitt köksbord. Kvinnan var känd som sydöstra Skånes mest tillförlitliga medium. Polisen misstänker i nuläget inget brott. Men som sig bör kommer en utredning att upprättas."*

Paula pickade lite fundersamt med pekfingernageln på bordsskivan.

”En till...” Hon grimaserade snett. ”Här i vår stad. Det är ju konstigt ändå...” Hon riktade blicken ut genom fönstret, långt bort i fjärran. Upp. Ut. Förbi ostrukna regnbågsgardiner. Förbi bulliga molnstäder. Sen ner till artikeln igen. Smekte ett finger längs med underläppen.

”Det är säkert hjärtstopp.”

Luna svalde hårt och kände sig med ens stel i hela kroppen. Vände sig försiktigt mot kylen. Hoppades att Paula skulle bläddra vidare. Att hon inte hört de där orden hon precis sagt. Att hon varit hos ett medium. Hoppades att hennes blodhundsgener hade gått i ide.

”Vänta...? Sa du medium...? Har du varit hos ett medium...? Men... när?” Luna vred sitt huvud några grader, precis så att hon såg hur Paula virrade på huvudet. Oförstående. Visst, hon hade avrått Luna från att gå till sådana, men hon måste ju fatta att hon inte kunde hindra det nu när Luna var myndig. Sedan nästan tre månader tillbaka.

”Hur länge sen?” ville Paula veta. Försökte le och verkade vilja dölja hetsen i frågan. Luna visste att hon visste.

”Ett tag sen.” Luna hörde själv hur tafatt det lät. Och hur svag rösten var. Så ljus. Hon kunde inte ljuga. Hon fungerade inte så.

Att ljuga var som att både tillkännage för mottagaren att den inte var värd sanningen och att rapportera för sig själv att man inte var värd att tala sin sanning. Man förminskade både sig själv och den andre. Bara fel. Paula spetsade sin blick in i Lunas. Mjuk men bestämd. Viftade till henne att komma och sätta sig.

"Varför har du inte berättat...?" Paula såg besviken ut. "Jag förstår att du vill ha svar och så... men..." Hon knep samman läpparna och gungade med huvudet.

"Men alltså, det gick så hastigt allting. Kaan och jag, vi såg en lapp på ett träd och vi blev nyfikna. Vi skickade iväg ett meddelande och så fick vi tid... det gick så fort... har liksom inte hunnit smälta det själv."

"Okej, jag förstår... det är... ehmmm... okej. Så det var nyligen alltså?" Hon lät ögonen glida ner över artikeln igen.

"Jaa... ett par dagar sedan." svarade Luna sanningsenligt. Hjärtat pumpade fort. Hade hon suttit i en lögndetektor hade hon åkt dit. Men i sanning talade hon sanning.

"Var det Neema?" Paula pickade på artikeln. Tydligen kände hon till Neema. Och även att Neema varit sydöstra Skånes mest tillförlitliga medium. Enligt artikeln det vill säga.

"Var du hos Neema?" Paula stirrade totalt genomborrande på Luna. Som nickade behärskat. Försökte samla in alla sina känslor, tankar, minnen. Gömma dem i magen. Så att de kunde ligga där och mola tillsammans med menssmärtorna.

"Jaaa..."

"Vet du? Jag har förresten funderat en del över det du sade då efter att Andrej försökte sig på..." Hon tystnade..."Du sa nåt om att han åtminstone överlevt."

Det var då Luna bröt ihop. Berättade allt. Om Neema, om drömmarna, om bilen, om barnen som blivit överkörda, om att lyssna på intuitionen, om Köpenhamnsdådet, om att hon visste att hon dödat Peder, gubben i skogen, till och med sin egen pappa. Roy.

"Nej." sa Paula.

"Nej Luna. Det var inte ditt fel."

"JOOO!" skrek Luna. "Har du inte fattat? Det var jag! Mina händer! Jag har till och med prövat på djur. Jag har dödat oskyldiga djur!" Tårarna rann oavbrutet över kinderna.

Paula skakade avväpnande på huvudet. Som om allt bara var Lunas fantasifoster.

"Tror du inte att jag fattar vad det är du letar efter?! Du med dina ufo-observationer och missing-people-freaking-lappar?!" Luna hade fortfarande ett högt röstläge. Hon fick fram orden högt, stark och tydligt trots att hon hulkade, skakade.

"Det är MIG du söker efter! DU VET NÅT!" Hon slog handen i bordet. Hårt.

"Säg det! Jag tål att höra det! VEM FAN ÄR JAG?!" Hon spände blicken i Paula innan hon begravde sitt ansikte i händerna och Paula reste sig, gick fram till Luna, knöt in henne i sin famn, fångade hennes tårblanka ansikte mot sin axel och lät sina röda lockar blandas med sin dotters stjärnfall.

"Berätta vem fan jag är!!"

29. KAAN

25 september 2017

> *"Kvinna i 40-års åldern hittad död i en lägenhet i centrala Hejmstad. Det var i lördags eftermiddag polis och ambulans larmades till platsen efter att en granne som skulle lämna tvättstugenyckeln funnit kvinnan framåtlutad över sitt köksbord. Kvinnan var känd som sydöstra Skånes mest tillförlitliga medium. Polisen misstänker i nuläget inget brott. Men som sig bör kommer en utredning att upprättas."*

Olof hade högläsning ur morgontidningen igen.

"Jag slår vad om att det är plötsligt hjärtstopp." sa han, nästan triumferande, samtidigt som han lade ner tidningen på frukostbordet. Samantha stod vid köksbänken, i färd med att packa ner frukt och en smörgås i Benjamins fikalåda.

"Usch... det är ju inte klokt." ängslades Samantha.

Kaan stod och blandade till en proteindrink. Skulle precis söta den lite extra med O'boy. Vände sig mot Olof. Mot tidningen. Som om han ville se det med egna ögon. Men det var för långt iväg. Han råkade välta paketet med chokladpulver. Ut över marmorn. Förde in vad han kunde igen. Torkade bort resten med trasan. Sköljde ur den. Lade den tillrätta. Satte in O´boy-paketet i skåpet, och försvann upp på rummet.

Han ställde sig framför garderobsspegeln. Reflektionen var ful. Axlarna dippade. Mungiporna likaså. Kaan hade aldrig förr sett dem peka så mycket nedåt. Ögonlocken var tunga. Ville helst klappa igen. Låta honom slippa se mer av eländet. Fastän han precis smekt en bra och lagom glansig vax genom håret och samlat allt i en, som han tyckte då, perfekt svans, så såg det bara äckligt ut. Några hårstrån stod ut och hela han var i oreda. Det där jävla ljuset stod rakt upp ifrån hans hjässa. Han ville inte ha det. Ville inte vara som Luna. Han ville vara normal.

"Hon dödade henne." Han väste ut orden tyst för sig själv. Andades ytligt.

"I can`t fucking believe it."

Han sjönk ihop till en pöl på golvet. Hur kunde hon göra det? Så Neema var alltså kvinnan som kört på barnen i Lunas dröm. Bullshit. Hur kunde hon veta det? Och hon hade inte ens sagt nåt till Kaan. Skulle inte de två vara ett team liksom? Han skulle i och för sig ha avrått henne och övertalat henne att det fanns en annan lösning. Det var väl bara att berätta för Neema att hon haft sanndrömmar om hennes inblandning i en olycka och så avrått henne ifrån att köra bil for the rest of her days. Eller nåt. Man behövde fan inte döda nån för det. Helt jävla absurt. Kaan märkte hur högljutt han andades. Hur det lät när luften med kraft pressades ut genom näsborrarna. Hur kunde hon? Hans ögon var svarta, snäppet svartare än i vanliga fall. Hoppas hon inte tänkte komma till skolan idag. Han skulle inte orka träffa henne. Inte orka träffa en svikare, en mördare... en främling.

"Kaan?" hördes Samantha ropa nerifrån. "Ska du inte iväg snart?"

De hade bara blängt på varandra på väg in till första lektionen. På rasten hade de undvikit varandras närhet. Men efter lektion två var det som om krafterna som hållit dem isär hade slut på batteri och de sögs ihop. Drogs ihop som två kvicksilverpölar till en enda helhet.

"Var det du?" frågade Kaan kallt. De var ensamma vid dörren intill tekniksalen.

"Jag var tvungen." Luna tittade honom i ögonen. Hon verkade helt obrydd. Som om det var vardagsmat att gå runt och stoppa folks hjärtan på kors och tvärs, ifall att de en vacker dag skulle komma att utföra en ful handling. Faktamässigt baserat på så kallade varsel från en dröm som troligtvis bara var rena rama mindfucket. Kaan slog sig för pannan. Blev inte förvånad över att Luna var skuld till det, men när hon sa det med egna ord var det som en smäll i ansiktet. Ett hugg i hjärtat. Han lutade sig framåt. Tog tag i sina knän. Såg säkert ut som en maratonlöpare som försökte återfå normal hjärtrytm.

"Men va fan...?" Han rätade upp sig igen. Såg förvåningen i Lunas ögon. Det var första gången han svurit inför henne. "Det måste ju ha funnits nåt annat sätt?"

Luna såg obekväm ut.

"Det är ju inte ens säkert att drömmen var en sanndröm!"

"Men jag såg..."

"Ja, jag har tänkt på det. Köpenhamnsdådet visade sig vara sant. Jag vet. Men det betyder väl inte att alla drömmar är det?" Han slog hetsigt ut med händerna. Luna såg förvånad ut. Smått rädd.

"Jag såg till och med bilen utanför..."

"Tillfälligheter alltihop!" röt Kaan med stelt ansikte.

"Neeej Kaan!" Luna höjde rösten.

"Jag har inte drömt om den där jävla Halloween-paraden på elva tolv dagar nu. Det var bara en tillfällig mardröm. Inget annat. Punkt!"

"Du ska se... den kommer igen!"

"Skitsnack. Du bara tror det värsta hela tiden." fräste Kaan.

"Gör jag så fan heller." försvarade sig Luna. Hon var högröd i ansiktet. Kaan förstod att han var ute på djupt vatten, men just nu brydde han sig inte. Han ville ändå inte vara som henne. Eller ens MED henne. Han tänkte sälla sig till de normala.

"Tror att vi är utomjordingar eller nåt! Att vi ska TA BORT folk som du så fint vill kalla det. MÖRDA heter det!"

"Men hon sa ju att jag skulle följa min inre röst, min intuition. Att jag skulle komma att göra världen till en bättre plats." grät Luna. Han hade knäckt henne. En del av honom, hjärtat, ville fånga in henne. Krama henne hårt och trösta henne, säga att hon blivit vilseledd, lurad. En annan del av honom, förnuftet, ville berätta för henne att man kunde göra världen till en bättre plats blott genom att existera, sprida några vänliga ord. Ett leende på stan. Kaan virrade på huvudet. Kände just nu varken för att dalta eller trösta eller komma med några visdomsord. Han knep ihop ögonen och ruskade på huvudet.

"Det här är så jävla sjukt rent ut sagt!" Han slog ut med armarna och tog ett djupt andetag. Som om det var hans allra sista suck innan livet skulle rinna ur honom. Dödssucken.

"Jag är så trött på hela den här jävla skiten! Jag vill bara vara vanlig. En helt vanlig jävla Svensson. Jag skiter i vilka mina biologiska föräldrar var. Jag tänker inte söka efter några svar mer. Jag är bara en lycklig överlevare från en plats i ruiner, där alla mina släktingar blev levande begravda. Jag kom till en underbar familj här i Sverige. Jag har ett bra liv. Ett helt vanligt liv. Helt enkelt. Jag är så jävla tacksam över allt jag har. Jag har lärt mig att koppla bort tankeläsarhelvetet så jaaa, jag trivs med livet... det normala livet...utan allt det här jävla dramat. Och jag tänker INTE bli nån jävla seriemördare. DET ska du ha klart för dig! Jag vill bara vara vanlig. HELT JÄVLA VANLIG!"

Det blev tyst ett par sekunder. Ihåligt.

"Okej..." andades Luna med tom blick och svepte förbi honom.

30. LUNA

29 september 2017... fyra dagar senare

Det var fredag. Två skolveckor kvar innan de alla skulle ut på två veckors praktik. Och sen, efter de två glidar-veckorna, väntade ett skönt höstlov. Det rådde en uppsluppen stämning i klassrummet. Praktikplatserna hade precis blivit utdelade och Luna satt och försökte känna tacksamhet över att hon faktiskt hade fått sitt förstahandsval, Hejmstads-Kuriren... vilket passade hennes journalistikdrömmar perfekt.

”Var fick du?” frågade Kaan när de skulle till att inleda sin håltimme. Med försiktiga hundvalpsögon. Han hade hållit distans hela veckan. Sedan de bråkat i måndags. Sedan han anklagat henne för att vara en seriemördare. Hon hade inte kunnat sova den natten. Alla hennes drömmar, dagdrömmar om Kaan och henne, om deras samhörighet, deras uppdrag, eventuella kärleksutsikter, allt hade bränts upp av hans vrede där i korridoren efter att han fått reda på att Luna tagit livet av Neema. Allt var förstört. Hon hade redan då börjat tvivla på sina drömmar. Både dagdrömmar och mardrömmar. Hade kanske haft fel om Neema. Hon hade kanske haft ihjäl en oskyldig kvinna. Men en sak var säker och det var att hon hade känt sig sjukt smutsig allt sedan dess. Och faktumet att Kaan nästintill nonchalerat henne under veckan hade inte gjort saken bättre.

"Jag fick på tidningen." svarade hon dovt.

"Åh, kul... grattis." Han log. Och hon kände sig lite bättre. Men ändå förvirrad. Hur skulle de göra? Skulle de fortsätta sin vänskap... vara som... eller åtminstone låtsas att de var vanliga människor? Eller skulle de snirkla sig in igen, i mysterierna? Hon fick en sån skön känsla av Kaans leende att hon bestämde sig för att försöka låtsas vara normal. Lägga allt konstigt bakom sig. Börja om på nytt. Det skulle vara ganska så skönt. Man kunde ju pröva.

"Du då?"

"Hotell Queen Carla." svarade han med ett snett leende. "Piccolo, dassa-rensare och bedmaker i ett."

"Inte dumt det." Luna ville så gärna bemöta den skojiga tonen i hans svar. "Inte widow-maker iallafall." Hon kom på sig. Det dumma och opassande i kommentaren, och formade en ängslig min.

"Sorry... jag menade inte..."

"Lugnt!" Han höll upp en hand. "Ska vi ta en runda på stan?

Jag skulle behöva en ny sportflaska."

En sportflaska. En helt vanlig Svensson-sportflaska. Klart hon ville.

På väg tillbaka till skolan igen slog de sig ner på en bänk som stod mitt i vägen för en gyllene septembersol. Träplankornas värme kändes rakt igenom Lunas byxor. Varmgula löv låg utspridda på trottoaren. Kaan satt och pillade och snurrade med sin nya mörkgröna flaska.

"Pappa sa imorse att han hört att det var konstaterat nu... att det var plötsligt hjärtstopp... hos Neema... så det blir ingen brottsutredning i alla fall."

Att inte Luna hade tänkt på det. Det var såklart bland annat därför som Kaan hade varit så uppriven. Och distanserad. Han hade ju riskerat att bli medskyldig. Om det hade velat sig riktigt illa. Hon tittade på flaskan där emellan hans händer.

"Mmmhmm..." Fundersamt. Sedan gick allt så snabbt. Hennes uppmärksamhet drogs till tre skator som fajtades högljutt en bit bort. Som om en av dem fått tag i en väldigt säregen skatt. Luften var klar, men regnet skulle kunna komma när som helst. Gråa moln seglade in och snart skulle deras soliga plats vara i samma nyans. Skatorna flaxade upp och iväg som om de blivit skrämda. Ut ifrån en sidogata på andra sidan vägen kom ett led med barn i dagisåldern tultande. Förberedda för regn. Gula stövlar på någon. Matchande till de fallna höstlöven. Rosa på någon. Gröna med prickar. Regnkläder och ståhej. En fröken i början av ledet, med röd mössa och vaggande gång. En i slutet. Med långa svarta flätor. Allihopa sjöng de *"En kulen natt natt natt..."*

Båda två satt som förstenade medan barnen passerade på andra sidan vägen. Luna kände igen scenen. Bakgrunden. Det röda tegelhuset. Busskuren med reklamskylt för Oatly ikaffe. Det var där. Precis där som barnen hade blivit nermejade i hennes dröm.

"Det är dem." hetsade Luna. "Det var precis där som..."

Kaans avslappnade, oskyldiga... allt är Svensson-normalt-laid-back-ansiktsuttryck som han hade haft när han rullat med flaskan alldeles nyss... den skulle nog aldrig vända åter kände Luna och fylldes åter med hopp. Och tro. På att hon och Kaan. De tillsammans… var speciella. Inga vanliga Svenssons.

31. LUNA

5 oktober 2017

Hon gick alldeles bakom honom ner mot skåpen. Den ljusblå t-shirten stramade över hans axlar och övre del av ryggen. Hans vackra hår föll sensuellt från hans svans, ner över den breda nacken. Hon anade födelsemärket. Valnötskärnan. Högra ytterkanten. En svag doft av parfym följde honom som en transparent slöja. Den hon känt så många gånger. Den som fått henne att bara vilja trycka näsan in i det mjuka skinnet på hans hals och andas in hela hans essens. Men nu när hon hade ägglossning ville hon mer suga sig fast som en blodigel och ringla sig runt honom som en orm. Men hade hon gjort det så hade hans hjärta kanske slutat slå. Hon ville så gärna så gärna krama honom, kyssa honom, rulla runt med honom i sängen, skratta, mysa, busa och... men när känslorna var så pass starka så var förmodligen gränsen hårfin till att det skulle komma till att slå över till något okontrollerbart och hon kanske skulle komma att snava in på förbjudna tankar. Och att det då, i all passion och hetta, skulle gå illa. Väldigt illa. Om hon bara hade någon att fråga. Någon som kanske visste hur man tyglade sina skills. Det var då hon kom att tänka på Gabriel igen. Kaans vän i norr.

"Vad har du för dig i eftermiddag?" kvittrade hon. Ville bara vara i hans närhet. Hon behövde inte röra honom. Bara hon fick befinna sig i hans omedelbara omgivning. Se honom. Insupa honom. Se hur han rörde sig. Hur hans ögon glittrade som tusen stjärnhimlar när de tittade på henne. Låta hans ljuva röst få omorganisera hennes frekvenser. Höja dem. Rena dem.

"Jag hade eventuellt tänkt dra till gymmet." svarade han men verkade ångra sig.

"Okej. Najs." Luna ville inte visa att hon kände sig som ett barn på julafton som inte fått just det som hon allra mest önskat. Så hon log. Med munnen.

"Men jag hittar gärna på något med dig istället." Hans ögon strålade. Han hade kunnat läsa henne, och hennes leende spred sig från munnen upp till ögonen. Hon kunde inte hindra sig. Det måste synas att hon var kär. Alltså det var inte bara ägglossningskänslor. Det var inte hormonellt. Kroppsligt. Det var djupare än så. Det var som om stjärnorna i hans ögon förförde hennes själ. Kallade hem henne. Som om det var dit hon skulle. Som om hon hade sitt hem med honom. Bland stjärnorna.

"Yeeey!" Hon försökte låta cool och kontrollerad. Men hon skulle kunna explodera när som helst. Hon tvingade förnuftet att styra över känslorna. Som en herde som försökte dirigera hundra ivriga lamm sugna på livet. Sugna på att sprätta fritt på det gnistrande gröna gräset.

De kom överens om att gå hem till Luna, rota en omgång till på Paulas skrivbord. För alltsedan det hade stått klart och tydligt för dem båda, sex dagar tidigare, att Lunas dröm verkligen hade varit ett varsel. En sanndröm. Och att hon hade räddat barnen och fröknarna i ledet ifrån att bli nermejade av Neemas orangea Renault Captur, hade det inte längre rått samma kyla och förnekande ifrån Kaan. Han hade blivit nyfiken igen. På sambanden. Han tittade annorlunda på Luna. Lyssnade på hennes hypoteser med ett öppet sinne. Han trodde igen.

Luna hade dukat fram uggle-servisen, ställt fram ett paket fröknäcke, en ask lime-hummus och en burk jordnötssmör… hällt upp tevatten till dem båda. Till och med tänt de i brokig färgskala halvt nedbrunna stearinljusen. Paula hade nyligen arrangerat dem i all världens osaliga blandning av udda stakar från secondhand-butiken. De stod och trängdes på en flagnad mässingsbricka tillsammans med några rönnbär och små gula löv som låg slarvigt utspridda. Luna rättade till dem och frågade Kaan om han drömt om Halloweenparaden på senaste.

"As a matter of fact... yep." svarade han bittert och tittade in i ljuslågorna. Lät blicken glida runt bland de sju flammorna av eld.

"Du har det…?" Luna tittade medlidande på honom. Visste att det var jobbigt för honom. Att han ännu inte riktigt greppade att det skulle vara HAN, och ingen annan än HAN som måste sätta stopp för de där två männen.

"Jag såg dem, lite blurry, men ändå. Hur de stod vid några sängar. Packade upp vapen och grejer ur nån väska. De var svartklädda. Och de tog upp nån lika svart mask... eller mössor… ur väskan, trädde dem på sig framför en spegel och skrattade. Jag såg deras ansikten."

"Du gjorde det…" konstaterade Luna. Den här gången med händerna mot sina kinder. Munnen öppen.

"Du skulle alltså ha känt igen dem om du stötte på dem?" frågade Luna.

"Kanske."

"Du såg inte var de befann sig?"

"Bara att det var ett rum. En säng, en spegel. Som vilket sovrum som helst antar jag."

"Mmmm, okej." Luna kände hur adrenalinet fick henne alertare. "Såg du nåt mer?"

"Ja sen var det bara det vanliga. Barnen i sina utklädnader. Skrik och blod och... så en kompis till Benjamin. Herman. Det var ännu tydligare nu. Det var verkligen Herman. Jag kan svära på att det var han. Och så samma som sist. Hur han får tre skotthål genom ansiktet. Och zombien bredvid honom… som får ansiktet avslitet." Han andades ut tungt. Virrade på huvudet. Fick en ängslig min. Som om han visste vad Luna skulle säga.

"Alltså du måste lokalisera dem och ha ihjäl dem. Kaan, du måste!" Adrenalinet i Luna kunde inte stoppa rättframheten, trots att hon visste att hon eventuellt skulle skrämma iväg honom igen. Chansen till något romantiskt dem emellan skulle flyga ut genom fönstret som en pissed-off drake.

"Alltså nä... jag... det är ju kanske inte ens häromkring. Kan ju vara var som helst i världen." försökte Kaan.

"Skulle tro att det är inom rimligt avstånd." sa Luna och berättade åter igen om Köpenhamnsdådet. Bara en timme iväg med tåg. Knappt. Hur hon varje dag ångrade att hon inte fattat. Hon hade vetat att hon kunde döda, att hon hade kunnat förhindra alla dessa oskyldiga barns och vuxnas för tidiga död eller invalidiserande skador.

"Tro mig Kaan... Du kommer inte att kunna leva med det sen. Du kommer att älta ihjäl dig. Tänk på alla barnen. Du måste skydda dem. Fattar du inte?"

"Nej... det finns ett annat sätt... jag kan inte..." Han virrade åter på huvudet. Tittade på henne som om hon vore galen. "Jag har aldrig dödat nån heller för den delen… Jag kanske inte kan." sa han och slog ut med armarna. Såg nöjd ut i sina försök att krypa tillbaka till Svensson-facket.

"Då ska jag lära dig. Bara att gå till djuraffären."

"Haha... nääå." skrattade Kaan. Om än nervöst.

Hon måste få honom att fatta att han inte var en Svensson. Att detta var på fullaste allvar. En gång för alla. Så hon bestämde sig för att det var dags att visa honom något från Paulas skrivbord. Något hon visste kunde knäcka honom. Därav tvekade hon ett par sekunder. Men inifrån ekade en insikt:

Smärtan är det som krossar skalet kring er visdom.

"Kom så ska jag visa en grej." Luna reste sig. Han tvekade, men hon lovade att det inte handlade om något mord. Eller ja... hon visste ju egentligen inte... men hon yppade inget mer innan de var framme vid Paulas skrivbord. Kaan slog sig ner i sängen och Luna på skrivbordsstolen. Prasslade bland papperna på vänster sida av skrivbordet, drog ut ett ur högen och räckte över till Kaan. Lappen med Arvid Nikema. Hon ville att han tittade på den igen. Som förberedelse.

"Har du fått tag i Gabriel?" frågade hon.

"Nej, han har inte svarat. Inte ens läst meddelandet."

Kaan studerade fotografiet av en 31-årig Arvid Nikema. Som försvann 1955. På samma plats där starka ljussken skådats. Aldrig återfunnen. Luna lät tystnaden bero. Såg hur Kaans ansiktsuttryck förändrades något.

"Jag skulle verkligen vilja prata med honom... träffa honom." sa Luna. Såg en antydan till missmod i Kaans ögon. Eller var det svartsjuka?

"Alltså jag skulle fråga om... alltså om han nu visar sig vara ett hittebarn och så... om han kanske vet nåt mer. Om han haft sanndrömmar och… ja... du vet..." Hon ville inte dra det. Han förstod nog precis. Även fast han låtsades att inte förstå. I sin strävan att vara vanlig.

"Om han dödat någon? Så att du kan övertala mig att döda?" Än en gång virrade han på huvudet. "Nej, jag gör det bara inte. Det måste finnas andra sätt."

"Jag läste i tidningen i morse att de ska ha en Halloween-parad här i Hejmstad den 31:e oktober." kontrade Luna.

"Se där. Då ringer jag och får dem att ställa in den." Kaan såg nöjd ut. Lättad.

"Och de skulle lyda dig menar du?"

"Ja, det är väl bara att ringa arrangörerna och säga att det föreligger en hotbild, eller nåt."

"Nää..." Luna tittade ner på Kaan där han sjönk ihop i

sängen. "För det första så hade de trott att det var en maniac som ringde. För det andra så skulle de kanske spåra upp uppringaren. Plocka in denne. Det vill säga dig. Ta fingeravtryck. Och vem vet? Kanske matcha dig till Neemas lägenhet. Kanske de inte har lagt ner brottsutredningen ändå..." Hon såg skräcken och förvirringen i hans ögon och kände sig helnöjd. Och än hade hon inte ens plockat fram sitt ess.

Kaan svalde hårt. "Men snälla Luna. Förstår du inte? Jag är inte som du. Jag har aldrig dödat. Jag kan inte ens. Jag är en vanlig människa... som råkar kunna läsa tankar. Jag är liksom inte… och för den delen var det du som..."

Hon orkade inte höra hans förnekelsesånger längre. Tog pappret om Arvid ur hans hand. Vände sig mot skrivbordet. Lade det snett åt höger. Bläddrade fram pappret om den ungerske pojken. Sträckte över det till Kaan.

"Läs högt."

Hon såg Kaan studera bilden ett par sekunder innan han började läsa med en röst som knastrade. Så som ljudet av ett valnötsskal på väg att knäckas itu.

> *"Help us find our beloved Ferenc Karos, age 13. He was last seen in Ostoros riding his bike to visit a friend in the afternoon Friday 17th of August. He was wearing blue jeans and a white T-shirt. He has got a birthmark the size and shape of a split walnut on the back of his neck."*

Sist läste han Paulas anteckningar. Nästan ohörbart.

"Ungersk pojke försvunnen 17:e augusti 1990, samma vecka som oförklarliga ljussken iakttagits runt kring Ostoros, Ungern. Aldrig återfunnen trots enorma sökinsatser."

32. LUNA

Onsdag 11 oktober 2017... sex dagar senare

"Kom Ferenc så går vi och köper valnötter." skojade Luna. Ett skämt hon kört med frekvent under de senaste dagarna, så Kaan reagerade inte något nämnvärt längre.

De var på väg in på Coop för att köpa med sig hem nån fika. De skulle snoka runt lite bland Paulas grejer, försöka dyrka upp lådan och så vidare.

"Var du inte så tuff." upplyste Kaan. "Det visar sig kanske att du är en Olga." Han kunde inte hålla sig för skratt och började gnola på Kim Larsens *Tante Olgas briller.*

Luna smällde till honom på överarmen precis när de passerat in genom svängdörrarna.

"Åååh yes! Pepparkakor!" En pyramid av pepparkaksburkar tornade upp sig till höger om ingången och Luna plockade högtidligt till sig en låda.

”Sooom jag längtat.” Hon kramade den röda burken. ”De här är överlägset de godaste. Och veganska dessutom.” PMS-perioden hade precis börjat och det var bara till att go with the-hormon-flow.

Lite längre fram, vid dryckerna till, stod en färsk laddning julmust och Luna skyndade på stegen.

”This must be my lucky day! Alltså heaven! Jag älskar julmust!” jublade hon och greppade en flaska. Skickade över den till Kaan.

”Fix och färdigt.” sa Luna. ”Behöver du något mer eller?”

”Jag skulle ha tandkräm också. Jag tog det allra sista imorse och är inte säker på att Samantha har köpt...”

”Men de har ingen fluorfri här.”

”Flourfri?”

”Säg inte att du inte vet...” sneglade Luna.

”Vaddå?” virrade Kaan.

Luna gjorde en sned grimas. ”Inte konstigt att du har haft svårt att se sambanden.” mumlade hon och började föreläsa om tredje ögat.

Under hela hemvägen gick munnen på Luna. Hon försökte förklara hur fluor förstenade tallkottkörteln... the pineal gland... förbindelsen mellan kropp och själ.... Att det fanns många studier som visade att tallkottkörteln var det primära målet för fluorets ackumulering i kroppen. Att fluor i tallkottkörteln försämrade dess funktion i och med den förkalkning som uppstod. Tallkottkörteln som liknades vid vårt kroppsliga självcentra och att det var ifrån denna lilla körtel som våra tankar till stor del skapades. Där vi mottog insikter... där vi hade vår intuition... vårt högre jag... vårt tredje öga... som vi såg med. Inombords. Och igenom saker. Hur fluor visserligen möjligtvis kunde skydda mot karies men hur det i många, många år använts som ett sedativt sövande medel, till exempel i koncentrationslägren under andra världskriget, det dumbed people down. Förslavade dem, gjorde dem slöa, medgörliga... för att det lades en ögonbindel över deras tredje öga. Vidare hade hon berättat om hur man kunde rena sitt tredje öga. Hon hade själv under två års tid druckit guldmjölk nästan varje kväll. Med gurkmeja, svartpeppar, ingefära, kanel, kardemumma, vanilj, kokosolja, kokosmjölk och honung. Gurkmeja ryktades vara ett av de mest pineal-gland-detoxifying medel som fanns att uppbringa.

Luna googlade fram klippet där de dyrkade upp ett lås med tre gem. Lät den ligga och spelade videon om och om igen tills hon fått in tre tillsnirklade koppargem i låset.

"Är du säker på att Paula inte kommer hem tidigare?"

"Schyssch." Luna ville höra knäppen inuti låset.

Det gick inte på första försöket. Hon drog ut alla tre igen och lugnade Kaan under tiden genom att berätta att Paula skulle på något event med Eric, hennes crush, så det var förmodligen snarare så att hon kom att bli försenad.

Hon förde in dem igen. Ett i taget. Lyssnade intensivt. Kaan satt på helspänn. Fastän att det inte var honom det handlade om. Luna hade farhågor och känningar om att det fanns information rörande henne i lådan. Kanske om en försvunnen kvinna eller flicka som såg på pricken ut som Luna.

"Tror du verkligen att...?" viskade Kaan.

Utan att egentligen veta hur hans fråga skulle avslutas antog hon att han än en gång tvivlade på att någonting överhuvudtaget av det som de funnit på Paulas skrivbord var äkta. Han ville fortfarande förneka att det var han som var Ferenc. Eller åtminstone en klon eller nåt. Han fattade inte. Helt jävla förkalkad. Stackarn.

Även inbrottsförsök nummer två misslyckades. Luna suckade högt och ljudligt. Började tappa tålamodet. Vilket för övrigt inte var särskilt änglalikt under PMS:en. Hon slängde gemen demonstrativt ut över pappersröran.

"Jaa! Det tror jag. Jag ligger här i lådan. Hundra procent!" Hon knackade med pekfingret. "Och du är en klon av Ferenc." Hon rotade hastigt fram pappret i högen och sträckte över det till Kaan.

"Bortförd. Klonad. Pånyttfödd med förmågor. Hitplacerad. Och nu är det ditt mission att stoppa terroristerna. Precis som jag stoppade Neema. Och borde ha stoppat den jäveln i Köpenhamn. Du ska söka upp dem och stanna deras hjärtan." väste hon. Avslutade med ett kaxigt: "Simpelt!"

Hon ångrade sitt utbrott och försökte släta över det genom att trösta att det inte var hans fel att han inte förstod. Han såg det inte bara. Inte än. Han hade blivit förblindad. Han var kvar i den rädslobaserade 3D-världen, där folk inte förstod att de blev förgiftade, dumbed down… av tillsatser i mat, kemikalier, antibiotikaspäckat kött, alkohol, nyheter... Återigen var hon rasande. Som en eldsprutande drake. Som om hon helt plötsligt förstod ännu fler samband.

"They feed us poison so we buy their medicine!"

Kaan såg mest ut som en nykläckt och nyväckt fågelunge.

"Då är jag hellre dumbed down än en klarseende serie-mördare." Han reste sig, lämnade tillbaka pappret om den försvunna Ferenc och gick hem.

33. KAAN

19 oktober... åtta dagar senare

Luna hade inte varit i skolan vare sig torsdagen eller fredagen efter att de senast setts, hemma hos henne. Då när han stuckit iväg efter att ha droppat en spydig kommentar. Kallat henne seriemördare igen. Hon måste vara djupt besviken på honom. Måste tycka att han var ett riktigt jävla mähä, som hela tiden försökte fly undan. Hon måste tycka att det inte fanns ett uns stake i honom. Att han var nothing but a menlös skugga. Ett fegt egotrippat kräk som satte sina egna känslor före att rädda hur många barn som helst ifrån en förestående terrorattack. Åtminstone som han drömt om och som hon, Luna, var övertygad om skulle komma att inträffa om inte han gjorde något åt det. Var lite handlingskraftig.

Nu hade det gått åtta dagar utan att de setts. Dels berodde det på den här kurragömmaleken, dels på faktumet att det inte varit någon skola. För nu var praktikperioden igång och idag skulle bli Kaans fjärde dag på hotell Queen Carla. Det hade varit hans tredjehands-val och det grämde honom en smula att han inte hade fått plats på Hejmstad Filmstudios, men Samantha hade förberett honom på att vad han än fick så skulle det finnas en mening med det och han skulle försöka se ljusglimtarna var han än befann sig. Fokusera på guldet. Att han i efterhand skulle förstå varför han hamnat just där han hamnat. Han skulle göra sitt bästa, men hade i nuläget väldigt svårt att se någon speciell mening i att städa toaletter och bädda sängar.

Han skulle inte börja förrän klockan nio, hade tagit lite sovmorgon. Det var tyst ifrån nedervåningen. Olof var på konferens i Köpenhamn och Samantha och Benjamin var säkert precis gångna iväg till skolan. Han reste sig motsträvigt upp på sängkanten. Han var trött. Hade vaknat med ett ryck inatt. Eller ja, morse. 5:05. Hade sett två ansikten. Stirrande ut någonstans i periferin. Sen hade de trätt på sig svarta luvor, och endast lämnat sina mörka ögon fria. Han lät ögonlocken falla ihop. Hade dem exakt avbildade framför sig. Undra om det var dem han hade drömt om tidigare? Han insåg själv hur tafatt hans ifrågasättande var. Han ville fly undan. Precis som Luna sagt. Han ville väl inte se.

Han kliade sig snett bakom vänster öra. Vred därav huvudet i vinkel så att blicken kom att falla på fotot av Gabriel. Att han inte kunde svara? Kanske att han var som dem. Eller som Luna åtminstone. Kanske att han visste ett annat sätt att stoppa terrorister på än att ta livet av dem. Kanske Luna var lite FÖR extrem liksom. Han tänkte på bilden av Arvid Nikema. På bilden av Ferenc Karos. Lät sin vänstra hand glida ner över födelsemärket i nacken. Det fanns likheter. Det kunde han inte förneka sig. Alltså ändå. Nej, va fan. Han skulle få tag i Gabriel. Visa Luna att han inte också var ett hittebarn. Att han inte varit nån Arvid Nikema i ett tidigare liv. Och att Kaan inte varit nån Ferenc heller. Det var bara trams alltihop. Fantasifoster. Han sträckte sig efter mobilen. Googlade än en gång på Gabriel

Norlund... hittade ett annat mobilnummer än det han hade provat att sms:a till tidigare. Kopierade förra sms:et och skickade iväg. "Så. Klart." sa han och reste sig, gick ner för att få i sig ett par tre ostmackor och ett stort glas mjölk.

På köksbordet låg en påse från en av stadens leksaksbutiker. Han förde undan den, började tugga i sig mackorna och ögna igenom Instagram-flödet. Någon hade lagt ut en bild från Vellingeblomman. Deras Halloweenutställning. Plus en där kontoinnehavaren sågs posera framför diverse osköna gummimasker inne i butiken. Nunna med megaläppar, ett vitt skräckslaget bebisansikte, ett fårhuvud med utpoppade ögon, zombies. Kaan tog en klunk av den iskalla mjölken. Tittade på påsen samtidigt som han satte ner glaset. Bestämde sig för att ta en titt. Ut drog han en dräkt. En stripig sak, blekgrå med spygröna partier. Något nätliknande svart tyg hängande runt halsen. Plus en liten ask med maskeradsmink. Vitt, grått och svart. Med ens tappade Kaan all aptit. Den tredje mackan han brett sig åkte i soporna och han for upp i badrummet.

Han blängde på sig själv i spegeln där han stod. Borstade tänderna, sakta med höger hand. Ljuset stod rakt upp som en pelare. "Well." tänkte han. Snurrade med tandkrämstuben i vänster. Fokuserade blicken mot det finstilta.

Barn upp till sex år. Använd en mängd stor som en ärta och övervaka borstningen för att minimera nedsväljning.

Varning: Förvaras oåtkomligt för barn under 6 års ålder för att förhindra förtäring. Om olycka med förtäring sker, sök professionell hjälp eller kontakta omedelbart gift-informationscentralen.

Han spelade åter upp vad Luna sagt om förkalkning av tallkottkörteln. Tredje ögat. Det man verkligen såg med. Hur kött och mjölkprodukter, som i och med att de försurade kroppen bidrog till effektivare ackumulering av det giftiga ämnet. Gjorde en till en zombie. Zombie. Så Benjamin skulle alltså klä ut sig till zombie? Hans hjärta bankade fort. Stresshormoner piskade runt och in i minsta cell. Medan han spottade ut varendaste uns av fluortandkrämen, sköljde munnen noga, såg han för sin inre syn zombieansiktet från drömmen. Just som det blev avslitet från köttet av en slags tryckvåg.

"Kaan? Håller du ställningarna ett litet tag? Jag ska bara ner om i källarförrådet och leta efter en häftpistol och så in om på dass." grimaserade Rolf som jobbade bakom disken på hotell Queen Carla.

"Okej..." svarade Kaan från bokhyllan i bortre änden av receptionen. Han hade precis omorganiserat böckerna. Nu stod de i alfabetisk ordning. "...lugnt... bara det inte kommer någon och ska checka in eller nåt..." gnällde han. Visste inte hur bokningssystem och betalning fungerade till 100 procent. Ville inte riskera att göra nåt fel.

"Äääá'rå." lugnade Rolf. Gned sig på nedre delen av magen. "Brukar inte komma nån och bara boka in sig så där... de ringer alltid först. Jag tar med mig luren." I dörrhålet vände han sig om.

"Men skulle det mot förmodan komma nån som vill checka in så kan du bara börja ta deras uppgifter... namn, telefon. Du kan skriva det för hand om du inte skulle få rätt med datorn." sade han och pekade på skärmen. Försvann innan Kaan hann protestera.

Kaan tog upp sin mobil ur fickan. Den var på ljudlös. Inget svar ifrån Gabriel. Inte ett livstecken ifrån Luna. Han undrade hur hon hade det på Hejmstads-Kuriren. Det var säkert jättespännande. Kanske befann hon sig just nu ute på en intervju. Kanske på en parkour-uppvisning. Kanske intervjuade hon en grupp atletiska, modiga killar... kanske var fotografen hon hade med sig en riktig hunk. Lite mer stabil och handlingskraftig än Kaan. Det sög i magen. Kanske hon var på uppdrag med en ung ivrig reporter. Någon hon hade sin dröm gemensamt med. Journalistiken. För med Kaan hade hon ingenting gemensamt, hade han velat deklarera. Han ångrade allt han sagt där han nu stod. Grävde ner sig i självömkan. Han hade haft sin chans. Han hade varit en idiot. Nu satt hon väl med sin stilige reporter på ett café någonstans och bubblade av skratt och vällust när de gjorde ett reportage om caféets veganska utbud. Kanske de matade varandra med sked... och om det fastnade en bit sojagrädde, plantbaserad frosting eller nåt på deras läppar så skulle de bara böja sig fram och lapa bort det ifrån varandra.

"Helvete!" Kaan svor högt. Satte sig ner på den antika skrivbordsstolen av älgskinn som var placerad bakom disken. Lät huvudet falla tungt. Han kunde ju i alla fall ha hört av sig till henne. Bett om ursäkt. Skrivit ett par ord. Frågat hur hon mådde. Det var fan det minsta man kunde göra. Han slog upp konversationsraden han senast haft med henne på Messenger. Vad skulle han skriva? Just då öppnades dörren inåt.

Två män klev in. Halvvägs. De stannade i dörröppningen, höll upp dörren, vända mot varandra. Slog blickar ut mot gatan. Diskuterade någonting på ett annat språk. Kanske var det polska, ryska. Kaan var inte säker. Förstod i alla fall inte ett dyft. Det var en kylig dag. Vinden härjade ganska besvärande och in yrde några bruna, heldöda löv. Den främre av dem vände sig inåt receptionen, tog av sig mössan och ringlade av sig den gröna halsduk som hade täckt hans mun.

Han var lika slätrakad som i Kaans dröm. Ögonen lika halvsneda. Den ljusbruna vårtan bredvid ena näsvingen på plats. Ett i övrigt vackert ansikte. Han nickade mot Kaan. Som en hälsning. Kaan nickade tillbaka, tryckte av mobilen och petade ner den i fickan. Darrade ner den. De var plötsligt framme vid disken, och Kaan sneglade mot dörren där Rolf försvunnit iväg för bara ett par sekunder sedan. Skulle antagligen dröja innan han var tillbaka. Kaan hoppades att de bara skulle fråga om vägen. Men då skulle de inte få så bra respons. För han kände sig inte ännu... på långa vägar, hemma i den här stan.

"Hello. Me and my friend are in Sweden on businesstrip. We would like to rent a room here October the 30th. And we will leave at 31th approximately at 3 pm. Do you possibly have any room available? For me and my collegue." framförde han i väldigt dov sansad ton.

Kaan kände sig trängd. Glänste en ögonkast mot dörren. Insåg att Rolf satt långt nere och djupt försjunken i sitt eget där på toaletten.

"Yes... eeh... yes... just a moment please. I am just a practicant... eeeh... a student..." sade han luddigt och andfått, pekade på sin namnskylt som visade både namn och att han var PRAO.

"Aaah, I see. Kaan Prao." Det var fortfarande samma man som talade. Kanske den andra mannen inte kunde engelska, antog Kaan.

"You from Turkey?" frågade mannen och vinklade huvudet. Tog sig för hakan.

"Well, yes I am adopted."

"Ooooh... ooooh... I see... Kaan... brother. Almost. I have cousin in Turkey.

"Where are you from then?" Kaan försökte samla in alla sina spretiga känslor av ångest, tentakler, nerver och intryck, minnen, inbillningar, allt, gömma dem långt inne i ett rum som var för trams. Och bara skärpa sig. Det där slagfältet som Neema hade pratat om. Där förnuft och känsla utkämpade ett krig mot varandra. Ett slagfält han fått rådet att skapa fred på. Och låta de två samarbeta. Njaa, han tog i detta nu helt förnuftets parti och lade alla sina muskler där. Han ordnade raskt fram bokningskalendern och såg att två rum fanns lediga den 30:e.

"Romania we are from."

"Okey." Kaan nickade och föreslog rum nummer 9. Där fanns två enkelsängar.

Han som talade, han med de halvsneda ögonen, översatte till honom med gropig hy och ett ärr i mungipan. Denne svarade något med allvarlig röst medan han plockade upp en mindre mörkgrå väska ur den svarta sportbagen han hade hängande bak över ryggen. Plockade upp kontanter och identitets-handlingar och lade dem framför sig på disken medan han med de halvsneda ögonen uppgav deras namn.

"You don´t need our social security-numbers if we pay in cash." sade han som ett konstaterande.

"No that´s ok, I just need your names and phonenumbers."

Mannen med det ärrade ansiktet förde fram identitets-handlingarna, och Kaan skrev av namnen. Tobar Grosu och

Petru Dalca. Han visste inte hur man lade in betalning så han var tacksam över att han slapp det där med kortbetalning. Oroade sig dock för att han inte hade rätt växel i lådan.

"Phonenumber we skip too." viskade Tobar.

Kaan höll sig kall. Nickade. "1199 crowns, and breakfast is included." sa han och sträckte fram en mindre broschyr över hotellets faciliteter.

Han som kunde engelska, Tobar, översatte siffrorna åt den andre, Petru, vilken fuktade pekfingret och bläddrade fram två femhundralappar och två hundralappar. Förde fram dem.

"You keep the change." blinkade Tobar och skrattade lätt. "Okey Kaan Prao. Nice doing business with you brother. We will see you soon."

De försvann ut genom dörren innan Kaan hann avsluta: "Thank you but no I won't be here then..." Dörren slog igen hårt och Kaan ryckte till när han var i färd med att lägga ner sedlarna i översta lådan.

"I'm just a prao." mumlade han för sig själv. Rolf fick föra in finanserna när han dök upp. Kaan skrev kvickt ner de båda männens namn på en lös lapp. Tobar Grosu och Petru Dalca. Stoppade ner den i fickan. Satte sig ner på tronen. Älgstolen. Skogens konung. Queen Carla inhyste en död King Elk. Snabba flyktiga tankar passerade Kaans medvetande. En drottning stod aldrig ensam. I sig hade hon sin konung. Om han så var död, så fanns essensen av honom kvar. I hennes center. I hennes öga mot omvärlden. Nu satt han i ögat. Han hade sett dem som han sett i sitt inre. Han var ögat, och han var nu kanske död för henne. För Luna. En död kung som kunde se var kanske bättre än en levande kung som var blind. But it didn´t make any sense. Det var mest kaos i hjärnan. Adrenalinet som ju minst sagt till stor del var känslostyrt måste ha tvingats tillbaka av tankens kraft tidigare. Det där förnuftet. Bullats upp, samlats som i en fördämning. För nu rämnade allt. Tankens kraft krackelerade och han darrade massor när han tog upp mobilen och letade upp männen på Facebook. Tobar Grosu och Petru Dalca.

Det tog ett tag men han hittade dem. Privata konton såklart. Men några få bilder fanns, och av dem framgick det att de hade barn. De var familjefäder. På en bild sågs en liten pojke hänga Tobar runt halsen samtidigt som han skulle till att blåsa ut tre ljus på en födelsedagstårta.

På lunchrasten cyklade Kaan hem. Han visste att ingen var hemma och han behövde vara helt ifred när han skulle skriva till Luna. Det måste bli bra.

Under tiden han cyklat hade ett meddelande dumpit ner. Han hade inte hört plinget som inte lyckats överrösta vinden. Ett meddelande från Gabriel lyste på skärmen och Kaan kunde inget annat än att gapa av förväntan, men också av rädsla. För det okända.

Hej Kaan. Jag har väntat på att du skulle kalla. Och ja, jag är också adopterad. Det är igång nu min vän. Jag kommer ner till dig den 27:e oktober. Det finns en del saker du behöver ta del av. Och det mellan fyra ögon.

"Nej." sa Kaan högt för sig själv, precis instigen i hallen. "Ingenting är igång." Han gick in i köket. Dukade fram vaniljkvarg och nötter. Åt under tystnad. Stirrandes på påsen som innehöll en zombiedräkt.

"Det som är igång är att det finns en annan lösning än att döda." övertygade han sig själv och tog upp mobilen. Skrev ett hackigt meddelande till Luna. Att männen från hans dröm dykt upp på hotellet. Att de bokat in sig natten till att Halloween-paraden skulle äga rum. Att Benjamins zombiedräkt låg framför honom på bordet. Och slutligen att Gabriel hört av sig. Att hon haft rätt. Han var adopterad. Att han skrivit att det var igång och att han skulle komma ner den 27:e oktober. Och att han hade mycket att berätta. Förmodligen att det fanns andra vägar att gå. Han var klok som en uggla. Hade alltid varit. Han hade säkert en mycket bättre lösning än att avliva folk. Hon skulle få se. Gabriel skulle säkert ha en annan lösning. Något som varken Luna eller Kaan hade kunnat föreställa sig. Med ens kände han sig lugnare i den frågan. Men oroligare i frågan när det gällde det romantiska. Luna skulle säkert dras like a moth to a flame när det kom till Gabriels utstrålning.

Men men... han kunde offra sig.

Gabriel kunde få henne.

Bara han slapp att döda så...

Precis innan han skulle till att trycka på SEND, stoppade han sig, gick upp i texten och raderade bort allt han skrivit om männen på hotellet.

Lugn men med en svart tyngd i hela sitt torso satte sig Kaan vid keyboarden. Skruvade ner på lägsta... började nynna:

"So I heard you found somebody else…"

Credits: The 1975: Somebody else

Sen återvände han till Queen Carla.

34. LUNA

24 oktober 2017

Luna satt med sin halvt färdigskrivna artikel framför sig. Hade skrapat ihop fakta om plötsligt hjärtstopp och som grädde på moset skulle hon snart ringa upp Olof Stregenfyr, som av en händelse var Kaans adoptivpappa, och forskaren som gick i fören för intensivprojektet som Nordiska hjärtforskningsinstitutet startat då antalet fall av plötsligt hjärtstopp ökat dramatiskt i Sverige sedan januari. Hon skulle ställa ett par frågor om den senaste tidens avvikelser. Chefredaktören på Hejmstads-Kuriren hade tyckt det låtit som en utmärkt idé. I fyra dagar hade hon nu jobbat med det och under de sista dagarna som återstod av praktikperioden skulle hon kunna pussla ihop en duglig artikel. Väva ihop den vackert. Den skulle publiceras vecka 45 hade han lovat, chefredaktören. Hon bestämde sig för att ögna igenom sitt utkast en extra gång innan det var dags att ringa upp Olof.

Plötsligt hjärtstopp

Varje år drabbas cirka 10 000 personer i Sverige av hjärtstopp. Av dessa påbörjas behandling på 5 000 och drygt 500 överlever. Siffrorna har legat på ett stabilt snitt de senaste åren, men i januari i år uppmärksammades avvikelser. Nya mätningar har visat att allt sedan årets första månad har antalet avlidna på grund av plötsligt hjärtstopp utan förvarning ökat markant. Nordiska hjärtforsknings-institutet har startat ett intensivprojekt för att hitta orsaken till det kraftiga uppsvinget.

Vad är plötsligt hjärtstopp?

Vid plötsligt hjärtstopp drabbas hjärtat av ett elektriskt kaos som medför att hjärtmuskeln börjar flimra. Hjärtats normala rytm övergår i ett så kallat kammarflimmer eller ventrikelflimmer och pumpförmågan upphör omedelbart att fungera. Hjärtat slutar alltså oväntat att pumpa blod och syretillförseln till kroppens organ upphör. Den drabbade förlorar medvetandet och ett obehandlat hjärtstopp kan leda till döden inom några minuter. Chansen att överleva minskar med hela tio procent för varje minut som går.

Vilka är symtomen bakom plötsligt hjärtstopp?

Många gånger saknas varningstecken. Hjärtstoppet kan komma som en blixt ifrån en klar himmel.

I flera fall är en känd kranskärlssjukdom den bakomliggande orsaken och då har det som regel förekommit en del symtom före hjärtstoppet.

Forskningen visar också att plötsligt hjärtstopp är ärftligt. Ungefär en av 500 svenskar bär på den genetiska mutation som orsakar fenomenet.

Ibland kan den som drabbas ha förkänningar. Dessa kan bestå av ett tryck över bröstkorgen, smärta eller andra symptom precis innan hon eller han faller ihop, men ofta sker det plötsliga hjärtstoppet helt utan förvarning och den drabbade faller bara ihop.

Fenomenet hjärtstopp är komplext. Det handlar inte om en enda bakomliggande hjärtsjukdom och det går inte att ringa in enstaka riskgrupper. Hälften av dem som drabbas är till synes helt friska aktiva människor som inte har några tidigare symptom. Majoriteten är medelålders eller äldre, men även unga samt fysiskt aktiva och vältränade elitidrottare kan drabbas.

Den vanligaste orsaken till plötsligt hjärtstopp är hjärtinfarkt. Men plötsligt hjärtstopp och hjärtinfarkt är två olika tillstånd. Plötsligt hjärtstopp innebär att hjärtats normala rytm övergår i kammarflimmer. Vid hjärtinfarkt drabbas en del av hjärtmuskeln av akut syrebrist. Hjärtinfarkt ligger alltså oftast bakom plötsligt hjärtstopp, men det finns också en rad andra hjärt-kärlsjukdomar som ökar risken för att få hjärtstopp.

Om personen haft symptom så handlar det ofta om samma typ av symptom som vid akut hjärtinfarkt, det vill säga tryck eller smärta över bröstet i varierande grad, från smärtfritt till tryck motsvarande "en elefant" över bröstet. Andra symptom kan vara mer diffusa såsom illamående, buksmärta, strålande smärta mot armar eller nacke, andnöd eller allmän olustkänsla. Kort sagt symptom som kan vara svåra att tyda.

En del drabbade har haft symptom som andnöd, bröstsmärta, yrsel, svimning eller trötthet under kortare eller längre tid innan hjärtstoppet inträffat.

Vem drabbas av hjärtstopp?

Den vanligaste orsaken till plötsligt hjärtstopp hos vuxna är kranskärlssjukdomar och andra mer strukturella sjukdomar i hjärtat. Hos unga är det vanligtvis medfödda hjärtsjukdomar. Detta är dock mycket ovanligt. Det kan också handla om förvärvade hjärtsjukdomar som myokardit (hjärtmuskel-inflammation). I Sverige rekommenderar man alla som idrottar och motionerar att inte träna med feber, förkylning eller någon annan infektion i kroppen eftersom det kan leda till myokardit, vilket är en vanlig orsak till hjärtstopp hos yngre.

Majoriteten av de som drabbas av plötsligt hjärtstopp har en akut hjärtinfarkt som orsak till sitt hjärtstopp. Varför vissa hjärtinfarkt-insjuknande får hjärtstopp och andra inte är fortfarande oklart. Plötsligt hjärtstopp kan också inträffa vid drunkning, förgiftning, överdoser av droger eller läkemedel, kraftiga astma-anfall, kraftiga elektriska strömstötar eller andningsstopp.

Hos de vuxna är den vanligaste orsaken kranskärls-sjukdom, men hjärtstoppet kan dessvärre vara såväl första som sista symptomet. Oftast kommer ett plötsligt hjärtstopp som ”en blixt ifrån en klar himmel”. Personen har i allmänhet inte haft några besvär eller symptom – eller så har eventuella symptom inte tolkats på rätt sätt. Det är en stor utmaning att hitta personer som löper denna risk innan detta sker. Den senaste tidens kraftigt ökade antal avlidna till synes som träffade av en blixt ifrån en klar himmel har tvingat fram akut forskning kring vad denna stegring kan bero på. Olof Stregenfyr som leder projektet på Nordiska hjärtforsknings-institutet har ställt upp på en intervju.

Av förklarliga skäl var hon i högsta grad intresserad. Bland annat för att hon ville veta om det gjort ont. Om de lidit. Hon hade läst orden "kraftiga elektriska strömstötar" säkert hundra gånger. Försökt föreställa sig hur det kändes. Blev man paralyserad? Hade man oerhörda smärtor trots att man var stilla? Såsom man hört om vissa, ett fåtal tack och lov, som när de legat nedsövda på operationsbordet känt när kirurgen skurit upp dem... för att smärtlindringen och nedsövningen av någon anledning inte funkat. Luna grimaserade. Men varken gubbarna, Neema eller djuren hade tyckts lida i alla fall. De hade liksom bara släckts. Men hon visste ju inte. Olof skulle kanske kunna svara på det. Och på frågorna om vad han trodde låg bakom det ökade antalet.

Kanske kunde hon be honom hälsa till Kaan också. Han hade blivit mer kort i orden, mer formell, sedan han skickat det där meddelandet om Gabriels bekräftelse på att han var adopterad. Sedan hon svarat att hon var så himla exalterad över att hon snart skulle få träffa denna Gabriel. Att hon kände på sig att han hade nåt viktigt att avslöja. Att hon lagt till nyckel-emojis, pusselbitar och hjärtan efter den meningen. Att hon återigen pekat på Kaans mission. Att han måste fatta att han måste ha ihjäl de två svartklädda männen. Och rädda barnen... "Rädda spökena" såsom Neema förmedlat. Att han måste inse. Att hon anklagat honom för att vara en fegis när han erbjudit sig att rita av männen så att hon kunde ha ihjäl dem istället. Hon som var *born to kill.* Till svar hade hon skrivit att hon längtade efter Gabriel. Att hon önskade av hela sitt hjärta att han var som henne. Att han skulle förstå henne. För det gjorde inte Kaan. Kanske hade hon varit för hård? Kanske skulle en hälsning via

Olof mjuka upp Kaan igen? Klockan hade blivit två och hon greppade luren.

Efter att de inlett med lite allmänt prat om hur det kändes att praoa och om Lunas journalistikdrömmar, efter Olofs hejarop och peppande om att hon verkade som klippt och skuren för den rollen med tanke på både hennes glöd och även påbrå hemifrån, började så Luna beta av sina frågor hon förberett.

"Hur fick ni reda på det så plötsligt? Brukar det inte ta ett tag innan siffror sammanställts och politikerna vaknar så att säga?" frågade Luna.

"Ja, det kan tyckas anmärkningsvärt men det är på det viset att det framkom ganska så omedelbart i och med att i flera av fallen av plötsligt hjärtstopp så blev polisväsendet inkopplat. Det var den vägen..." Han tystnade.

"Hur kan det komma sig? Att polisen kopplades in? Fanns det misstanke om brott?"

"Mmm, nja. Jag kan tyvärr inte kommentera just den biten."

Luna begrep. Alla artiklarna på Paulas skrivbord. Kopplingarna mellan de av hjärtstopp avlidna. De som hittats i anslutning till, eller med koppling till vapen, vare sig de legat i väskor eller i bilar.

"Jag har läst i flera artiklar i olika tidningar om män som hittats döda, plötsligt avlidna, och där dödsorsaken senare visat sig vara plötsligt hjärtstopp... och i flera av fallen har det hittats vapen i anslutning till männen. Vet du något om det?"

"He, he... du har talang Luna, det må jag säga. Du kommer att bli en skarp journalist. Men jag ber dig att inte ha med något kring detta i din artikel. För din egen skull. Det är... eehm... jag avråder det. Vi får hålla oss till just forskningen kring den markanta ökningen. Okej?"

"Men..." Hon visste att det inte skulle gå så lätt. Paula hade varnat henne. Som journalist fick man vara listig. Försöka lura fram svaren. Sanningen. Men ibland körde man som huvudet i väggen. Men hon var nöjd ändå. Hade fått tillräckligt med kött på benen vad gällde sina egna misstankar så hon styrde in intervjun på mer medicinska frågor.

"Okej, jag ber om ursäkt. Jag blev bara så nyfiken."

"Det är ingen fara min vän. Allt gott."

"Finns det någonting som skiljer sig ifrån tidigare siffror? Mer än just siffrorna? Fysiologiskt menar jag."

"Ja, vi har kunnat påvisa en annorlunda form av vävnadsskada i hjärtmuskulaturen än i så kallade vanliga fall. Det syns en annan åverkan. Ett helt nytt fenomen. Som om hjärtat fått en kraftig stöt. Vi kan ha att göra med en ny form av genmutation.

Men det kan också vara något de avlidna förtärt. Eller en kombination av många faktorer. Vi genomför en enorm utredningsinsats för att finna samband mellan de här fallen."

"Så ni fokuserar på de avvikande fallen och inte bara i allmänhet på att fallen av plötsligt hjärtstopp har ökat?"

"Vi måste naturligtvis undersöka varenda unikt fall för att jämföra hur hjärtvävnaden tagit skada, men som sagt, det är i främsta rummet den här nya formen av avvikelse vi forskar i."

"Där koppling till vapen finns?" Hon kunde inte låta bli.

"Haha... jo du kommer att gå långt." skrockade han. "Men där kan jag tyvärr inte uttala mig."

"Är det bara i Sverige det ökat?"

"Nej, vi är bara en liten droppe i oceanen. Vi var bland de första att uppmärksamma avvikelsen, men nu ser vi fall över hela världen."

"Fall där polis varit inkopplad?"

"Det kan jag som sagt tyvärr inte kommentera." lät det matt i andra änden. "Vi fokuserar framför allt som sagt på det fysiologiska. Vi tittar på gener, miljö, eventuella genmutationer."

"Känner de smärta? Vet man det?"

"I många fall ja, där hjärtstoppet ger varningssignaler. Men i de fall som just vi utreder tycks döden ha varit ögonblicklig. Som om en stark elektrisk impuls slagit ut dem. Jag skulle förmoda att de inte har känt ett dyft."

Det kändes lite bättre... Luna tackade för samtalet, och precis innan hon avslutade skickade hon en hälsning till Kaan. Tryckte av telefonen. Tittade sig omkring. Det var lugnt på redaktionen. Alla satt med sitt. Petade ner det sista innan kafferasten klockan tre.

Luna lät huvudet falla fram, vilade pannan mot sina handflator. Slöt sina ögon. Såg dem framför sig. Roy på garagegolvet. Peder på mattan. Gubben i skogen, stirrande upp i himlen. Neema, ihopsäckad fram över bordet. Musen i buren. Gråsuggan i handflatan. De hade inte känt nåt i alla fall. Stora tårar trängde förbi hennes fransar. Slog ner i skrivbordsunderlägget.

35. KAAN

27 oktober 2017... tre dagar senare

Sista dagen på praktiken. Skulle bli ganska skönt när det var över. Att jobba på hotell var inget för honom. Han var mer av en akademiker. Eller musiker. Eller poet. En slags konstnärs-själ. "Hmmm... måste man placeras i fack?" funderade han. Man kunde väl få vara lite multidimensionell.

Han var trött. Hade sovit dåligt av två anledningar. För det första så var anspänningen inför Gabriels ankomst på både gott och ont. Det skulle bli härligt att få träffa honom igen. Han hade alltid haft en sådan fin inverkan på Kaan. Hans energi var mjuk, behaglig, man kände sig aldrig dömd. Alltid sedd och uppskattad. Men det andra. Rädslan för vad han eventuellt hade att avslöja hade fått Kaan att ligga som på nålar. Och för att inte tala om det uppenbara. Idag skulle han förlora Luna. Inte för att de två hade någonting ihop eller så. Det var redan tossed and away liksom. Men när hon snart skulle få komma att träffa Gabriel. Då skulle Kaan framstå som en grå loser i jämförelse. Nothing more, nothing less.

Hans mungipor hängde. Säkert var han hur ful som helst. Grå. Som en zombie. Zombie. Det var den andra anledningen till att han sovit dåligt. Han hade drömt igen. Och inatt hade han skymtat att zombien i hans dröm... att hans skräckslagna ansikte, innan det slitits av, tittat emot Kaan... och Kaan hade sett ett vitt parti i det svarta håret alldeles invid den högra tinningen.

"Ska du inte ha en kopp kaffe ändå?" frågade Rolf. "Du ser ju ut som en walking dead." Han bubblade upp ett försiktigt skratt, som om han såg att någonting i sanning bekymrade Kaan, men att han ändå gärna ville lätta upp stämningen. Kaan var inte så speciellt förtjust i kaffe, men han behövde koffeinet.

"Okej, ge mig en dubbel espresso."

Rolf lyste upp och tumlade in i restaurangen. "Coming up, bro."

"Bro..." Mmhmm, på måndag skulle de komma. Tobar och Petru. Som kallat Kaan "bro". Snabbt kollade han en sista gång så att bokningen låg kvar. Det gjorde den. Han klippte bort skärmen precis när Rolf kom in med kaffet, i sällskap av Desirée från köket och Celine från städet. Desirée höll en bricka med Halloween-bakelser i händerna. Kaan gissade att han skulle bli avfirad.

Klockan var kvart över sex. Kaan och Luna stod utanför Pizzeria Continent. Gabriel skulle anlända med tåget klockan halv sju. Egentligen ville Kaan träffa honom själv. Bara de två.

De hade så mycket att prata om. Sådant som Luna inte skulle vara så direkt intresserad av. Men han hade inte kunnat förmå henne att vänta till dagen efter. Hon hade propsat på delux. Han hade nämnt för Gabriel vem Luna var, hennes förmågor, vad hon gjort, drömt och så vidare. Gabriel hade velat ha henne med där redan första kvällen hade han sagt. Hon fick inte lämnas åt sidan. Nu sedan det var igång. *Igång.* Den kommentaren hade satt fyr på Luna. Och hon hade glittrat och gnistrat som en fasettslipad diamant i ett norrsken. Grön-skimrande likt ärkeängeln Rafael. Som en Norrlands skatt. Som ett hav av smaragder upplysta av tusen strålande solar. Kaan tittade sorgset på hennes vackra, perfekta ansikte. I profil. De ljusa änglalika lockarna, månskenslockarna. De hängde fram över axeln. Hon höll ögonen fixerade mot slutet av gatan. Hennes puderrosa rouge på den lena kinden. Han hade aldrig fått smeka den. Inte heller hade han fått känna hennes läppar mot sina. Läpparna som hon nu bet ihop och drog tungan emellan för att fukta. Han skulle aldrig få. För två månader sedan hade allt sett annorlunda ut. Då när de suttit på BK och pratat. Hänförts av hur lika de var. Udda men lika. Som inga andra. Som om de var tvillingsjälar. Som äntligen hittat varandra efter eoner av tid isär. Han drog en djup suck vid minnet. Sedan hade allting gått utför. Och nu skulle Gabriel komma och likt en magnet suga henne till sig. Han funkade så. Utan att veta om det själv. Och det var inte direkt så att Luna visat noll intresse heller.

Nu stod hon här.

En liten stund till... vid hans sida.

Snart skulle hon vara borta.

"Där är han!" Hon vände sig mot Kaan, samtidigt som hon pekade. "Är det han?" Hennes ögon sprakade i det där elektriska blå igen. Hon log. Så äkta, så nyfiket. Det var Gabriel. Det syntes lång väg. Luften blev annan. Kristallklar.

När de i kölvattnet av det i skräckblandad förtjusning känslosamma återseendet och nyseendet, tagit plats vid bordet längst ut mot fönstret, det mest avskilda, och kyparen tagit beställning, Kaan återigen erbjudit Gabriel att bo hemma hos honom, Gabriel artigt tackat nej eftersom han hade ett oerhört stort behov av att dra sig undan, återhämta sig, något Kaan förstod till hundra procent, var det dags att komma till ämnet.

"När fick du reda på att du är adopterad?" Luna tittade försynt på Gabriel. Dock även hänfört. Kaan både förstod och förfasades.

"Joo, det var som så att jaa... först förstod jag ju ingenting." sa han på sin mjuka norrländska. "Jag är ju lik mina föräldrar... Anneli är blond. Vi har liknande drag mä. Och pappa han... han må va snäppet kortare, men han och jag, vi har samma sinne för dans vi..." log Gabriel. Spände till sin svans. Samma frisyr som Kaan. Men Gabriel var blond. Hade ett nyvaket skäggstubb, som gjorde att han såg äldre ut. Mörka ögonbryn, som framhävde de mörkblå ögonen. De hade en mörk ring ytterst. Blev ljusare ju mer inåt mitten man kom. Till pupillen. Det svarta hålet. Där Luna sögs in.

"… och de hade inget berättat... men så när jag fyllde 13, och ja ni vet... började höra andras tankar, det var då..." Han tittade dem i ögonen och det speglades väl en hel del information där, då, dem emellan... han behövde inget mer säga om just den biten… så han fortsatte. Berättade behärskat att han hittats helt oskadd en bit ifrån ett bilvrak en januarinatt 1999. Under ett knastrande norrsken. Bilen med dess två passagerare, hans förmodade föräldrar, hade exploderat efter singelolyckan. Brunnit till aska. Det fanns ingen möjlighet att identifiera. Han hade senare blivit adopterad av Ken och Anneli Norlund, vilka inte velat berätta för Gabriel att han inte var deras biologiska son… och om hur allt låg till. Historiken kring det hela var så pass tragisk att de helt enkelt velat skydda honom.

"Hur vart det med era födelsedagar?" Han gjorde apostrof-tecken i luften vid ordet födelsedagar. Just som Kaan skulle gestikulera artigt åt Luna att hon kunde få börja kom kyparen in med pizzorna. Veganska till Gabriel och Luna. Kebabpizza extra allt till Kaan. Han fick skylla sig själv tänkte han, och tittade på de traumafyllda små köttbitarna på sin pizza. Så hade Luna föreläst för honom ett antal gånger. Men han behövde ju sitt protein. "*Protein...*" hade Luna sagt... "*...se på de största djuren på jordens yta. De starkaste. Elefant, gorilla, noshörning. Inte fan är de köttätare. Har hur mycket muskler som helst.*" Man smittades av energierna i köttet hade hon sagt. Inte konstigt att han var en rädd fegis, undflyende ett öde han inte ville se i vitögat. Han tittade på Gabriel. Sen på Luna. Även detta hade de gemensamt.

Luna tog till orda och berättade om sitt hittande bakom Unifrost-fabriken. Gabriel lyssnade uppmärksamt. Nickade. Kaan berättade om jordbävningen. Barnhemmet. Allt. Men det var inga nyheter för Gabriel. Detta hade Kaan vetat redan då när de hängt ihop. Det var bara det att han också ville vara med. Inte lämnas utanför. Han fortsatte. Berättade att även Benjamin var ett hittebarn. Gabriel log. Kaan berättade om sina drömmar. Gabriel antog ett mer ansträngt uttryck.

"Mmmm." lät det från Gabriel. "Det är igång."

"Jag har också..." Lunas entusiastiska första tre ord av en konstig mening ebbade ut i tystnad. Hon såg mer nedstämd ut. Tittade kort på Kaan och riktade sen åter blicken in i Gabriels. Berättade om sitt. Sina bravader. Köpenhamnsdådets misslyckande, Neema, musen, gråsuggan, gubben i skogen, Peders överfall, Andrejs äckleri. Roy som hon trodde sig ha haft ihjäl i garaget. Då när hon hade frågat honom om vem Belinda var. Belinda med de vassa klackarna och hästpiskan. Då när han fått panik och tagit tag om hennes armar. Hårt. Och segnat ihop.

Gabriel tittade medvetet på Luna. "Du är ju inne i gamet." sade han. "Dock hade du inte ihjäl Roy. Du var bara 13 år då och man blir inte aktiverad för dödande... så kallat... förrän på sin 18-årsdag." Hans klarblå blick fick ett alltmer allvarligt skimmer. Medlidsamt. Hon hade trots allt blivit överfallen, nära på våldtagen av tre av männen, och han ursäktade sina ordval. *Inne i gamet.* Han menade vidare att det inte alls var märkligt att hon blivit så pass utsatt av "icke-terrorister". Att just hon, som stark kvinna, med sitt mission, sågs som ett farligt hot. De mörka entiteterna ville till varje pris knäcka henne. Att de i de här männen tagit över deras förnuft all of a sudden och fått dem att agera mot Luna. Velat förgöra henne. Att en ung kvinna blivit anfallen tre gånger på så kort tid skulle väl kunna anses statistiskt anmärkningsvärt. För en vanlig Svensson. Men som det var, Gabriel veterligen, så var det bara ett tydligt tecken på att hon sågs som ett högst kraftfullt hot mot de mörka entiteterna som till varje pris ville stoppa henne. Bryta ner henne.

"But what doesn´t kill you makes you stronger." triumferade han.

"Tja... det ligger mycket sanning i det... antar jag." sade Luna och tittade tacksamt på Gabriel. Som om han givit henne en pusselbit som fattats. Och att hon nu äntligen begrep varför just hon anfallits så många gånger. Han kunde tydligen ge henne svar på allt hon undrat över. Han såg henne. På ett sett som Kaan nu förstod att han inte kunnat. Han var bara a big failure helt enkelt. Köttätande fegt känslopsykfall med ett blint, totalt igen-kloggat tredje öga. Noll intuition. Noll allseende. Kaan visste ingenting om allt det där som Gabriel satt och sjöng ut. Om människans ego, den universella smärtkroppen, om hur kvinnors PMS hörde ihop med den kollektiva kvinnliga smärtkroppen som hängde i sedan långt tillbaka i samband med häxförföljelserna, kvinnoförtryck... allt skit kvinnor fått utstå genom historien helt enkelt.

"Såå... eehm... vad har du varit med om?" frågade Luna. "Har du så att säga tagit bort nån...?"

"Flera styckna ja." sa han allvarligt. "Sen i januari, då jag hade min 18:e födelsedag. Sen jag började drömma så att säga. Jag missade min första jag med, precis som du. Men jag förstod... och i mars tog jag bort den första... sen har det som bara rullat på." Han gjorde en bitter grimas.

Kaan kände sig som femte hjulet. Inombords virrade han bara på huvudet, och sprang ifrån bordet. Hem. Hem till vanligheten.

"Vad är det som är igång?" sade han så. Hastigt. "Varför skrev du att du väntat på att jag skulle kalla?" Kaan slog ut med armarna. Försökte dölja sin känsla av att vara irriterad. Att han egentligen endast ville vräka ur sig att de bara satt och pratade en massa nonsens. Han ville skruva tillbaka tiden. Ändra manuskriptet över framtiden. Styra in på en annan tidslinje där detta inte kom att äga rum. Där han var en vanlig adoptivunge. Utan några jävla förmågor.

"Kaan, jag förstår hur du känner inför allt detta. Och det är okej... det vill jag att du ska veta." sade Gabriel och började förklara. Att han kommit för att övertala Kaan om varför han måste förhindra attentatet han drömt om. Om varför bara han, Kaan, var den som kunde stoppa det. Om varför det inte gick att koppla in polisväsendet. Han var kommen för att vägleda Kaan, vägleda honom till att ta bort terroristerna han sett i drömmen... och även förtydliga att Kaans försök till andra lösningar inte skulle komma att fungera i längden. Terroristerna skulle komma att utföra annat grymt om de inte togs bort.

Kaan skakade på huvudet. "Nej, du har fel..." Han tittade misstroget på först Gabriel, sen Luna. "…alla kan väl ändra sig…."

Gabriel bara log samlat. "Det handlar inte om att ändra sig här. Inte i dessa fallen vi drömmer om… Och Kaan, vi är inte som alla andra..."

"Nähä...? Men förklara gärna då... sluta prata i gåtor... hurdana är vi då?"

"Det tänkte jag att vi tar imorgon… men vad jag kan berätta nu innan vi skiljs åt för ikväll, är att vi inte dödar. Vi sänder hem dem. Frigör dem ifrån entiteterna... som med de här personerna som marionetter, värdar, skulle ha utfört fruktansvärda handlingar här på jorden och spridit förödande mycket skräck och rädsla." Han formade en bitter linje med sina läppar. Fortsatte.

"Rädsla är motsatsen till kärlek. Och kärlek, det är det vi är, det är det vi är gjorda av, och det är det vi, eller människorna, ska inse att de är. De är kärlek. De är ljus. De är kraftfulla bortom deras medvetande-begränsning. Det är liksom hela meningen med livet. Att leva i vår fulla kraft. De mörka entiteterna är endast ute efter att motverka uppvaknandet. Mänsklighetens upphöjning i medvetande. I frekvens. De vill hålla mänskligheten förslavade, blinda. Och rädsla håller dem nere."

"Jo men varför döda de här marionetterna som du kallar dem för då? De kan ju vara någons barn eller förälder? Ska vi inte alla få en chans att bättra oss?" morrade Kaan. "Är ni FÖR döds-straff eller?" Pulsen bultade i tinningarna.

"Detta är inget straff. Vi blev kallade. Jorden gjorde ett 911 emergency call... efter oss ... vi är starseeds, stjärnfrön... med förmågor. Det brukar sköta sig självt. Att allt bidrar till att höja det kollektiva medvetandet, men nu krävdes ett ingripande... men egentligen kan man inte se det som ett ingripande... Kanske det var meningen så här. Hela tiden. Ändå. Om livet är en film... så är även detta med i manuskriptet. Så att säga. No need to overthink. Flow with this." Gabriel spände sina kristallklara ögon in i Kaans. Bestämt men mjukt.

"Vi är beskyddare... inte bestraffare." Han lutade sig bakåt. Tittade endast Luna i ögonen när han fortsatte. Som för att trösta.

"De här mörka entiteterna är highly infectious. Sätts terroristerna i fängelse kommer de att hoppa över till andra. Entiteterna måste tillbaka till the source... källan... universums vita ljus… och neutraliseras. De följer med sina bärare... och i fängelset skulle de sakteliga lösgöra sig, ta fäste vid någon annan... kanske en besökare, kanske en fångvaktare... och ja ni förstår. Men vid dödsfall däremot följer de med till source… speciellt vid väldigt ögonblickliga dödsfall. Såsom vid plötsligt hjärtstopp. Då har de ingen chans att lösgöra sig."

"Mörka entiteter? Vad är det?" Kaan grimaserade spydigt.

"Ett väsen, ett varande. Ett sorts program, ett virus som har för avsikt att förstöra."

"What?" sa Kaan men blev överröstad av Luna som tycktes förstå förklaringen och frågade Gabriel om han träffat någon gelike.

Han nickade hemlighetsfullt och sade att även det skulle klarna så småningom.

"Har det framgått i dina drömmar var terroristerna som planerar massakern på Halloween-paraden håller till? Så att du vet var du ska ta ut dem....?" frågade Gabriel.

Kaan tänkte inte ljuga. Han hade inte drömt annat än att de befann sig i ett rum med säng och en spegel. Att de skulle nå barnen via en sidogata till gränden. Vilken gränd det handlade om var han ännu inte på det klara med. Men det han visste var att terroristerna skulle bo på hotell Queen Carla innan deras planerade dåd. Kaan visste rummet. Han visste tiden de skulle checka ut. Men Gabriels fråga rörde ju drömmen.

"Nej... tyvärr... inte än... eller tja... hursomhelst... åter igen... entiteter eller whatsoever... så är de här männen förmodligen familjefäder och jag är fortfarande bombsäker på att det finns en annan väg. Ni ska få se."

Gabriel bara nickade varsamt och frågade var de kunde ses imorgon. Han var trött sade han. Och behövde dessutom checka in på hotell Svea innan klockan nio. Luna sms:ade Paula efter skjuts och passade under tiden på att föreslå att de skulle ses hemma hos henne imorgon klockan tre. Paula skulle inte vara hemma. Hon framförde det ivrigt och himlastormande entusiastiskt, vilket till en viss grad irriterade Kaan men samtidigt gladde honom då han tyckte att det var en bra idé. Det skulle vara högst intressant att höra vad Gabriel hade att säga angående bilderna och urklippen på alla de missing-gone-vanished-people och allt annat strunt.

Hela vägen hem till Fridens väg rådde det storm inom Kaan. Han hade tackat nej till att få skjuts av Paula. Avvisat Lunas inbjudan. Var det av kärlek hon frågat? Eller hade hon bara varit artig? Han hade sagt att han behövde en nypa frisk luft. Att han hellre tog en promenad. Som en taggig kaktus-eremit. Suck. Och hur hade han kunnat vara så missunnsam och rent utav otrevlig mot Gabriel? Gabriel som bara nickat kärleksfullt och förlåtande. Som vanligt icke-dömande. Icke-reaktiv. Även det höjde honom. Inte nog med att han var övermänskligt vacker, klok… allt... klart Luna var lost in love with honom redan. Kaan hade inte en chans. Han som till och med hade sjunkit så lågt att han hade föreslagit för Luna att han kunde måla av terroristerna ifrån sin dröm så att hon kunde ha ihjäl dem istället för honom. Vad för slags man var man då egentligen? Han slog sig för pannan och röt innanför hårt sammanpressade läppar innan han steg in i hallen.

Benjamin var fortfarande uppe. Ilade runt i sin zombie-dräkt. "Du vet om att det är helt ute att vara zombie va?" sa Kaan skarpt. "Helt jävla ute." Han rusade uppför trapporna.

"Kaan? Vad är det med dig?" hojtade Samantha.

Han puttade igen dörren helt. Lika bra. Allt var stängt. Precis som på barnhemstiden. Ingen ville ha honom. Inte konstigt. Hela han var för fan stängd. Hela han. Avvisande, close-minded. Hans hjärta var förmodligen stängt det med. Se på Gabriel. Helt öppen. Öppenhjärtad, openminded… förlåtande... bara utstrålade acceptans och unconditional love. Inte konstigt att Luna drogs till honom. Go ahead. Han hade ingen annan att skylla än sig själv.

Han stod kvar, lutad mot dörren, tog fram mobilen... bilden av Luna... minnena då hon svept förbi på cykel... minnena från BK... skratten, blickarna, doften, hur stark hon var... hur misslyckad han var... svag, vek. Han tittade bort mot fotot av Gabriel. Kanske var det ödet... att de två skulle hitta varandra. Gabriel och Luna... genom Kaan. Äktenskapsförmedlaren Kaan. Stora tårar, klara som bergskristall, rann längs med hans kinder. Han måste ta sig samman. Måste vara en slags man trots allt. Han lade undan luren, lyfte sin haka högt och torkade bort sina tårar. Gick fram till skrivbordet och satte sig tveksamt. Med darrande hand skrev han en ny dikt i sin bok.

I love you… more than life…
more than me… with all my pride…
my only wish is you to be happy…
even so I know it means…
there will not be a me by your side…

Stängde den. Såsom man stänger en dörr till ett barnhem.

36. LUNA

28 oktober 2017

Klockan var fem i tre och Luna var på topp. Visst... hon hade sovit lite sådär, haft mycket som spunnit runt inne i sitt inre universum. All bekräftelse hon fått av Gabriel. Hon blev sedd av honom. På ett helt annat sätt än hon blev sedd av Kaan. Och hon som inget hellre ville än att bli sedd av Kaan. Och trodd på. Dock visste hon att han inte såg. Inte alla bitar. Kanske han aldrig skulle heller grubblade hon under en sekunds missmod, men så med ens övertygade hon sig själv om att Gabriel idag skulle komma med fler intressanta, chocking, wallbreaking news som skulle få Kaan att vakna. Därav toppkänslan.

En vacker ton ljöd ifrån dörrklockan. Luna bubblade fram. Kastade ett snabbt ögonkast genom titthålet. Det var han. Ängeln från norr. Hans hår var ljust som på en Plejad. Fångat i en svans i nacken. Hans ögon, som när hon mött dem för första gången igår, fått det att knåda om i hennes inre. Blicken hade varit så full av kärlek, och samtidigt så lugnande... så betryggande... som att hon var hemma. Men hon ville inte låta sig förledas. Hon visste ju inte så värst mycket om honom än. Mer än att han var sanslöst vacker. Klok. Alltså genomklok. Han verkade veta mer än någon annan hon någonsin sett eller mött. På ett djupt grundläggande sätt. Kanske var han FÖR klok för henne liksom. FÖR trygg. Kaan var möjligtvis blind och hajpad för tillfället av allt detta. Men han var ändå Kaan. Han var Kaan. Hennes hjärta slog ett kort dubbelslag och hon tog det som ett tecken.

Hon öppnade och Gabriels varma utstrålning fyllde hela hallen. Fick Luna att känna sig som inlindad i varm bomull. Han omfamnade henne och tackade för igår.

Så fort han kommit in i hallen och hängt av sig började han strö komplimanger runt sig. Paulas inredningsstil föll honom tydligen i smaken. Han lade märke till detaljer. Strök handen längs med ett fårskinn. Stannade till, slöt ögonen.

"Ja, alltså sorry." skämdes Luna. Det är inte jag som har valt den. Skulle aldrig sponsra sånt. Det är mamma, hon…"

"Det är inget fel..." avbröt Gabriel. "Jag må vara vegan... bland annat för att jag vill göra ett statement mot slaveriet av djur, djurexploateringen. Men att vi ger och tar, om vi tackar djuret... om vi tackar Moder Jord, universum för gåvorna... då transformerar vi det mörka till ljus... jag menar... om vi inte for ut till skogs... jagade älg till exempel... om vi inte höll en slags balans i ekosystemet... vem vet vad för några sjukdomar som skulle ha spridits. Inget lever för sig självt. Av sig själv, på sig själv. Trädet äter inte sina egna äpplen... bäcken dricker inte sitt eget vatten. Om vi föder upp får... behandlar dem kärleksfullt... vi ger dem mat, utevistelse, de betar på marker... naturmarker vi människor inte skulle hinna med att hålla i ordning... om det inte vore för betande djur... får, kor och så vidare." Han log mjukt och insiktsfullt. "Vi är alla ett... vi bidrar alla till att livet går runt. Vi tackar fåret för dess päls. Vi har gett den ett gott liv. Pälsen ger oss värme." Hans ögon blänkte.

"Att äta vilt är en helt annan sak för mig än att äta djur som fötts i fångenskap, och vars livssyfte kommit att bli människoföda. Det är inte jämförbart. Djurindustrin. Köttindustrin. Industri. Du hör." Han virrade sorgset på huvudet. Luna lyssnade. Såg för sin inre syn hela scenariot omvänt. Människor instängda i burar och bås. Smutsiga. Med öronmärkning. Gravida kvinnor som så fort de fött fram sin bebis hamnade i en mjölkpumps-station. Efter att deras skrikande bebis stulits ifrån dem, mammornas desperata hjärtskärande protester till trots. Efter att deras barn som de burit fram i sin kropp släpats bort i ett ben, avlivats med en spik i pannan. Så att mjölken som enligt naturen var ämnad åt dem och ingen annan, istället kunde säljas till någon helt annan självutnämnt högre stående varelse som ville tillfredsställa sina smaklökar med stulet gods. Hon mådde illa. Gabriel fortsatte.

"Sen är det allt det här med energierna. Äter vi djur som fötts upp i plåga, i skräck... i allt annat än deras rätta element, så är det självklart att de mörka energierna följer med köttet och mjölken in i våra system... och det höjer ju inte direkt vår frekvensnivå, vår medvetandenivå... så därför väljer jag att helt och hållet leva som vegan. Well jag skulle kunna äta vilt. Jag skulle kunna tänka mig att tillaga den fisk jag fångat, steka ett ägg ifrån en fin lycklig höna... jaa, du förstår... i rimlighet... i kärlek och tacksamhet... men det har blivit så ändå att jag valt att vara helt ren ifrån animaliska produkter. Har varit det nu i fyra år. Och jag har fått en tydligare kontakt med mitt högre jag. En slags klarhet. Jag och min intuition har blivit ett. Men vem vet? En dag kanske jag blir sugen på en räkmacka och då tar jag mig en. Jag är jag. Jag är fri. Men följer mitt hjärta. Är du vegan? Eller...hmmm egentligen gillar jag inte det ordet. Den titeln. Titlar överhuvudtaget. Det blir som en begränsning. En *Vi mot Dem*. Det blir fel det med. Jag föredrar att kalla mig för Jag. Jag är jag. I AM. En del av alltet. Fri." Han log och blinkade.

Luna berättade kort om sin lilla övergångsperiod. Att hon varit vegetarian i tre år men kände att det nu lutade åt att sluta med mjölkprodukter och ägg också.

"Gör du rätt i." sa Gabriel. "Energierna finns där med... men det är upp till var och en att känna och förstå. Komma till insikt. Och våga. Man får ha tålamod… och inte döma sig själv. Inte skam- eller skuldbelägga sig. Och inte andra heller för den delen. Skam och skuld är två oerhört lågt vibrerande känslor som jag skulle tro vibrerar än lägre än kött från lidande djur. Men det är bara min sanning. Alla har sin egen sanning. Och för övrigt så är företagandet att helt sluta med animaliska produkter en stor krävande omställning i ett samhälle som fortfarande lever kvar i ja hmm... det förflutna, traditioner. Det krävs styrka och handlingskraft. Och det har du." Luna nickade tacksamt. Han var inte som 18. Han var som en klok gammal munk ifrån ett tibetanskt kloster. Eller en uppstigen mästare. Typ.

Luna bjöd in honom i köket. Började koka upp tevatten och de fortsatte att samtala lite smått. Det ringde på dörren igen.

Samlad och stabil på utsidan, men fladdrande och exalterad på insidan öppnade hon nu dörren för Kaan. Idag skulle han få höra. Det trodde hon. Idag skulle han öppna sina ögon. Och äntligen se henne.

"Kaan." sa hon och hörde hur löjligt formellt det lät. Hon ville krama om honom, men vågade fortfarande inte. Alla känslorna. Hon skulle fråga Gabriel först. Hur man undvek att råka ha ihjäl någon som man hade starka känslor för.

"Luna." sade Kaan, säkert för att ge igen. Luna kände sig dum och hans mörka blick visste hon inte hur hon skulle tolka. Han var annorlunda. Hans energi var annorlunda. Hon kände sig bortstött. Visst, hon förstod att han tyckte det var jobbigt. Det gjorde ont att vakna. Inte svårare än så att begripa. Han skulle komma över det. Bara han tog sitt förnuft tillfånga och tog bort de där terroristerna. Gabriel och hon skulle kunna bearbeta honom lite till idag. Eller... tänk om han skulle bli ännu mer irriterad än han blivit igår då han nästan snäst av henne och tackat nej till erbjudandet om skjuts.

Efter att ha bjudit in Kaan i köket, fortsatte hon plocka fram fikabröd. Hon log för sig själv. Kanske var det bara som han var svartsjuk.

"Såå, Gabriel, Norrlands skatt..." log Luna och såg hur Kaans ögon mörknade ännu mer... "Hur många fler som oss finns det tror du?"

"Du menar med just våra förmågor... med vårt mission?"

"Jaa... men va?... alltså finns det andra... med andra förmågor också menar du?" Hon tittade förvirrat på Gabriel. Sen på Kaan som mest såg sammanbiten ut. Stängd.

"Är ni redo vänner? Är ni redo att höra sanningen?"

"Jo men." bröt Kaan på norrländska. Luna visste inte hur hon skulle tyda det. Om det var spydigt eller om det skulle vara kul. Hon skämdes ett helt ton på Kaans bekostnad och tittade urskuldande på Gabriel som såklart såg precis lika lugn, samlad och förstående ut som vanligt.

"Tell us everything." sa Luna. Lutade sig spänt fram på armbågarna. Hakan vilande mot knogarna.

Och Gabriel satte igång. Berättade att de alla tre blivit hitplacerade, ofta på kaotiska platser för att lättare smälta in, vilket stämde in på Kaan och Gabriel åtminstone. De var kloner av tidigare bortförda människor. Som efter att de artat sig färdigutvecklade hade blivit hitförda från en högre dimension. En annan värld. De var gamla själar från avlägsna stjärnkonstellationer som gått med på att inkarnera i denna tid. Specifikt rustade med vissa förmågor som inte gick att frambringa genom vanlig tillväxt i en människokvinnas kropp. Att de var så kallade *Frekvenshållare*. Komna för att hålla balans mellan kärlek och rädsla. Ljus och mörker. Utan dem skulle vansinnesdåden på jorden ha skördat tusenfalt många fler offer. Utan dem skulle rädslan och hatet tagit över. De var här för att skydda mänskligheten och Moder Jord, Gaia, i uppstigningsprocessen. Uppgraderingen till en högre medvetandenivå, en högre dimension. Den femte dimensionen.

"Men hur kan du veta allt detta?" frågade Luna. Och Gabriel svarade att han tillåtit sig själv att ta emot budskap från den galaktiska federationen av ljus… på alla plan… genom alla dimensioner. Allt som behövdes var att släppa all kontroll, allt dömande, all rädsla. Och leva fullständigt ifrån sitt hjärta. Med ett fullt öppet sinne.

Luna ville veta allt. Varför just dessa människor blivit bortförda… om de fortfarande levde, och i sådana fall VAR… och om de kom att återvända. Men hon fick inga tydliga svar av Gabriel. Han började svara i gåtor, och hon kände sig bara dum. Ville inte be honom förtydliga. Och dessutom började hon må illa. Allt det här var minst sagt heavy information. Hon sneglade på Kaan. Han såg inte mer vaken ut nu än när han trätt in genom dörren. Luna förstod. Han skulle behöva tid till att placera allt detta i fack. Och det skulle ta månader.

Så började Luna berätta om sessionen hos mediet. Frågade om Gabriel hade någon förklaring till vad P stod för, vattnet, det ljumna, de bevingade nio. Och Gabriel började förklara.

"Kom med här ett slag." Luna brann inombords. Hon vinkade med Gabriel in i Paulas sovrum. Kaan slokade efter. Exalterat sprätte hon fram de viktigaste papperna. Lade upp flera stycken så att de täckte hela skrivbordsytan. Lika lugn som alltid lät Gabriel sina ögon mjukt glida fram över dem alla.

"Men se där. Arvid. Min DNA-donator." Han gjorde likt en Namaste-hälsning mot bilden. Pekade på en annan. Tidningsurklippet om Finlandsfärjan.

"Det var jag det." log han. "Och den mä." sade han och pekade på akuten i Luleå och sen vidare på den om skördefestivalen i Umeå. Han suckade djupt. Pekade snabbt på en del andra.

"Det är de andras verk. Vi är ett par styckna." blinkade han. Luna tittade menande på Kaan som var vit i ansiktet.

"Men se... där är ju du Kaan." sade Gabriel och lade fingret under bilden av Ferenc... som om det var världens självklaraste grej. Kaan bara fnös.

"Men vaddå DNA-donator? DNA kan man ju plocka från ett hårstrå. Inte fan behöver man föra bort en hel jävla människa från jordens yta bara för det." triumferade Kaan med en arrogant rynka mellan ögonbrynen. "Det köper jag liksom inte."

"Det är inte så enkelt Kaan." svarade Gabriel med allvarlig min. "Kropparna behövs om något skulle tillstöta. De ligger vid liv bredvid de växande fostren och blod flödar dem emellan tills tiden som behövs är slut… Dessa kloningar får inte misslyckas. " Han vände sig till Luna.

"Och var har vi dig då min sköna?" frågade han och lade huvudet gulligt på sned. Luna kunde inte låta bli att rodna och såg i ögonvrån hur mörk Kaan blev. Men så blev hon raskt nerplockad igen. Trött och förmodligen likblek. Hon hade ju aldrig hittat något om sig själv men var fullt bombsäker på att Paula hade något på henne. Undangömt.

"Det ligger här." sa Luna och pickade på den låsta lådan.

"Märkligt ändå..." kväkte Kaan "... att hon inte gömt undan allt detta." Han gjorde en nonchalant svepande rörelse över hela skrivbordet."

Inte konstigt alls." kontrade Gabriel. "Hon har gjort det undermedvetet. Hennes högre jag har valt åt henne. Det var meningen att du Luna skulle komma detta på spåren. Allt är så planerat, in i minsta detalj." Han gjorde ännu en Namaste-gest.

"Vet du var nyckeln till lådan finns?" chansade Luna.

Gabriel slöt sina ögon ett par sekunder. Gick fram till de långa gardinlängderna. Förde ihop dem upptill. Petade fram en nyckel ur fållen. Luna gapade.

"Hur...?"

"Öppna." nickade Gabriel och sträckte över nyckeln till Luna.

Hon både ville och inte ville. Tittade på nyckeln. Virrade på huvudet.

"Det är okej." sa Gabriel. Värmen från hans ord, från hela hans väsen, lockade fram några tårar. Luna lät dem trilla. Han omfamnade henne. Och det kändes som om hon svävade iväg. Lätt som en heliumballong. Hon slöt sina ögon för ett kort ögonblick. Lät sina armar besvara omfamningen. Lade märke till hur Gabriel inte dog av hennes kram. Om det ändå varit Kaan hon hade i sina armar nu. Om det ändå varit Kaans armar om henne. Men det var Gabriels. Och känslan hon fick var förvirrande. Några decimeter därifrån hörde hon Kaans dova harklande efterföljt av en mjuk ton.

"Jag kan öppna om du vill..."

Luna släppte Gabriel, vände sig mot Kaan. Såg in i hans ledsna ögon med sina egna säkert lika ledsna ögon. Placerade nyckeln i hans öppna hand.

"Tack..." Sen sjönk hon ner på sängkanten. Lät grabbarna rota runt i lådan.

Efter några sekunder räckte Gabriel över ett papper liknande de som låg på bordet om missing people, eventuella bortföranden och så vidare.

Pappret var slitet, väl fingrat på. Paula måste ha studerat det tusentals, tusentals gånger. Överst till vänster fanns en bild av en ung kvinna. Hon stod ute på ett fält framför en stor rund halmbal. Hon hade två långa blonda flätor hängandes fram över axlarna. En gul klänning som slutade precis nedom knäna. Tre knappar i guld invid den konservativa urringningen. Ett svart bälte som snörpte in midjan. Hon log brett och höll ett block i ena handen. Till höger om bilden en text:

> *Polska journalisten Olga Malinowski försvunnen i en ålder av 27 år.*
> *Den 16:e augusti sågs Olga för sista gången efter att hon och en kollega skilts åt efter ett reportageuppdrag i Gdansk, norra Polen. Hon anmäldes saknad av sin syster då hon aldrig slöt upp till dennes födelsedagsfest samma kväll. Trots enorma sökinsatser har ännu inga spår av Olga påträffats.*
> *(Aftonbladet 29:e augusti 1955)*

Ett annat urklipp satt klistrat under bilden:

> *Fem fall av inrapporterade avvikelser eftermiddag och kväll den 16:e augusti i och omkring Gdansk, norra Polen. Ljusfenomen och väderfenomen i form av molnbildning och märkliga stegringar och fall i temperatur ska ha uppfattats både av boende i området och av vid området utplacerad*

meteorologisk mätutrustning.

Snett bredvid Paulas handstil:

27-årig kvinna spårlöst försvunnen på platsen för oförklarliga ljusfenomen, avvikelser även i temperatur och atmosfäriskt tryck. Aldrig återfunnen.

Luna, min älskade Luna.

Luna satt alldeles knäpptyst. Stirrade på bilden. Hon hade vetat att detta skulle komma. Hade varit förberedd. Men att se sig själv i ett annat liv... eller nä, se sin kropp i ett tidigare liv... det var... det gick inte att smälta. Hon kände sig som en tjuv. Men ändå inte. Gick inte att förklara. De var så lika men ändå så olika. Här satt hon nu, en annan själ i Olgas kropp. Hennes DNA, arvsmassa. Hon var vacker. Mycket vacker. Olga. Men var fanns hon nu?

"Var är hon nu?" frågade Luna med allvarlig blick. Svag sorgsen röst. "Lever hon?"

Gabriel berättade allt. Var de bortförda befann sig. Att de valt att inte återvända eftersom de insåg allt. Precis allt. Till exempel att allt var ihopkopplat. Och att det inte fanns någon död. Bara en ändring av världar. Och att de inte kände för att återvända till denna tre-dimensionella värld... utan att de nu var i en högre dimension... på en annan så kallad planet... eller ett plan, en nivå, en level... förflyttade dit genom en portal som inte ens gick att förklara.

"Det finns de människor som har valt att lämna denna form av existens för att assistera mänskligheten och Gaia i all dess medvetandehöjande som just nu råder. Det pågår en enorm aktivitet. Jorden och dess invånare bombarderas med ljuskoder. All DNA uppgraderas. Vi står inför en tidernas förädling. Allt ska kristalliseras och levla upp. Dessa människor, de bortförda... hade redan innan de inkarnerade ingått ett kontrakt där de gått med på att till priset, om det skulle bli nödvändigt, lämna familj och vänner, jobb... allt... och donera sin kropps DNA till högt utvecklade själar, ancient ancient ljusvarelser som sedan... som nu då vi till exempel... kloner... uppväxta i vätskefyllda kokonger, konstgjorda livmödrar... som återvänder till ställen... såsom jorden... som är i behov av en speciell styrka... så att säga... vi, *Frekvenshållarna... Protectors...* P.... som det P ni fick av Neema.... blått just för att blått symboliserar skydd. Protection. Blått. Ärkeängeln Mikaels färg. The main-protector av änglar. Vi är här för att skydda mänskligheten ifrån sig själva. Ifrån deras rädslostyrda ego. Ifrån den mörka delen av alltet. Som var på väg att ta över." Gabriel pausade. Hämtade andan. Lät blicken glida ut genom fönstret ett tag. Precis innan Luna var till att yppa något fortsatte han:

"Det var av högsta importans att vi kom NU. Annars hade medvetande-höjandet som är oerhört viktigt i dessa tider, gått helt på andra hållet och kunnat leda till en massutrotning på bara ett fåtal månader. Gaia hade återhämtat sig igen. Långt om länge. Det gör hon alltid. Men människan hade aldrig kommit åter. Och människan, med sin hjärna, sitt medvetande, behövs för att assistera i denna höjning. Det handlar inte bara om jorden. Det handlar om hela universum. Detta är beyond comprehension minst sagt. Djurriket hade heller aldrig kommit åte, såsom det ser ut idag. Tänk, all denna mångfald... wiped out. Kärnvapen, biologiska vapen, konstgjorda sjukdomar, toxisk strålning hade slagit ut universums planer på att nå högre dimensioner. För det är i expansion vi lever. Vi ska upp... ut... upp i högre medvetande... inte gå tillbaka... inte än... För det ska ni veta... att det verkligen är en never-ending story. Som årstiderna. Det kommer att komma en tid då vi går in i dvala igen. Vintern betyder inte slutet. Den betyder vila, återuppbyggnad inför en annalkande ny vår." Hans ögon var blanka. Lyckliga. "Gaia gjorde ett 911-call som sagt. Det var dags.... och nu är vi här. Det finns andra också... de som föds in i sin tillfälliga kropp... som inte behöver de här speciella skillsen som just vi kloner har. Det finns såå många olika typer av frivilliga... starseeds... stjärnfrön, ljusarbetare, jordänglar, alkemister, indigobarn, kristallbarn, frekvenshöjare, gridkeepers, lightholders, warriors of light... alla med syftet att städa upp bland mörkret... förankra ljus här på jorden... och höja medvetandet... it´s all a big breath in and out... och just nu är det ut... expansion. Som att blåsa luft in i en ballong..." Han gestikulerade utåt med armarna i en vid rörelse. Fortsatte:

"Och såklart så finns det mörka krafter. Jag menar... negativitet fungerar som en evolutionär katalysator. Hela universums existens grundar sig på motsatser. Polariteter. Det ena kan inte existera och upplevas utan det andra. Det är mörker mot ljus. Kärlek mot hat. Rädsla. Tja... såna som vi är helt enkelt här för att hålla de mörka krafterna i styr. Ta hem de värsta. Skicka hem dem till källan för att neutraliseras. Vi är här för att hålla ställningarna så att de andra kan höja medvetandet. Assistera Gaia upp i 5:e dimensionen." Han pausade. Tittade ut genom fönstret. Ner på gatan. Sen upp i himlen. "Och inte nog med det... om det hade gått på fel håll här... så hade det såklart haft påverkan på hela universum. Allt hör ihop."

"Men för att svara kort på din fråga om var Olga Malinowski befinner sig nu, precis som Arvid Nikema, Ferenc Karos... och alla de andra..." Han log varmt. "... de är safe. De är i tolfte dimensionen. Vi är här i tredje... fjärde. Största delen av mänskligheten är i tredje. En del i fjärde. En del i femte också. Jag är i femte. Men alla... varenda en här på jorden, ska vi in i femte dimensionen. De som hamnat i tolfte vill såklart inte tillbaka. Varför skulle de vilja gå ner i en trög mörk källare?" Han ryckte på axlarna. "De har det så himmelens bra där må ni tro. They see the big picture... och som tack för deras DNA får de alltså stanna..." fortsatte han och ögonen lyste än mer. "Heaven is not a place, it´s a state of consciousness... och tolfte dimensionen... wow." Gabriel drog ett djupt andetag. Log som vore han förälskad.

Det hade blivit dags att splitta upp och Kaan och Gabriel gjorde sig redo att gå.

"Skulle du vilja stanna en liten stund till?" Luna tittade på Gabriel. Försökte se så formell ut som möjligt så att inte Kaan skulle må ännu sämre. Hon behövde verkligen fråga Gabriel om hur man tyglade sina killingskills… så att hon skulle våga krama Kaan. Någon gång.

Kanske kyssa honom också.

Hon ville inget hellre.

Fastän att han var en fegis... så var han Kaan.

37. KAAN

30 oktober 2017

Måndag. Dagen då Tobar och Petru skulle anlända till hotellet. Dagen före de skulle slakta alla barnen i Halloween-paraden, om inte Kaan utförde ett uppdrag som han tydligen hade agreed till innan han ens kommit till denna jord. Något han absolut inte kunde dra sig till minnes. Han stirrade beskt in i sina egna ögon i spegeln. Gabriel och Luna, de luttrade seriemördarna. Vad de inte begrep var att de misstagit sig. Kaan var inte en av dem. Han skrattade rått rakt ut framför spegeln. Kände inte igen sig. All hans inre harmoni som han brukade ha där, ibland slumrande och kanske lite undangömd förvisso, när hans högkänslighet och overthinking tagit över... allt borta. Allt. Kanske hade han blivit besatt av en sådan där entitet. Han mådde inte bra i alla fall. Kände bara för att bränna ner hela skiten. Som en jävla drake. Burn motherfuckers burn. De skulle träffas hemma hos Luna idag igen. Och han skulle säga åt dem att de kunde ge upp nu. Han skulle inte ha ihjäl anybody. De kunde fixa det själva. De passade så jävla bra ihop. Hennes Norrlands skatt och hans sköna.

Fuck alltihop!

Han njöt när han tittade in i sitt fula fejs. Han skulle inte avslöja idag heller att han visste att terroristerna befann sig på hotell Queen Carla, rum nio. No fucking way. De kunde lösa det bäst fan de ville. Om de nu bestod av en sådan amazing superhjälte-quality så borde de lätt kunna hitta dem och själva ha ihjäl dem. Få ytterligare en medalj vars. För Kaan tänkte aldrig bli nån mördare. Han hade blivit helt förändrad sedan han mött Luna. Det insåg han nu. Han kände inte alls igen sig själv. Vad fan hade hänt? Vad hade hon gjort? Hur fan hade allt detta hänt? Han drog ur sin tofs ur håret. Rufsade upp allt. Kände hur en jävla kaktus inombords spände sig utåt vid varje andetag. Han tittade på sina armar. Skelettet värkte. Det pirrade. Surrade. Skinnet. Fult bara fult. Han ville inte vara i den här jävla kroppen. Det kändes sjukt skumt ovanpå hans hjässa. Själen ville väl ut. Hans födelsemärke i nacken. En jävla valnöt. Piss. Allting var bara piss. Ingen skulle någonsin vilja vara med honom. Värdelös, feg, taggarna utåt. Rasande och avvisande som en eldsprutande drake. Nää, var det nån han skulle ta livet av så var det sig själv. Det var dags att lämna den här jävla platsen. Det var inte meningen att han skulle vara här. Han var helt jävla ensam ändå. I ett ingenmansland. Det var meningen att han skulle ha dött som resten av hans familj i Izmit. Och nu var det dags att ställa saker till rätta. Han hade verkligen levt på övertid. Dags att åka hem till sina föräldrar. Sina syskon. De riktiga. De stod kanske och väntade på honom. Och de skulle inte behöva vänta så länge till. Kaan andades ut hastigt och bestämt. Det var en ganska skön känsla. Känslan av att han bara skulle avsluta ett par grejer i sitt jordeliv först. Dödsstäda, ta diskret farväl av Samantha, Olof och Benjamin. Bränna alla sina noveller, dikter, låtar. Aldrig mer träffa Luna. Han föll framåt. Lät armen fånga upp honom mot spegeln. Han kunde inte hålla tillbaka tårarna längre. De forsade ut. Var det sorg eller lättnad? Det kunde han inte utröna i nuläget, men en känsla av frid infann sig vid tanken... och vid orden som ekade i hans inre...

One day I will leave and never come back.

Han skulle strax ta sig till Luna. Sansat ljuga för dem. Säga att han skulle ha ihjäl dem, männen, bara han hittade dem. Han skulle rå-ljuga. Kvittade nu. Hela livet var en lögn.

Luna tittade konstigt på honom när hon öppnade. Hon såg antagligen att han gråtit. Han var åtminstone svullen kring ögonen. Det visste han. Men det sket han i.

"Hur är det Kaan?" frågade hon försiktigt när han gick förbi henne in mot köket. Där satt naturligtvis Gabriel redan.

"Bara bra." svarade han kallt och hejade på Gabriel. Som tittade genomträngande på Kaan. Som om han såg allt vad som rörde sig inom honom.

De gick igenom hur de skulle lägga upp morgondagen. Klockan två skulle de mötas upp utanför Pizzeria Continent. Flanera runt lite, förhoppningsvis få syn på de två männen i god tid så att Kaan kunde ta ut dem. Om inte annat så visste de var de planerat anfalla och skulle vänta där. Halloween-paraden skulle gå av stapeln klockan 18:00 ifrån Teatertorget och därefter tåga upp via Ljugaregränd, genom gågatan och fram till torgplatsen där Kaan och Luna sett Neemas plakat.

"Men som sagt så vet jag varken till hundra procent hur de ser ut och inte heller som sagt om jag KAN döda." morrade Kaan. "Det är bättre att vi ringer polisen." Han virrade frustrerat på huvudet.

"Hur det än är... jag är inte FÖR dödsstraff. Och definitivt inte i förskott."

"Du drömmer inatt igen Kaan." sa Gabriel. "Till hundra procent kommer du att komma till full klarhet inatt. Har aldrig slagit fel för mig i alla fall. Alltid natten innan. Full klarhet."

"Mmmm, well vi får se."

"Det var samma för mig." skröt Luna. "Natten innan det i Köpenhamn såg jag hans ansikte kristallklart. Jag skulle ha haft ihjäl honom bara jag fattat."

"Du var ju härdad vid det laget." sa Kaan kyligt. "Två snubbar." Trots att Gabriel påstått att Roy dött av andra orsaker. Men det var frigörande att ifrågasätta hans påstående. Speciellt i detta läget. "Och jag vet ju inte ens om jag kan. Som sagt!"

"Du kan." sade Gabriel.

"Det är inte alls säkert det. Men jag ska prova..." Det tog emot att ljuga. "...var så säkra. Men om jag inte fixar det så är det upp till er att ta hand om resten."

Han var så trött på det nu. Någonting inom honom hade försökt hålla honom ren. Ärlig. Men nu ljög han. Rakt ut. Lika bra. Han skulle säga att han skulle göra det. Allt skulle lösa sig imorgon. Men han skulle inte komma. De kunde lösa det själva. Han såg hur de tittade på varandra. Som om de redan var ett par. Och önskade iväg Kaan för att han inte riktigt passade in i gänget. Gabriel vände sig mot honom.

"Det är bara DU Kaan som kan utföra detta." Han sa det i en aldrig tidigare så sträng ton.

"Det här är DITT uppdrag. Varken jag eller Luna kan steppa in i ditt. Vi är powerless där. Du är oersättlig." Han pekade hårt i bordet. Upprepade. "Detta är DITT uppdrag. Bara DU vet hur de ser ut."

"Ja, säger du det så." svarade Kaan samlat. "Inga problem. Jag kommer förhindra slakten." ljög han och reste sig. Stolsbenen vrålade mot golvet.

"Inte ringa polisen." Luna spände ögonen i honom. Tittade på Gabriel som för att söka medhåll och en klapp på axeln.

"Precis, du vet vad vi sagt. De kommer förr eller senare att smitta till någon annan. Entiteterna måste hem. Och det så fort som möjligt." sa Gabriel.

"Okej, vi gör så här." klargjorde Luna. "Vi möts imorgon klockan två. Vi kan reka området, kanske vi stöter på dem innan och du kan ta hand om dem på en snedgata eller nåt. Vi kan ta en fika, ja bara förbereda oss mentalt. Om du mot förmodan inte fått klarhet tills imorgon får vi stå och vänta in dem vid snedgränden du såg dem komma ifrån."

"Yes." svarade Kaan tonlöst. "Barnen kommer att börja samlas vid halvsex-tiden. Det är i alla fall då Samantha ska lämna Benjamin." Hans röst sprack av mot slutet.

"Är du okej Kaan?" frågade Gabriel. "Du kan inte få Benjamin att stanna hemma? Jag tänker att du kanske blir för personlig och risken för misstag blir större."

"Det har jag prövat. Helt omöjligt. Han kommer att gå med Herman imorgon klockan sex."

"Om du inte fixar det... är vi ändå ett team... eller?" viskade Luna och flackade blicken mellan Kaan och Gabriel.

Gabriel tittade rakt igenom henne.

"Jag tar dem Kaan, om du skulle misslyckas ha ihjäl dem." sa

Luna. "Fy fan alltså, vilken jävla massaker det blir annars."

"Ni kan chilla. Jag kommer lösa det. Var så säkra. Men nu drar jag. Pallar inte höra mer om det här idag. Syns imorgon." ljög Kaan. Hans axlar hade som ett ok av bly över sig. De tittade storögt på honom. Som om de inte trodde på hans ord. Han tittade på dem för sista gången. Knyckte med huvudet.

"Tjá."

De nickade till svar. Han vek av med blicken. Lämnade dem båda i köket. Tog på sig skor och jacka. Luna kom inte ens efter för att säga hejdå. Han hörde deras röster där inifrån. Tryckte ner dörrhandtaget, och sa själv ett stilla adjö. Med tårar i ögonen.

Utanför porten satte han lurarna i öronen och knäppte igång Spotify. Imorgon skulle han lämna allt detta bakom sig.

Den korta promenaden hem fyllde hans själ med avslut.

"Well, everyone is a loan... a temporary gift…" konstaterade han, kramade handen om handtaget till ytterdörren. "…även jag." Öppnade, steg in och stängde den bakom sig.

38. KAAN

31 oktober 2017

Kaan vaknade alldeles våt. På ryggen, i nacken, längs kinderna. Tårarna rann och hjärtat pumpade stenhårt. Gabriel hade haft rätt. Det stod klart nu. Han hade sett allt. Mer än han velat. Allt hade gått i ultrarapid. Skotthålen in genom Hermans lilla huvud. Hur zombien bredvid honom vridit sitt huvud, förvridit det i förvåning först, sen i skräck. Sett hur hans bleksminkade ansikte varit Benjamins. Stillbilderna av hans vackra drag, hans vita hårslinga bland det mörka... hur man såg i stillbild efter stillbild hur ett starkt ljussken lös upp ifrån sidan och liksom hyvlade av ansiktet. Slet skinnet ifrån köttet. Sen hade filmen spolats fram. Ett par år. Och han hade sett Benjamin illa brännskadad. Näsan ett hål. Försök att återställa hade misslyckats. Han var fast i rullstol, fattades ena armen, andra handen, och benen var stumpar. Tårarna fortsatte rinna.

Han kunde inte lämna dem. Skulle han ta livet av sig? Fly undan sitt livsöde? Han hade ju skrivit under ett kontrakt. De bevingade nio hade framträtt i hans dröm. Talat till honom. Visat honom scenarion runt om i världen som blivit förhindrade tack vare att sådana som Kaan skridit till verket. Han som hade trott att det varit något fel i huvudet på honom när han ett otal gånger suttit och sökt på slaktbilder efter massakrer, terrorbrott, vansinnesdåd. Det var ju bara för att förstå. Förstå sig på människor. Varför? Vem? Hur kunde de göra så här? Han skulle aldrig förstå. Men det han kunde förstå var att han inte behövde förstå allt. Han allena kunde inte förändra världen. Men han kunde åtminstone göra det han kommit hit för att göra. Sin del. Förhindra sådana bilder.

"Jag måste göra det... skicka hem dem. Inget märkvärdigare än så." Han sa det som ett mantra. Upprepade det tre gånger.

"Jag måste göra det... skicka hem dem. Inget märkvärdigare än så." Lät tårarna falla.

"Jag måste göra det... skicka hem dem. Inget märkvärdigare än så."

Han hade ätit frukost, klätt sig. Svarta tajta jeans och svart pullover. Satt upp håret i den vanliga svansen och slickat bak varenda hårstrå med hjälp av sitt dyraste vax. Stod nu framför spegeln. Klockan närmade sig ett. De skulle ses klockan två utanför Pizzeria Continent. Alla tre. Men det skulle bara bli Luna och Gabriel.

Kaan gick mot hotellet. Visste att Rolf varje dag brukade lämna receptionen obemannad en kvart exakt klockan halv två för att prata på Skype med sin son som avtjänade ett kortare straff i fängelse.

Mycket riktigt. Det var tomt bakom disken. En skylt deklarerade "*Strax åter*". Kaan gick lätt uppför trappan, svängde in i högra korridoren. Rum nio. "Nio som i slutet av en nivå." tänkte Kaan. Och nu skulle han strax flytta upp allt en level.

Han stannade, slöt sina ögon. Såg igen Benjamin i rullstol. Vanställd. Han såg andra. Barn. Itu. Döda. Begravningar. Livsplaner som revs itu. Andras livsplaner som revs itu på grund av att andras livsplaner rivits itu. Mörker och rädsla. Främlingsfientlighet. Ni och vi. Alla mot varandra. Hat och rädsla som flöt iväg som brännhet lava. Han tog ett sista andetag. Ett djupt. Som om han sög in meningen med sitt liv och nu med det skulle blåsa ut två demoners livslåga. Tillintetgöra dem med sin dragon-fire. Rena dem med sin eld.

Han lät knogarna på sin högra hand möta dörrens trä. Tre hårda knackningar.

"Aah... Kaan Prao... brother." Tobar såg både glad och ansträngd ut. "Nice to see you again." Han tittade frågande på Kaan. Som om han väntade sig en förklaring. Nya handdukar eller vad som än kunde tänkas förväntas av en hotellanställd.

"Yees... yes... same..." Kaan darrade på rösten. Han kunde inte spela mer.

"Soo? Are you here to get something or what...?" Tobar började se besvärad ut. Petru mumlade något bakom en garderob. Stängde till den och närmade sig Kaan och Tobar vid dörröppningen.

"Oh yeah, right. The bar..." Kaan pekade mot minibaren. "I want to make sure it has the best drinks for you..." Han steg in och stängde dörren bakom sig.

"Heheh... aaaah Kaan, true brother you are yes!" skrockade Tobar. "But today we don´t drink." Han log falskt.

"Aah, okey." Det ringde högt i öronen. Rann lava i ådrorna, sved bakom ögonen. Han sträckte fram och ut båda sina armar. Bjöd in som till en kram.

"Then my friends... I will just wish you a safe trip home."

39. PAULA

31 oktober 2017

Klockan var halv sex. Lägenheten var tom på liv. Luna hade via sms meddelat att hon skulle ut en sväng med Kaan och Gabriel. Avskedsfika för Gabriel som skulle åka hem till Norrland igen imorgon. Hon visste inte riktigt exakt när hon skulle komma hem, men senast halv elva hade hon lovat.

Paula hade gjort en del research kring den där Gabriel, sedan Luna med tindrande ögon berättat om honom på vägen hem från Pizzeria Continent, kvällen den 27:e. Fyra dagar sedan. Hennes hade ögon strålat när hon berättat att även han var ett hittebarn, tragiken i det hela till trots. Hans föräldrar förmodades ju döda. Eftersom den intill-varande, krockade och exploderade bilen och dess två passagerare blivit till aska. De hade varit oidentifierbara. Han förmodades därav vara ett barn till de avlidna. Ett barn med den högsta formen av änglavakt. Men Paula förstod. Hon hade gjort sina sökningar och hennes blodhundsgener hade bekänt färg.

De sista bitarna hade fallit på plats idag.

Hon hade hittat honom.

Ett vittne som kunde svära på sina barns liv att han sett och hört starka knastrande ljussken samma kväll som den där bilen förolyckats. En man som befunnit sig i skogarna alldeles intill. En författare som tagit tillflykt till en ödsligt placerad timmerstuga de två sista veckorna han hade avsatt till att färdigställa sitt livsverk. Han hade tagit sig en nypa frisk luft innan sänggående. Hört smällen. Inte förstått i den stunden att det var en bilolycka. Mer som en explosion. Ställt sig för att lyssna om det skulle komma fler ljud. Det han hört var knaster som ifrån en lägereld. Sen någon liten explosion till. Han hade tagit upp den trådlösa telefonen och ringt 112, lagt på och stannat kvar. Hade inte vågat bege sig närmare. Visste inte heller riktigt exakt var ljudet kommit ifrån. Han hade tittat upp mot norrskenet. Lika vackert och magiskt som alltid. Det gröna ljuset. Det var då en stor snurrande sfär, spinnande i transparent grönt passerat ovan hans huvud och bortåt. Den hade knastrat, just precis som en lägereld, fastän att den inte brunnit i den bemärkelsen. Han hade försökt att inte blinka, för att inte missa vart den tog vägen. Dock hade hans reflexer ganska snabbt vunnit kampen. Han hade blinkat. Det var just då den hade försvunnit. Han hade lutat sig tillbaka. Skakat förvirrat på huvudet. Hade aldrig under hela sitt långa liv tidigare skådat just ett sådant sido-fenomen till norrsken. Han skulle slå upp det när han kom hem. Söka efter det i alla sina norrskens-böcker. Han hade suttit kvar en stund och funderat på vad det kunde kallas. Tittat fundersamt upp mot himlen. Då hade det kommit igen. Från hållet han velat lokalisera explosionen till. Det hade farit iväg upp och över honom, och vips varit borta som i ett ögonblink. Han hade aldrig yppat det för någon, mer än att det kommit på pränt i en av hans böcker.

Men den var ju fiktiv, så ingen kunde veta om det låg någon sanning i det. Fram tills att Paula så nosat upp honom. Naturligtvis hade hon läst precis alla böcker ifrån Sverige som på ett eller annat sätt nämnde någon form av ufo-observation. Hon visste att ofta, men inte alltid, låg det i nästan alla böcker, sanna berättelser och självupplevda scenarion ifrån författarnas egna liv. När hon hört Luna berätta om Gabriel, Luleå, födelseår, hans föräldrars förolyckande. Då hade det stått glasklart. Vidar Tegmyrs *"Långt ovan myren flyger stjärnbarn."*

Hon hade naturligtvis också kollat upp hur denna Gabriel såg ut. Insett den glasklara likheten med Arvid Nikema. Hon hade kollat upp passagerarlistan på den där Finlandsbåten. En Gabriel Norlund hade stått att finna. Det fanns alltså en chans att det varit han som stoppat de två misstänkta terroristernas hjärtan. Allt så mäkta intressant och skrämmande. Han verkade alltså ha haft ihjäl människor precis såsom Luna eventuellt haft. Peder, gubben i skogen, Neema. Även om det inte fanns några bevis så visste hon. Frågan var nu vad de hade på gång. Och vad det nu än var, varför de kommit ihop sig och vad för slags griller Gabriel skulle komma att sätta i huvudet på Luna, så var det Paulas ansvar att sätta stopp för det.

Dödandet måste stoppas.

Så var det bara.

Om inte annat så för att skydda Luna. Hon riskerade, fattade väl vem som helst, själv att dö om hon blev indragen i någon slags terrorprofylax. Paula rasade inombords. Hur hade det kunnat bli så här? Hon hade ingen kvar nu förutom Luna. I alla dessa år hade hon haft en misstanke, en känsla inom sig att Luna var väldigt annorlunda. Det var först när hon i början av året hade hört om ljusfenomenen från 1999 som hon börjat förstå och sedan dess letat efter Lunas ursprung. Och nu var hon nära att hitta det. Det kände hon. Men hon fasade också för att när hon väl skulle finna det, skulle hon mista Luna.

Paula svepte in i köket. Plockade fram inspelningsapparaten hon gömt bakom mikron. Knäppte igång. Hoppades att de pratat om något viktigt när de fikat i köket under gårdagen. Något som fastnat på inspelningen. Nu skulle hon få höra vad den där Gabriel ville inbilla Luna.

Först var det en lång tystnad. Såklart. Hon hade satt igång den på inspelning när hon igår lämnat hemmet och var väl införstådd med att Kaan och Gabriel skulle komma hem till Luna först vid tvåtiden. Det knastrade en stund. Sen ett klirrande. Spolande med vatten. Paula snabbspolade en bra bit fram. Stannade. Play. Hamnade mitt i en konversation. Hon kände inte igen rösten. Den var mjuk och behaglig på norrländskt mål.

"Du drömmer inatt igen Kaan. Till hundra procent kommer du att komma till full klarhet inatt. Har aldrig slagit fel för mig i alla fall. Alltid natten innan. Full klarhet."

"Mmmm, well vi får se." Kaans röst.

"Det var samma för mig." sade Luna. Det var hennes dotter som talade. Paula frös.

"Natten innan det i Köpenhamn såg jag hans ansikte kristallklart. Jag skulle ha haft ihjäl honom bara jag fattat." Paula slog ner stopp-knappen. Hårt. Pulsen hade ökat så pass att det susade i öronen av det stigande blodtrycket. Hon svalde och slog igång igen.

"Du var ju härdad vid det laget." hörde hon Kaan. "Två snubbar. Och jag vet ju inte ens om jag kan. Som sagt!"

"Du kan." sade Gabriel.

Paula pausade igen. Två snubbar? Luna hade alltså haft ihjäl två snubbar innan den 29:e juli? Peder. Ja. Men den andra? Paula slöt sina ögon. Hon visste att Luna anklagat sig själv för Roys död. Men varför skulle...? Hon borde ha... Tänk om... Nej! Hon slog igång inspelningen igen. Måste fokusera på detta. Nuet.

"Det är inte alls säkert det." Kaan lät vass i tonen. "Men jag ska prova, var så säkra. Men om jag inte fixar det så är det upp till er att ta hand om resten."

Paula stängde av. Försökte begripa. Blinkade hårt. Startade igen.

"Det är bara DU Kaan som kan utföra detta." Gabriel sa det i en sträng ton. "Det här är DITT uppdrag. Varken jag eller Luna kan steppa in i ditt. Vi är powerless där. Du är oersättlig." Det lät som en knackning i bordet. "Detta är DITT uppdrag. Bara DU vet hur de ser ut."

"Ja, säger du det så." svarade Kaan. "Inga problem. Jag kommer förhindra slakten."

"Inte ringa polisen." hördes Luna.

"Precis, du vet vad vi sagt. De kommer förr eller senare att smitta till någon annan. Entiteterna måste hem. Och det så fort som möjligt." Gabriels röst.

"Okej, vi gör så här." Det var Luna som pratade. "Vi möts imorgon klockan två. Vi kan reka området, kanske vi stöter på dem innan och du kan ta hand om dem på en snedgata eller nåt. Vi kan ta en fika, ja bara förbereda oss mentalt. Om du mot förmodan inte fått klarhet tills imorgon får vi stå och vänta in dem vid snedgränden du såg dem komma ifrån."

Paula slog av. Hårt. Skrek "Nej!!" rakt ut. Röda lockar for runt när hon förtvivlat virrade på huvudet. Darrande fick hon igång uppspelningen igen.

"Yes." svarade Kaan. "Barnen kommer att börja samlas vid halvsex-tiden. Det är i alla fall då Samantha ska lämna

Benjamin." Det hördes att hans röst sprack av mot slutet.

"Är du okej Kaan?" frågade Gabriel. "Du kan inte få Benjamin att stanna hemma? Jag tänker att du kanske blir för personlig och risken för misstag blir större."

"Det har jag prövat. Helt omöjligt. Han kommer att gå med Herman imorgon klockan sex."

"Om du inte fixar det... är vi ändå ett team... eller?" Det var Luna.

"Vad fan håller ni på med...?" skälvde Paula. Det hade slagit lock för öronen.

"Jag tar dem Kaan, om du skulle misslyckas ha ihjäl dem." sa Luna. "Fy fan alltså, vilken jävla massaker det blir annars."

"NEEJ!!" Paula kunde inte höra mer. Hennes hjärta piskade mot bröstbenet. Hon tittade panikslaget på klockan. Tjugo i sex. Paraden skulle tåga iväg om tjugo minuter. Med dimma för ögonen fumlade hon fram telefonen.

40. LUNA

31 oktober 2017

”Var fan håller han hus?” Luna höll på att vrida sig loss ur skinnet. De hade inte lyckats få tag på Kaan.

”Tänk om det hänt nåt!”

De skulle ju mötas klockan två. De skulle i god tid reka området, hålla utkik efter de två männen, som ingen annan än Kaan visste hur de såg ut. Kanske skulle de få vittring på dem i god tid och kanske lyckas slå ut dem, på en undanskymd plats. Och skulle Kaan banga ur… vilket var högst troligt, så skulle Luna och Gabriel ta över. Men det ville liksom till att Kaan kom och pekade ut dem. Det var det minsta han kunde göra. Men nu var klockan halv sex och Halloween-paraden skulle gå av stapeln klockan 18:00.

De hade provat att ringa, sms:a, skicka DM på Messenger, Instagram. Snapchat… vilket han trollat bort sig ifrån. Spökläge.

De stod och huttrade, tätt intill varandra, såg föräldrar komma och droppa av sina barn, utklädda till demoner, zombies, häxor. Luna tog upp telefonen igen. Ringde. Inget svar.

"Vi måste tyvärr ringa." sa Luna. "Polisen." Hon stirrade panikslaget på Gabriel. "Det finns inget alternativ längre!" Hon slog ut med armarna mot torget. "Vi kan för i helvete inte låta dem dö för att Kaan är så jävl…"

"Vi tar oss till gränden igen." sa Gabriel lugnt.

"Men det är ju inte ens säkert att..." Hon avbröts av sirener.

Polisbil efter polisbil. Ambulanser och brandkår. Alla svärmade de in, på och ikring Teatertorget.

Barn skrek.

Föräldrar skrek.

"Kom!" Luna ryckte Gabriel i armen. "Jag vet var vi ska hitta honom."

De skyndade i riktning mot småbåtshamnen. Luna visste inte riktigt varför men kanske skulle han sitta där på hennes plats längst ut på bryggan.

Hon hoppades.

Ville slå bort tanken som gjorde att hennes puls slog i 300.

En bit framför sig såg hon en svartklädd skepnad springa i samma riktning som dem. Det var Kaan. Hon kände igen honom på stilen. Hela hans väsen.

Det var Kaan.

Hennes hjärta slog en slags dubbelvolt av glädje eller lättnad, eller ren och skär kärlek. Eller allt. Hon log med hela ansiktet.

"Det är Kaan!" flåsade hon till Gabriel. "Där är han!" Hon förstod att han måste ha stått och tittat på barnen. Hur de samlats. Och bangat ur. Ringt polisen.

Det gjorde inget nu.

Att han fegat ur.

Bara han levde. Bara han var alive and kicking.

Så att hon äntligen kunde ge honom en kram.

"Vad hände Kaan?" halvgrät hon när de kom ikapp honom. Han hade redan hunnit sätta sig på en sten och satt framåtlutad med ansiktet i sina händer. "Vi blev oroliga fattar du väl."

Hon hörde att han grät. Tittade på Gabriel som gick fram och lade en hand på hans axel. Luna slog sig ner alldeles tätt intill. Vågade inte röra honom riktigt än. Måste samla tankarna först.

"Det eeh... det är okej att du ringde polisen." sa hon försiktigt.

"Det var inte jag." Kaan rättade upp sig. Luna tittade frågande på Gabriel, som bara log insiktsfullt till svar.

"Jag skickade hem dem." Det var precis så att han överröstade den allra sista oktobervinden.

Orden färdades ut över havet.

Iväg.

41. KAAN

1 november 2017

Kaan hade inte kunnat sova.

Han såg risig ut.

Men lycklig.

När hjärnan och hjärtat hade samarbetat. När han känt att han gjort det för ett högre syfte. När han insett i tanken att han skulle spara många liv genom att ta bort två. Och när han låtit Gabriels ord fylla hans kropp och själ med tillförsikt. Nu när han visste vem han var. Och vad syftet med hans jordeliv var... skulle han aldrig mer önska att han var en Svensson.

Han var en *Frekvenshållare…* the clone-version. En *Protector*. Ett stjärnfrö. Bland många andra. Hans sort var få. Men de var kallade. De var viktiga. Avgörande. Så att allt skulle kunna gå enligt planen. Universums masterplan. Gaias uppstigning i femte dimensionen.

Han hade kramat om dem. Tobar och Petru. Stannat deras hjärtan. Stängt dörren efter sig och försvunnit iväg innan Rolf kommit tillbaka ifrån sin Skype-session. Han hade närmat sig samlingsplatsen. Sett barnen skratta... fulla av förväntan, bus, liv. Synen hade fyllt honom med styrka. Vilja. Syfte och tillit.

Han lunkade ner mot köket. Svävade. Dansade inombords. Men man fick väl sansa sig. Olof satt som vanligt på plats, drickande sitt morgonkaffe med nosen i tidningen. Radion pladdrade som vanligt i bakgrunden.

Som vanligt… Ett härligt uttryck. Ganska harmoniskt och balanserat om han fick säga det själv. Man kunde ha det som vanligt fastän att man var smått ovanlig.

”Morrn morrn ruggugglan.” skämtade Olof. Kaan kom att tänka på vad han läst om ugglan. Att den stod för transformation. Yepp. He was transformed. Han hade krackelerat ut ur sitt skal. Inte konstigt att han hade haft ont som aldrig förr och betett sig allmänt crazy. Han hade brutit sig ut ur sitt valnötsskal.

Smärtan är det som krossar skalet kring er visdom.

”Benjamin ligger väl klubbad än stackarn. Vilken uppståndelse det blev hörru.” Olof frustade.

"Men han tyckte det var ganska så coolt ändå... med alla polisbilar... värsta filmscenen ju." sa Kaan och tog en stor tugga av ett grillat kycklingben han just dragit fram ur kylen.

Som vanligt när det var viktigt höll Olof upp ett finger och började högläsa ur tidningen:

> *"Teatertorget i Hejmstad var igår kväll scen för stor uppståndelse. Inte nog med att ett 70-tal barn utklädda och förväntansfulla, redo att delta i årets Halloween-parad stod färdiga att påbörja festandet... scenen byttes abrupt till ett av blåljus blinkande inferno. Stans alla polisbilar, följda av både brandkår och ambulans orsakade kanske större tumult än det förmodade brott som ett falsklarm varnat för. En anonym inringare tipsade om att en hotbild förelåg. I färskt minne av terrorattentatet i Köpenhamn för drygt två månader sedan såg polisväsendet ingen annan väg än att ta inringarens tips på största allvar. Dock kan blåljusen ha skrämt iväg gärningsmännen och förebyggt eventuellt planerat brott. Detta förblir i nuläget ouppklarat. Barnen skickades med vårdnadshavare hemåt igen, besvikna, uppskrämda, men i tryggt förvar."*

Nyhetsjingeln ljöd ifrån radion precis som Olof avslutat, lagt ner sina glasögon ovanpå artikeln och virrat på huvudet några gånger.

> *"Två män har nyss hittats avlidna på ett hotell i Hejmstad. Intill männen fann polisen två väskor med en stor mängd*

vapen och sprängmedel..."

"Förvånar mig inte om det är hjärtstopp." sa Olof. Fortsatte virra på huvudet.

Under tiden hade Benjamin smugit sig nerom trappan. Han tassade fram till Kaan och kittlade honom i midjan, vilket var något av det värsta Kaan visste. Det gick alltid som torterande ilningar genom hela kroppen. Han for runt, fick till ett redigt nedbrottningsgrepp runt sin lillebror. Men istället för att brotta ner honom och kittla tillbaka som han brukade så vände han runt honom, gnuggade honom lite extra i den vita fläcken i håret.

"Duuu... vet du om hur himmelens sjukt jävla mycket jag älskar dig brorsan?"

Det ringde på dörren. Kaan svävande fram och öppnade.

Luna. Med stjärnor i blicken. De ljusa hårlockarna, virade, gnistrande som spunnet månsken. Glansen på hennes perfekt formade läppar.

De sade inget till varandra.

Hon bara trampade in, for in i hans famn och avlivade honom med sin kyss.

The seeds of the far away stars

Beyond the far away stars…

away from eyes and minds…

There is home…

Turn your gaze inside…

into your empty rooms…

therein there dwelles thy home…

and so does mine

For we are one

We are all the seeds of the far away stars

We are

Kaan

Omnämnda låtar

Avicii - Hey Brother: Tim Bergling, Salem al Fakir, Vincent Pontare, Ash Pournouri, Veronica Maggio (Sid 73)

Deep Purple - Smoke on the water: Ian Gillan, Ian Paice, Jon Lord, Ritchie Blackmore, Roger Glover (Sid 249)

Judy Garland - Over the rainbow: E.Y Harburg, Harold Arlen. Judy Garland (Sid 73, 140, 151)

Kim Larsen - Tante Olgas briller: Kim Larsen, Karsten Skovgaard, Max Lorentz (Sid 286)

Lany - ILYSB: Jake Goss, Les Priest, Paul Jason Klein (Sid 105, 117, 119, 226)

The 1975 - Somebody else: George Daniel, Matthew Healy, Ross MacDonald, Mike Crossey, Adam Hann (Sid 302)

Om författaren

Jag har tidigare skrivit boken "Jordängel – tecken". En spänningsroman med övernaturliga inslag. Jag kallar det för magisk realism. Förhöjd verklighet. Den handlar om att det finns mer än ögat kan se och som i sanning likväl kan existera. Det är även en berättelse om en sargad kvinna som reser sig, vågar, och följer sitt inre kall. Inbakat finns ämnen som tankens kraft, spiritualitet, högkänslighet, utmattningssyndrom, karma, reinkarnation, numerologi, hämnd och modersinstinkt.

Huvudkaraktärerna i mina böcker är högkänsliga. De är stjärnfrön och här på jorden av en anledning.

Båda böckerna utspelar sig på och ikring det allra sydligaste av Sverige. Mina hemvister. Ystad och trakterna där runt. Hejmstad är en fiktiv stad. Ett fiktivt Ystad.

Kram Sophie Amandine